Grit Kalies

RAUMZEIT

Grit Kalies

RAUMZEIT

Roman

mitteldeutscher verlag

Der Gegner

war übermächtig. Wenn man ihn denn *Gegner* nennen wollte. *Andersdenkender* wäre sicher richtiger. Wobei es schon erstaunlich war, wie viel all die Andersdenkenden, die heute Sach- und Lehrbücher am Fließband produzierten, der Sache abgewinnen konnten. Und er konnte das nicht. Beim besten Willen nicht. Trotz aller guten Vorsätze und hundertfacher Lektüre der Originalarbeiten von 1905 und 1915 und der nachfolgenden Schriften blieb es ihm schlichtweg unbegreiflich, was da in Formeln und Worten behauptet wurde. Das Einzige, was sich immer klarer und deutlicher zeigte, waren Unklarheiten und Undeutlichkeiten. Um genau zu sein: Denkwidersprüche und Absurditäten.

Richard fuhr sich durch die Haare, die, wenn man Senta Glauben schenken wollte, seit Wochen hätten geschnitten werden müssen, und kaute an dem Bleistift, der sich sein Bleistiftdasein ganz gewiss nicht so vorgestellt hatte, als er noch, einer unter vielen, arglos im Keramikbecher bei Boesner an der Kasse stand. Welches der Bleistiftenden stärker beansprucht war, ließ sich schwer entscheiden. Während das eine Ende abgenagt wurde und kaum noch nach Lasur, dafür umso stärker nach Holz schmeckte, hatte das andere immer mal wieder ruckartige Bewegungen auf der Unterlage zu ertragen: zwei Varianten, einen Bleistift zu verkürzen. Längenkontraktion.

Jäh und für Richard selbst überraschend konnte die Mine dann so fest auf das Papier drücken, dass sie abbrach, wobei das umliegende Holz leicht aufsplitterte. Was einerseits nicht für die Qualität des Holzes sprechen mochte, anderseits aber eine willkommene Gelegenheit bot, den Bleistift in aller gebotenen Ruhe wieder anzuspitzen.

Ruhig. Nur ruhig. Wenn man es akkurat machen wollte, konnte es einige Zeit kosten, einen Bleistift wieder in Form zu bringen. Es war geradezu kontemplativ, wie sich die saubere Spitze aus ihrer brachen Umgebung herausschälte, die sich nach und nach in Holzsplitter auflöste, welche gemeinsam mit dem Kohlestaub auf das Papiertaschentuch fielen. Bevor der Bleistift erneut seiner Bestimmung nachkommen und wie jetzt über das Papier kritzeln konnte: *Lorentz-Transformation*, *Zeitdehnungsfaktor Gamma*, *Zeitdilatation* und *Längenkontraktion*. Bei hohen Geschwindigkeiten wurde die Zeit gedehnt und die Länge wurde kontrahiert.

Kompliziert war die Herleitung nicht. Das nicht. Trivial eher. Wer könnte in diesen wenigen Gleichungen und trigonometrischen Beziehungen einen Fehler finden wollen. Mathematisch war alles einwandfrei und durch die viele vergangene Zeit noch übermächtiger geworden. Gemacht worden, hochstilisiert. Und mit jedem Tag und jedem Jahr wurde der Gegner mächtiger.

Ein Andersdenkender, kein Feind. Das hatte er Senta deutlich gesagt. Niemals würde er in Feindkategorien denken. Das solle sie nur nicht glauben. Feinde seien seiner unwürdig. Durch Feinde bestrafe man sich selbst. Die Leute hingegen als wissenschaftliche Gegner zu bezeichnen, wenn sie denn nun einmal Theorien vertraten, die den seinen zu hundert Prozent widersprachen – das Recht dazu könne sie ihm doch wohl zugestehen. Wie sollte er sie wohl sonst nennen?

Er sollte sie gar nicht benennen, hatte sie abgewehrt. Er erhitze sich immer so, sowie die Sprache darauf komme – oder auch nicht darauf komme. Es genüge ein Blick in ein x-beliebiges Physiklehrbuch, eine Überschrift im *Spektrum der Wissenschaft* oder in einer anderen seiner hochheiligen Käsezeitschriften, die überall in der Wohnung verstreut herumlägen, ein Artikel in der FAZ, *Süddeutschen* oder ZEIT; selbst ein Radiobeitrag oder ein Film, der aus ihrer Sicht gar nichts mit der Raumzeit zu tun habe, reiche aus, gar nicht zu reden von einem Gespräch mit Brendel, und seine Stimmung sei hin. Definitiv. Für den ganzen Tag. Am Boden. All das schlage ihn nieder, als wäre die ganze Welt sein Feind.

Er hatte den Kopf geschüttelt und es vorgezogen zu schweigen – eine Reaktion oder besser Nichtreaktion, die er sich seiner Frau gegenüber in den letzten Wochen angewöhnt hatte und mit der er nicht schlecht fuhr. Erstens war da ihr Zustand. Und zweitens neigte jemand wie sie, die acht Stunden am Tag Blut sehen musste und *im Leid anderer badete*, wie sie es selbst oft genug theatralisch ausdrückte, sicher zu Übertreibungen.

Gut, mit einer Sache mochte Senta recht haben. Die Nachrichten. Wie sollten sie nicht auf die Stimmung drücken. Gab es irgendjemanden auf der Welt, der nicht davon demoralisiert wurde? Wahrscheinlich nur die, die keine Zeit damit vergeudeten, sich auf dem Laufenden zu halten. Weder im Internet, Fernsehen oder Radio noch am Kiosk. Eigentlich eine simple Sache: Die Nachrichten ignorieren. Die Überschriften und erst recht die Artikel. Einfach nicht hinhören oder hinsehen. Was den gehörlosen

Blinden bestimmt gelang. Oder den Neugeborenen. Die Glücklichen: Nichts, aber auch gar nichts mitzubekommen von den Kriegen, Geldgeschäften, Attentaten, Mord und Totschlag – *den Unruhen*, wie es so oft hieß. Was aus seiner Sicht noch nicht mal das Schlimmste war, denn was sollte man anderes erwarten? Das war ja das Geschäft der Presse: Je mehr Tote, desto mehr Leser.

Was dagegen nicht unbedingt zu erwarten war und dennoch regelmäßig in die Magengrube schlug, waren die Meldungen der modernen Kosmologie und Quantentheorie: die in Schwarzen Löchern stillstehende Zeit, Erschütterungen der vier- oder höherdimensionalen Raumzeit, Gravitationswellen als Schwingungen der Raumzeit und Säuseln des Urknalls, die beschleunigte Expansion des Universums, neue Anwärter für die Dunkle Energie und die Dunkle Materie, Axionen, Wimps und Wimpzillas, Nachweise für das Higgs-Boson, x-dimensionale Hyperräume, in denen wir lebten und deren Dimensionen teilweise zusammengerollt waren, kosmische Paralleluniversen und Quantenmultiversen, Raumzeitblasen und Schleifenquantengravitation. Und jede neue Nachricht bedeutete, dass sich ursprünglich umstrittene Theorien vom Anfang des letzten Jahrhunderts bis ins Letzte bestätigten. Vor allem eine: die Relativitätstheorie.

Einstein hat doch recht. Einsteins Idee von der Schwerkraft als Krümmung der Raumzeit wird erneut gestützt. Was Einstein bereits am Anfang des 20. Jahrhunderts vorhergesagt hat, bestätigt sich heute. Zweifelsfreie experimentelle Bestätigung der Relativitätstheorie. Wenn die Raumzeit erzittert. Einstein hat endgültig recht.

Warum musste eigentlich immer wieder bewiesen werden, was schon bewiesen war? Gab es hier ein Problem? Und war nicht wirklich, wie Bertrand Russell einmal gesagt hatte, Vorsicht geboten, wenn sich alle Experten einig waren? Auch die vielen Milliarden für die Forschung an den Max-Planck-Instituten, Universitäten und am CERN waren seit Jahrzehnten goldrichtig ausgegeben worden.

Wenn einen das nicht zermürben musste auf Dauer. Zumal man jedes Mal Gefahr lief, sich eine Überdosis zuzumuten, falls man nicht nur Tagesnachrichten, sondern auch Fachartikel konsumierte oder, noch unverdaulicher, jene populären Monatszeitschriften wie *Spektrum der Wissenschaft, P. M. Magazin* oder *Welt des Wissens,* die es sich zur Aufgabe gemacht hatten, den Normalsterblichen über den Stand der Wissenschaft aufzuklären, und die stapelweise in der Wohnung herumlagen. Auch in der Regalwand, auf die Richard gerade starrte.

Kaum zu glauben, wie hier in starken Gravitationsfeldern oder bei hohen Geschwindigkeiten immer wieder der *Raum* oder die *Raumzeit* oder die *Raum-Zeit* oder auch einfach *Raum & Zeit* gekrümmt wurden – Begriffe, die mitunter in ein- und demselben Artikel synonym verwendet und oft kurzerhand mit dem Kosmos gleichgesetzt wurden. Für Richard war das – als Nachweis einer global schrumpfenden menschlichen Intelligenz – im Grunde nicht weniger erhellend als die sogenannten *Unruhen* oder die um sich greifende Naturzerstörung: *Die Raumzeit ist wie Honig. Wenn die vierdimensionale Raum-Zeit auf besondere Weise verzerrt wird, kann das weit entfernte Bereiche im All verknüpfen und so Reisen in die Vergangenheit ermöglichen – zumindest theoretisch. Bei sehr kleinen Längen von etwa 10–30 Zentimetern erwarten Forscher, dass die Topologie der Raumzeit regelrecht brodelt. Am Beginn der Zeit dehnte sich der Raum inflationär aus. Der Kosmos dehnte sich unmittelbar nach seiner Entstehung exponentiell aus, was man Inflationsphase nennt. Wissenschaftler haben den heiligen Gral der Raum-Zeit-Forschung im Universum entdeckt.*

Der heilige Gral der Raum-Zeit-Forschung. Richard lief ein Schauer über den Rücken, während sich die Bleistiftmine auf dem karierten Papier wieder einem verstärkten Druck ausgesetzt sah.

Raumzeit. Ein kleines Wort. Und doch das abstrakteste Monstrum, das je ein Mensch erfunden hatte – ein Mathematiker, Hermann Minkowski, der vor mehr als hundert Jahren den Sieg der Mathematik und einer von jeglicher Naturphilosophie befreiten Physik über die Vernunft verkündet hatte. Was hatte dieses Gebilde, das heute zu den Grundfesten der modernen Physik gehörte und vierdimensional zu denken war, nicht alles auszuhalten: Es wurde verbogen, von Schwarzen Löchern und schweren Massen verzerrt, gekrümmt, deformiert, erschüttert. Es erlebte Inflationen und Phasenübergänge, es schwang wie Stoff. Es vibrierte und konnte verwirbelt werden. Jedenfalls wenn man Francis Everitt Glauben schenkte, der 2011 die Mitführung der Raumzeit durch die Erde gemessen haben wollte: *Stellen Sie sich vor, die Erde wäre in Honig getunkt. Während der Planet sich dreht, würde der Honig um sie herum mitwirbeln – und mit Raum und Zeit ist es dasselbe.* Es ließen sich veränderliche Raumzeitstrudel erzeugen, die in den Simulationen der theoretischen Physiker in nichts von strudelnden Flüssigkeiten zu unterscheiden waren.

Richard fuhr sich erneut durch die Haare, die er vor dem Vortrag unbedingt würde waschen müssen, und wandte seinen Blick wieder dem Schreibtisch zu.

Auf dem Papier entstanden weitere lupenreine Bleistift-Formeln, eine nach der anderen, und wer es rein mathematisch sah, fand mit wenigen Strichen die schönste Zeitdilatation und Längenkontraktion bei hohen Geschwindigkeiten und würde den Vortrag morgen – nein: heute, wie sein Wecker zeigte – ohne Probleme meistern. Und den Job bekommen. Der Sinn der Übung: der Job. Der Fehler war, wieder mit dem Grübeln anzufangen.

Er legte den Bleistift hin und ruckte an der Maus, um die Folien der Präsentation zu überprüfen. Titel: *Die Evolution der Raumzeit – historische und zeitgenössische Sichtweisen.* Schriftgröße 24, Arial, dunkelblau. Vortragender: Richard T. Weiß, Institut für Physikgeschichte. Schriftgröße 20, Arial, dunkelblau.

Ein unangenehmeres Thema für die Probevorlesung war nicht denkbar. Es hätte alles sein dürfen, die Geometrisierung der Physik bei Platon, René Descartes' *Principia Philosophiae* von 1644 oder Newtons *Principia Mathematica* von 1687, eines der Hauptwerke der Physik überhaupt, in dem Newton geschrieben hatte: *Die absolute, wahre und mathematische Zeit verfließt an sich und vermöge ihrer Natur gleichförmig und ohne Beziehung auf irgendeinen äußeren Gegenstand.* Wie gern Richard zum Beispiel über Newtons Trägheitsgesetz oder die Anfänge der Differentialrechnung gesprochen hätte. Oder über den Streit zwischen Newton und Leibniz im 18. Jahrhundert. Newton hielt absolute Bewegungen im absoluten Raum für denkbar, während Leibniz, auf Descartes' Gedanken zurückgreifend, dem Raum keine eigenständige Existenz zugestand; für ihn war der Raum nur *die Ordnung des Nebeneinanderbestehens,* die mögliche Anordnung von Dingen, die gleichzeitig existierten. Richard las noch einmal nach: Ja, immerhin das. Hier existierten die Dinge noch gleichzeitig nebeneinander. Selbst etwas eher Eintöniges über

Klassifikationen in Physik oder Metaphysik wäre Richard recht gewesen. – Aber nein, gerade die Raumzeit musste es sein.

Richard war sich sicher, dass Brendel das Thema bewusst ausgewählt hatte. Was die Sache nicht einfacher machte. Brendel wollte ihn testen. Er wollte ihn herausfordern. Und im Grunde seines Wesens wollte er ihn wahrscheinlich nicht länger am Institut haben und die Stelle anderweitig vergeben. An irgendeinen Busenfreund oder auswärtigen Bewerber, der ihm nicht widersprach, seine preisgekrönte Habilitationsschrift *Fehl- und Missdeutungen: Die Kritik an der Relativitätstheorie Albert Einsteins* gebührend würdigte und das Institut mit wissenschaftspolitisch korrekten Publikationen überschwemmte. Was Richard in den letzten vier Jahren versäumt hatte.

Auf der Suche nach Schreibfehlern scrollte er weiter durch die Präsentation. Immerhin unterstrichen sowohl sein Word- als auch sein PowerPoint-Programm *Raumzeit* seit Jahren rot, und er würde den Teufel tun, das Wort jemals zum Wörterbuch hinzuzufügen. An jeder Stelle, an der dieses Unwort auftrat, war es dick rot zu markieren. Die ausnahmsweise mal klugen Office-Programme hatten etwas erkannt, das die heutigen Physiklehrbücher leider vergessen wollten: dass *Raumzeit* nicht existierte. Nicht real. Nicht als eine Verknüpfung des Raumes mit der davon grundverschiedenen Zeit – wie ehrfürchtig auch immer Experten und Laien vor diesem Konstrukt erschauerten, das nicht zuletzt Hoffnungen schürte, in die eigene Vergangenheit zu reisen oder sich als schneller Weltraumreisender in die Zukunft der Menschheit zu katapultieren. Wie man bei solchen als real verkauften Wunschphantasien nicht an der modernen Physik verzweifeln sollte, war Richard unklar.

Er nahm den Bleistift wieder zur Hand, stellte die Gleichung nach dem Zeitdehnungsfaktor Gamma um, mit dem angeblich die Zeit geweitet wurde, brach beim Schreiben des letzten Buchstabens die Mine ab und sah aus dem Fenster. Während der Rechner irgendwann in den Energiesparmodus überging, fuhr der gestresste Bleistift damit fort, sich nach und nach im Speichel aufzulösen. Unaufhaltsam: ein Phasenübergang, wenn man so wollte, vom festen zum flüssigen Zustand, auch wenn das Holz sicherlich nur aufgeschwemmt wurde, weil Mundenzyme weder Zellulose noch Lignin zersetzen konnten.

Das schleichende Ende einer Bleistiftexistenz.

Das allerdings gerade so langsam vor sich ging, dass man, nicht zuletzt der Stille wegen, die sich mit dem Energiesparmodus des PCs eingestellt hatte, auch anfangen konnte zu glauben, es gebe keine Veränderung. Nur den einen Zustand: die zähe Materie, die sich weigerte, nachzugeben. Ein resistenter Bleistift, der im Übrigen keine nächste *Neue Widerlegung der Zeit* schreiben wollte, um etwa einem Jorge Luis Borges nachzueifern. Im Gegenteil. Das Letzte, was gerade nottat – wie rebellisch und sympathisch es auch sein mochte, im vollen Bewusstsein der Vergeblichkeit die Zeit zu leugnen –, das Letzte, was gerade nottat, war eine Widerlegung der Zeit.

Kein Mensch war wach. Im Haus auf der anderen Straßenseite schien niemand mehr aktiv zu sein, obwohl es kaum vierzig Minuten nach Mitternacht war. Erst nach einer Weile, als Richard die fünfstöckige Gründerzeitfassade, die durch die Straßenlaterne an der Kreuzung leicht angegraut wirkte, lange genug gemustert hatte, ließ sich hinter einer Gardine im dritten Stock ein Licht erahnen. Ein Fernseher war es nicht. Auch kein PC, Tablet oder Smartphone; dazu war das Licht zu gleichmäßig und ohne Bildwechsel. Falls es nicht nur ein Nachtlicht für ein Kind oder ein noch laufendes Elektrogerät war, konnte es sich auch um eine Leselampe handeln. Vielleicht gab es dort tatsächlich jemanden, der, obwohl morgen ein Arbeitstag war, vom Buch nicht losgekommen war. Wenn nicht sogar vom gleichen Buch.

Bestrickende Vorstellung, dass im Haus gegenüber jemand jetzt, in diesem Moment, den gleichen Essay über Nachtstille, urhaften Schlamm und die Zeit als Täuschung lesen könnte wie Richard gerade, der den Bleistift vor zwei Minuten auf die letzte Formel gelegt hatte: Borges' *Neue Widerlegung der Zeit* gleichzeitig gelesen auf zwei Seiten ein- und derselben Straße, noch dazu in einer lauen Spätsommernacht, verklärt von einem Mond über dem Ziegeldach; einem Vollmond fast, den zugegebenermaßen im Moment nur Richard sehen konnte, nicht jene lesende Person hinter den Gardinen: *Ich leite daraus kurzerhand diesen Schluss ab: Das Leben ist allzu arm, um nicht auch unsterblich zu sein.*

Diese ewigen Zeilen, gleichzeitig gelesen auf zwei Seiten einer Straße. Wenn er hier am Schreibtisch saß und gelegentlich die Arbeit unterbrach, um die Häuserzeile zu betrachten, hatte er noch nie bemerkt, dass ihn jemand aus dem Haus gegenüber beobachtete. Weder tagsüber noch nachts wie jetzt. Es war, als ob die schmale Straße zwischen den Häusern eine Grenzlinie war, über die man nicht hinwegsehen konnte. Zumindest nicht in seine Richtung. Kein Mensch saß oder stand am Fenster und sah ihm beim Sitzen zu. Auch wenn ihm schon mal der Gedanke gekommen war, es müsse so sein, worauf er unwillkürlich die Fensterscheiben und Gardinen des Nachbarhauses und der Nebenhäuser abgesucht hatte.

Obwohl es nicht danach aussah, als interessierte sich jemand für das Innenleben ihrer Wohnung, hatte Senta damals auf Gardinen bestanden. Einen richtigen Gardinenstreit hatten sie geführt, der für anhaltende Verstimmung sorgte, weil Richard die unbehinderte Aussicht aus seinem Arbeitszimmer bis heute verteidigte.

Für jedermann sei er sichtbar, sagte Senta, bis ins Detail sei alles zu erkennen. Wenn sie von der Schicht komme, morgens wie abends, sehe sie ihn von der anderen Straßenseite aus am Schreibtisch sitzen. Sein Profil, die Schreibtischlampe, die drei Ikea-Regale hinter ihm, die Regalwand vor ihm, die Fitnessgeräte weiter im Rauminneren. Selbst den Stuck: Dionysus und die Trauben. Wie auf dem Präsentierteller sitze er zwischen seinen Bücherstapeln am Bleistift kauend, eine Seite umblätternd oder einfach nur auf den Bildschirm starrend. Meist sitze er da und brüte. Irgendwie brütend wirke das Ganze.

Ob sie damit sagen wolle, hatte er nachgehakt, dass er eine lächerliche Figur abgebe? Ob er sich jetzt beleidigt fühlen dürfe? Nein, gar nicht, war ihr Kommentar gewesen, nicht lächerlich. Und nach einer Weile hatte sie zögerlich hinzugefügt, kaum hörbar, was ihn fast noch mehr gekränkt hatte: »Nur traurig irgendwie. Ja, traurig.«

Das war vor zwei Jahren gewesen. Schon damals hatte sie austeilen können, obwohl es noch selten geschehen war und jede ihrer Bemerkungen durch ihr sanftes Wesen mehr als wettgemacht wurde. Jetzt aber häuften sich die Sticheleien. Seit ein paar Wochen, und er glaubte sogar, den Beginn ihres Verhaltenswandels bis auf die Stunde genau festmachen zu können, überschüttete sie ihn geradezu mit versteckter Kritik. Um die Beziehung zu schonen, hatte er beschlossen, nicht auf ihre Attacken einzugehen und sich immer wieder zu sagen, dass die Umstellung des

Hormonhaushaltes und des ganzen Körpers nicht einfach war und dass es sicher auch eine psychische Belastung war, das erste Mal schwanger zu sein. Aber angenehm war das Ganze nicht gerade zu nennen.

Erst vorhin, als Senta vor dem Zubettgehen noch einmal zu ihm gekommen war und sich auf seinen Schoß gesetzt hatte, waren sie wieder aneinandergeraten. Es sei fast Mitternacht, der Vortrag für morgen sei doch fertig, hatte sie gesagt, mit Blick auf Noltings *Grundkurs für Theoretische Physik 4* und die vielen Zettel mit Koordinatensystemen und Gleichungen wie

$$\Delta t' = \gamma \cdot \Delta t = \frac{\Delta t}{\sqrt{1 - v^2 / c^2}} > \Delta t.$$

Ob er nicht mit ins Bett kommen wolle.

Noch nicht, hatte er gesagt, er komme dann nach. Einfache Worte, ruhig und freundlich gesprochen. Niemals hätte er vermutet, dass sie einen Emotionsausbruch auslösen würden. Was sie aber taten. Wie er sich ihr Leben denn vorstelle, ihr gemeinsames Leben? Ob er immer nur hier sitzen wolle, eingekeilt in seine Bücher und Zeitschriften? Ein Schreibtischtäter. Immer nur diese Formeln, dieser Lorentz-Faktor, dieses schreckliche Gamma, dieses Gerede von der Zeit, dieses Nurzerebralmenschentum, blutleer und lebensabgewandt. Was das denn mit der Natur zu tun habe. Es müsse doch auch etwas anderes geben. Was ihn denn so gefangen halte? Warum er sich so festgebissen habe …

Das hatte sie wirklich gesagt: *Nurzerebralmenschentum*. Ganz untypisch für Senta, so altbacken. Wo immer dieses Wortungetüm herkam. Und *blutleer* hatte sie gesagt. Was schon allein deshalb nicht stimmte, weil das

Gehirn zu den am besten durchbluteten Körperteilen des Menschen gehörte, was sie als Ärztin eigentlich hätte wissen müssen. Da sie nicht aufhören wollte und ihre Stimme jenen einerseits offen, andererseits versteckt vorwurfsvollen Ton annahm, den er nur schwer ertragen konnte, hatte er schließlich sein Schweigen gebrochen und leicht bissig bemerkt, dass eben nicht jeder so blutreich arbeiten könne wie eine Unfallchirurgin.

Worauf diesmal sie schwieg und wenig später ging, sodass ihm seine Worte sogleich leidtaten. Nachdem die Tür hinter ihr zugefallen war, nicht laut, aber bestimmt, und er noch einige Minuten lang auf ihre Schritte ins Bad und in die Küche horchte, im Stillen hoffend, sie würde noch einmal zurückkehren, hatte er wahrscheinlich wirklich jene traurige Figur auf dem Stuhl abgegeben, von der sie gesprochen hatte. Eine traurige Figur, die keineswegs lächerlich war und die es bisher nicht für nötig hielt, im Arbeitszimmer Gardinen anzubringen.

Richard nahm den Anspitzer und widmete sich dem Bleistift. Es gab kaum ein besseres Stück Literatur als Borges' Essay *Neue Widerlegung der Zeit*, jetzt fast vollständig durch ein Papiertaschentuch abgedeckt, damit die Späne und der Kohleminenstaub nicht auf den Aufsatzband fielen. Genau genommen waren es sogar zwei Essays zum gleichen Thema, zwei neue Widerlegungen der Zeit aus der Mitte des 20. Jahrhunderts, die mittlerweile älter geworden waren.

Was den Titel betraf, hatte der Autor offenbar nicht umhingekonnt, selbst darauf hinzuweisen, dass dieser wegen des Adjektivs *neu* bereits einen inneren Widerspruch in sich trage oder, wie die Logiker sagten, eine *contradictio in adjecto*. In der Tat hatte Borges tief in die Trickkiste greifen müssen, um das stetige Vergehen der Zeit zu leugnen. Er beschwor Augenblicke herauf, die sich über die Jahrhunderte nicht nur in ihren Stimmungen und Gedankenwelten ähnelten, sondern eins zu eins dieselben waren – als Idee nicht undenkbar, womit er die Zeit, zumindest solange er seiner Gemütslage traute, als widerlegt ansehen konnte. Oder er bemühte Idealisten wie Berkeley oder Hume, ein eher umständlicher Weg: Zunächst einmal war die Materie jenseits der Wahrnehmung zu leugnen. Es gab nur das, was der Geist wahrnahm. Warum sollte es unabhängig davon noch etwas geben; das käme nur einer illusorischen Verdopplung gleich. Dann war der Raum zu leugnen, das astronomische Universum und so weiter, und wenn man erst einmal so weit gekommen war und alles geleugnet hatte, was die Realität aus alltäglicher Sicht so ausmachte, gab es keinen Grund mehr, mit dem gleichen Recht nicht auch das zu leugnen, was sowieso geleugnet werden sollte: die Zeit.

Es gab sie nicht. Keine mähliche Sukzession, keine unbeeinflussbare Abfolge von Augenblicken, keine Prozesse, die nicht umkehrbar waren. Wodurch schließlich und endlich auch der Tod ad acta gelegt war. Endlich der Tod. *Quod erat demonstrandum.*

Für einen unkonventionellen Geist, der sich mit dem Nachlassen der Augen und der Endlichkeit nicht abfinden wollte, schien die literarische Auflehnung einen gewissen Trost zu bieten. Mit allen verfügbaren Mitteln wurde versucht, den Fluss der Zeit zu leugnen, sie zu zersetzen und zu zerstören. Als müsse die Gewalt, die die Zeit den Dingen antat, auch ihr selbst angetan werden.

Der Bleistift war angespitzt. Noch einmal abpusten, dann war er wieder nutzbar. Richard faltete das Taschentuch sorgfältig zusammen, um den Graphitstaub und die

Späne nicht zu verschütten, und ließ das Knäuel hinter sich in den Papierkorb fallen.

Geglaubt hatte Borges, wie Richard nachlas, seine beharrlichen Widerlegungen nie: *Im Laufe eines der Literatur und (gelegentlich) der metaphysischen Verblüffung gewidmeten Lebens habe ich eine Widerlegung der Zeit erahnt oder vorausgefunden, an die ich selber nicht glaube, die mich aber bei Nacht und in der matten Dämmerung immer wieder heimsucht, mit der illusorischen Kraft eines Axioms.*

Wie auch Richard nicht daran glaubte, dass sich die Zeit widerlegen ließ, zumal alle menschliche Erfahrung, die allmähliche Erblindung Borges' nicht anders als die irreversiblen Schäden der Unfallopfer, darunter Kinder, wie sehr sich Senta auch gerade bei ihnen ins Zeug legte, das Gegenteil zeigte.

Er versah die gerade gelesene Seite mit einem Haftmarker und legte das Buch zurück auf einen Stapel auf der rechten Schreibtischseite.

Und doch gab es bereits eine Widerlegung der Zeit, an die geglaubt wurde. Eine, die bereits Jahrzehnte vor Borges' Essay erdacht worden war. Eine »Alte Widerlegung der Zeit«, wenn man so wollte, an die im Übrigen nicht nur ihr Autor glaubte, sondern, nachdem sie erst umstritten gewesen war, auch viele andere Menschen.

Gemäß dieser Theorie gab es keine Zeit, die gleichförmig und ohne Beziehung auf einen äußeren Gegenstand verfloss, wie noch Newton oder Kant vorausgesetzt hatten. Es gab auch keine verbindende Zeit, in der alle im Raum verstreuten Dinge gleichzeitig nebeneinander existierten, wie Leibniz gedacht hatte. Die Zeit, die einzige Zeit, die absolute, sollte es nicht mehr geben. Die Aussage *jetzt* war nicht mehr für alle *jetzt*. Stattdessen sollte die

Zeit nun relativ und beeinflussbar sein. Erstens durch die Geschwindigkeit eines Objekts, dessen Zeit umso langsamer verging, je schneller es sich gegenüber anderen bewegte, und zweitens durch Gravitationsfelder.

Womit es genau genommen falsch gewesen war, anzunehmen, die Person gegenüber – deren Leselampe auch jetzt um 1:19 Uhr noch brannte (zumindest war es auf Richards Armbanduhr so spät, auf seinem Wecker aus Studentenzeiten war es erst 1:17 Uhr) – und er könnten gleichzeitig Borges lesen. Sie wohnte in der dritten Etage, er in der zweiten, und da sie einer geringeren Schwerkraft ausgesetzt war, lief ihre Zeit nach der zeitgemäßen Theorie schneller ab.

Nicht subjektiv, das war nicht gemeint. Es ging nicht darum, dass jeder eine Stunde mal als schneller oder langsamer erleben konnte. Nein, die erlebte Zeitspanne als solche sollte objektiv eine andere sein.

Es galt als widerlegt, dass die Zeit von den im Universum ablaufenden Prozessen unabhängig ist und sich weder verlangsamen noch anhalten lässt. Es galt als widerlegt, dass auf jeden Anfang ein Ende folgt, welches wieder der Anfang von etwas Neuem ist, sodass es kein Ende der Zeit gibt. Nicht minder galt als widerlegt, dass man nicht zweimal in denselben Fluss steigen kann und auch nicht zweimal als derselbe, weil der Wandel das einzige Ewige ist. – All diese alten, ungebrochen wirkenden Wahrheiten von Heraklit, Plato, Aristoteles bis Newton, die den Zeitbegriff noch am Ende des neunzehnten Jahrhunderts ausgemacht hatten, die Stetigkeit des Zeitmaßes, die unabhängig vom menschlichen Handeln, von Geschwindigkeiten oder Höhenlagen war, der Zeitpfeil, der sich nicht umdrehen ließ, die absolute Gleichzeitigkeit – all das galt als widerlegt.

Nicht philosophisch oder literarisch. Solcherart »Widerlegungen« mochten geistvoll sein; im Sinne einer Wahrheit aber wurden sie allenfalls belächelt. Wie auch Borges' Absicht, ohnmächtig blinden Widerstand zu leisten, sicher nur milde belächelt wurde. Wer glaubt schon metaphysisch-poetischen Abhandlungen?

Nein. Die alte und derzeit gültige Widerlegung der Zeit präsentierte sich, obwohl auf vagen Begriffen fußend, von Grund auf anders: mit Postulaten, die erst *Prinzip* und dann *Gesetz* genannt wurden, mit mathematischen Ableitungen und Koordinatentransformationen. Auch wurde sie nicht zweifelnd oder ungläubig vorgetragen, sondern wissend und mit dem Anspruch, physikalische Realität zu beschreiben. Das war der große Unterschied.

Die Zeit war widerlegt. Durch ein einziges Konstrukt: die Raumzeit.

Wie sehr Richard Borges auch verehrte: Eine weitere Widerlegung der Zeit war nicht nötig. Im Gegenteil. Eher war es notwendig, die Zeit zu rehabilitieren. Sie endlich aus dem Schattendasein in dieser Worthülse zu befreien. Sie wieder herauszulösen aus ihrer unseligen Allianz mit dem Raum, in der sie nichts zu schaffen hatte. Nötig war im Grunde nur eins: eine neue Widerlegung der Raumzeit.

Wenn auch gewiss nicht heute. Richard ruckte an der Maus, um den Energiesparmodus zu verlassen, heftig genug, um auch sich selbst innerlich zurechtzurücken, denn seine Gedanken passten nicht zu dem, was heute anstand: *Die Evolution der Raumzeit – historische und zeitgenössische Sichtweisen.* Große dunkelblaue Lettern, weiterhin Schriftgröße 24, auf der PowerPoint-Formatvorlage des Instituts für Physikgeschichte.

Heute Nachmittag um 15 Uhr in seinem Vortrag vor der Lehrkommission, der über seine weitere Existenz am Institut entschied, würde er keine Kritik am Konzept der Raumzeit üben dürfen. Heute nicht. Das war so sicher wie das Amen in der Kirche. Kein Sterbenswort. Da Brendel den Vorsitz innehatte und die Mitglieder der Kommission von ihm ausgewählt worden waren, konnte der kleinste falsche Zungenschlag das Aus für Richard bedeuten. Nein, so leicht würde er es seinem Herrn Institutsdirektor nicht machen, ihn loszuwerden; das durfte er Senta nicht antun.

Die Raumzeit war real. So real wie die Relativitätstheorien, die sie erfunden hatten. Sie war höhenlagen- und geschwindigkeitsabhängig und wurde mit dem Universum im Urknall geboren. Raum und Zeit waren unauflösbar miteinander verbunden und relativ. Sodass auch alle Dinge, die sich in der Raumzeit befanden oder die sie erschufen, relativ waren. Reisende in Raumschiffen, die mit hoher Geschwindigkeit unterwegs gewesen waren, kamen jünger zurück. Sie hatten real weniger Zeit erlebt als die Nichtgereisten auf der Erde. Womit es genau genommen nur noch zwei Dinge auf der Welt gab, die nicht relativ waren: die Relativitätstheorie und die Lichtgeschwindigkeit. Diese beiden nämlich waren absolut. Absolut und absolut richtig. Konstant. Daran war nicht zu rütteln.

Richard ermahnte sich, nicht ironisch zu werden. Wenn es ihm gelingen konnte, die reine Lehre zu vermitteln, ruhig und ohne zu überziehen, würde Brendel nicht umhinkönnen, ihm die unbefristete Stelle als Lehrkraft für besondere Aufgaben zu geben.

Also, was lag an? Zunächst die Gliederung, gefolgt von einer kurzen Einleitung zur speziellen Relativitätstheorie (SRT), die Einstein 1905 in seinem Aufsatz *Zur Elektro-*

dynamik bewegter Körper veröffentlicht hatte. Erst kurz begründen, wozu die SRT entwickelt worden war: Zwei Theorien, die Mechanik und die maxwellsche Elektrodynamik, sollten miteinander kompatibel gemacht werden. Dann kurz erklären, was man damals unter dem *Lichtäther* verstanden hatte: ein Medium, in dem sich die Lichtwellen fortbewegten, ganz analog zu Schallwellen in der Luft oder Wasserwellen in Wasser, weil man bis 1905 davon ausgegangen war, dass etwas da sein müsse, was schwingen könne, wenn es sich bei Licht um Schwingungen handelte. Und schließlich Einsteins Absichtserklärung im Aufsatz von 1905: *Die Einführung eines »Lichtäthers« wird sich insofern als überflüssig erweisen, als …*

Auf der nächsten PowerPoint-Folie dann Einsteins Lösung, um wegzukommen vom absoluten Raum, der absoluten Zeit und dem altgedienten Lichtäther: Man definiert eine absolut konstante Lichtgeschwindigkeit *c* im Vakuum und relativiert stattdessen Zeit und Raum – mit Hilfe einer Koordinatentransformation, die der theoretische Physiker Hendrik Antoon Lorentz bereits Jahre zuvor entwickelt hatte, wenn auch mit anderer Intention.

Richard verglich die Formeln auf dem Bildschirm noch einmal mit denen in den Büchern vor ihm, darunter zwei WTB-Taschenbücher mit Nachdrucken von Einsteins Originalschriften: *Grundzüge der Relativitätstheorie* und *Über spezielle und allgemeine Relativitätstheorie*. Es gab keine Abweichungen. Und im Grunde war es mittlerweile auch unmöglich, dass sich ein Fehler würde finden lassen, zumal sich der Zeitdehnungsfaktor, oft auch Lorentz-Faktor genannt, schlicht über den Satz des Pythagoras herleiten ließ. Keine weiteren Fragen.

Wer angesichts des bekannten Zusammenhangs zwischen den Seitenlängen eines rechtwinkligen Dreiecks noch zweifeln konnte, musste von allen guten Geistern verlassen sein. Jedes Schulkind konnte auf diese Weise die Zeit- und Längenmaße korrigieren, um zu erreichen, was Einstein postuliert hatte: Dass ein Beobachter, selbst wenn er sich mit 299 999 km/s neben einem Lichtstrahl durch das All bewegte, stets messen sollte, dass ihm das Licht mit konstant ca. 300 000 km/s voraneilte. Nicht nur mit 1 km/s, wie man denken würde. Statt eine relative Lichtgeschwindigkeit *c* gegenüber dem mitbewegten Beobachter zuzulassen, wendete man einfach die Formeln der SRT an und relativierte die Raum- und Zeitmaße des Beobachters: Man dilatierte seine Zeit und kontrahierte seine Länge in Bewegungsrichtung, damit ihm das Licht, wie schnell er auch war, unverändert mit ca. 300 000 km/s voraneilen konnte. Denn das *Gesetz* der absoluten Konstanz der Lichtgeschwindigkeit im Vakuum, das Einstein gefunden hatte, verlangte es so.

Auf der nächsten Folie nur ein einziger Satz. Der Satz, mit dem Hermann Minkowski in seinem Vortrag auf der 80. Naturforscherversammlung in Köln am 21. September 1908 das vierdimensionale Raumzeit-Kontinuum eingeläutet hatte: *Von Stund' an sollen Raum für sich und Zeit für sich völlig zu Schatten herabsinken, und nur noch eine Art Union der beiden soll Selbständigkeit bewahren.* Wenn das nicht das passende Pathos war. Eine gebührende Kunstpause vor dem geneigten Publikum, ein Lächeln in Richtung Lehrkommission.

Jetzt der Übergang zur allgemeinen Relativitätstheorie (ART) von 1915, in der Einstein die Schwerkraft als geometrische Eigenschaft der gekrümmten vierdimensionalen Raumzeit gedeutet hatte. Zunächst die Grundgleichungen der ART: Einsteins Feldgleichungen mit dem

Energie-Impuls-Tensor und dem Riemannschen Krümmungstensor.

Und endlich das zentrale Thema der Lehrprobe: *Die Evolution der Raumzeit*. Sechs Folien, die Richard schnell überblätterte, weil er sie nicht mehr sehen konnte. In den gängigen Darstellungen war das Gravitationsfeld nicht mehr *in* der Raumzeit, sondern es *war* die Raumzeit. Zuweilen war es in seitenlangen Erörterungen auch nur der Raum, wohl deshalb, weil es dem jeweiligen Autor selbst nicht ganz geheuer war, die Zeit als Feld zu denken. Doch fand der Experte, wie etwa Carlo Rovelli – der theoretische Physiker und Mitentwickler der Schleifenquantengravitation – in seinen Buch *Sieben kurze Lektionen über Physik*, letzten Endes immer wieder zurück zur ART, indem er die fehlende Zeit nachträglich mit ins universelle Boot holte: *Wie wir in der ersten Lektion gesehen haben, ist das Gravitationsfeld der Raum selbst oder besser die Raum-Zeit.*

Die Raum-Zeit. Natürlich. Das war besser. Die Raumzeit war ein Feld. Oder wie Rovelli es ausdrückte: *eine der materiellen Komponenten der Welt*. Welche sich demzufolge, wie jede andere materielle Komponente der Welt auch, entwickeln konnte. Die Zeit war nicht nur, wie Einsteins Mathematiklehrer Minkowski 1908 verkündet hatte, völlig zu einem Schatten herabgesunken in ihrer Union mit dem Raum, sie war nun auch anteilig materiell.

Richard schüttelte sich. War Albert Einstein, als er seine Relativitätstheorien erdachte, noch von einem statischen Universum ausgegangen, so hatte sich in der Kosmologie später die Urknalltheorie durchgesetzt, nach welcher sich das Universum (oder *die materielle Komponente Raum-Zeit*) ausdehnte, momentan sogar beschleunigt – eine Entdeckung, für die 2011 ein Nobelpreis vergeben worden war. Die Raumzeit in ihrer Evolution.

Sie konnte sich nicht nur krümmen in der Nähe von Massen; ihre Metrik war nicht nur eine *Bezugsmolluske*, ein Begriff, den Einstein für die nichtstarren Bezugskörper in der ART geprägt hatte und den Richards Schreibprogramme im Unterschied zu Raumzeit nicht rot unterstrichen; sie war nicht nur eine *wogende, sich biegende, sich krümmende, sich verformende Entität*, wie Rovelli es verzückt beschrieben hatte, sondern sie expandierte auch beschleunigt. Sie veränderte sich mit der Zeit. Die Raumzeit veränderte sich mit der Zeit. – *Mit der Zeit?*

Aber nein, keine weiteren Fragen.

Am Ende der Präsentation noch ein paar Experimente, die in den Physiklehrbüchern als Beweis für die Relativitätstheorie, oft einfach RT genannt, und die bewegliche Raumzeit angeführt wurden. Das war unabdingbar.

Allen voran die Entdeckung der British Royal Society Expedition von Sir Arthur Eddington anlässlich der totalen Sonnenfinsternis vom 29. Mai 1919, die zu einem sogenannten *Relativitätsrummel* in den Massenmedien geführt hatte, in dem Einstein als Revolutionär der Physik, genial wie Kopernikus, Kepler oder Newton, nein genialer, gefeiert wurde: Lichtstrahlen wurden in einem ganz bestimmten, von der ART vorhergesagten Ausmaß durch die Gravitation der Sonne gekrümmt. Wobei im Vortrag zu verschweigen war, was auch in den Lehrbüchern nicht stand: Dass sich der Effekt auch nicht-relativistisch deuten ließ und die damaligen Messungen noch nicht genau genug waren. Der Expeditionsleiter Sir Arthur Eddington, ein Freund von Einstein, war lediglich seinem Wunschdenken gefolgt und hatte die Messergebnisse im Sinne der ART interpretiert.

Auf der nächsten Folie eine zweite berühmte historische Anordnung, das Interferenz-Experiment von Michelson und Morley von 1887: ein Lichtstrahl wird durch einen halbdurchlässigen Spiegel in zwei Teilstrahlen zerlegt, die in senkrecht zueinander stehende Lichtbahnen geleitet und nach Reflexion an Spiegeln wieder zusammengeführt werden. Damals hatte man damit den Lichtäther nachweisen wollen, noch ohne ihn finden zu können.

Ein Blick auf die Uhr zeigte, dass Richard nun wirklich zum Ende würde kommen müssen, wenn er in der Zeit bleiben wollte. Fünfundvierzig Minuten waren für die Probevorlesung vorgegeben, und es gab Kommissionsmitglieder, die es für ein schwereres Delikt hielten, eine Minute zu überziehen, als eine Dreiviertelstunde lang so stark zu nuscheln, dass die Studenten zuhauf aus dem Hörsaal flüchteten. Er würde in der Zeit bleiben. Exakt fünfundvierzig Minuten. Das war die Ansage.

Nur noch kurz angetippt die Lehrbuch-Beweise für die Zeitdilatation: das Fizeau-Experiment zur Ausbreitung des Lichtes in bewegten Medien, wonach die Lichtwellenfront mit einer anteiligen Geschwindigkeit vom strömenden Medium mitgeführt wird (Gleichungen, die sich auch im Rahmen der klassischen Physik deuten ließen); das in Tausenden von Lehrbüchern, Fachartikeln und Enzyklopädien aufgeführte Hafele-Keating-Experiment von 1972, in dem Atomuhren in Linienflugzeugen verschieden schnell gegangen waren (ein Test, der sich als Bestätigung dafür interpretieren ließ, dass Uhren beeinflussbar waren); und schließlich die messbare verlängerte Lebensdauer der Myonen, die nirgendwo fehlen durfte (und wieder nicht als Beweis einer Zeitdilatation dienen konnte, da sich die Teilchen veränderten, nicht die Zeit, was im Vortrag aber nicht erwähnt werden durfte).

Um sich die Sympathien seiner Zuhörer zu sichern, würde Richard stattdessen wie nebenbei erwähnen, was in vielen Physiklehrbüchern stand: Dass die reale Zeitdilatation heute zu den am besten experimentell bestätigten Aussagen der beiden Relativitätstheorien gehöre. Unter den Quellenangaben auf der Folie eins der wichtigsten Werke der Physikgeschichte überhaupt: die *Fehl- und Missdeutungen der Relativitätstheorie* von Stefan Brendel, Institutsdirektor und Vorsitzender der Lehrkommission.

Als Paukenschlag, wenn nicht Wellenschlag dann die Folie mit der bunt visualisierten Verschmelzung zweier Schwarzer Löcher vor 1,3 Milliarden Jahren: der 2016 veröffentlichte, erste direkte Nachweis von Gravitationswellen und ein paar Wortmeldungen aus der Presse: *Gravitationswellen – Rippel in der Raumzeit. Auch das letzte der vier großen Postulate der ART ist bestätigt! Ein neues Fenster zum Universum ist aufgestoßen! Alles im Universum verhält sich exakt so, wie Albert Einstein und Karl Schwarzschild es vor mehr als einem Jahrhundert anhand von Lösungen der ART vorausgesagt haben.*

Hatte Eddington, einer der glühendsten Verfechter der Relativitätstheorie zu Einsteins Zeiten, auf die Frage hin, ob es denn stimme, dass er einer von drei Menschen auf der Welt sei, die die ART verstanden hätten, noch geantwortet, dass er sich frage, wer wohl der dritte sei, so würde Richard heute vor der Lehrkommission aussagen, dass viele Menschen die Relativitätstheorie verstünden. Wenn nicht alle. Lehrer, Schüler. Immerhin würden die Grundaussagen der speziellen Relativitätstheorie oft schon in der gymnasialen Oberstufe behandelt. Auch gehöre die Relativitätstheorie in jedes Physikstudium. Nicht wegzudenken. Bestens empirisch überprüft. Sie sei ein Grundpfeiler der modernen Physik. Und das nicht etwa, *obwohl* sie unsere Vorstellungen von Raum und Zeit revolutionierte, indem sie die absolute Zeit in den Ruhestand schickte, sondern: *weil*. Nicht *obwohl*, sondern *weil*. Lächeln, Verneigung vor dem geneigten Auditorium.

Richard spürte, wie er schwitzte. Im Grunde war es einfach: Er musste einfach nur im Brustton der Überzeugung das behaupten, was er für grundfalsch und nicht bewiesen hielt. Dann stand er auf der sicheren Seite und würde die Kommission für sich gewinnen. Er musste es tun. Für den Job, auch für sich selbst. Und nicht zuletzt für Senta.

Der Fastvollmond über den Häusern. Ein kalter Gesteinsbrocken, der um die Erde wanderte und nicht weiterhalf. Obgleich es immerhin Licht war, das er reflektierte. Bestes Licht. Photonen verschiedener Wellenlänge und Energie, die – anders als alle anderen Elementarteilchen – keine relative, sondern eine absolute Geschwindigkeit haben sollten. In einem leeren Raum, der vor 1905 nicht existiert hatte, dann aber schon, um sich im Laufe der Jahre zu einer materiell zu denkenden Raumzeit zu mausern. *Die Raumzeit ist wie Honig.*

Wie oft Richard diese Schlagzeile wohl schon gelesen hatte, und wie oft ihm dieser Honig schon auf den Magen geschlagen hatte. Vor allem dann, wenn Schwarze Löcher die Raumzeitsubstanz so stark verzerrt hatten, dass die Zeit stillstand.

Erstaunt stellte Richard fest, dass es jetzt dunkel war hinter den Gardinen im dritten Stock. Die geringfügige Erhellung gegenüber den Nebenfenstern, bei der er sich, je länger er sie betrachtet hatte, schon nicht mehr sicher gewesen war, ob es sich nicht nur um Einbildung handelte, war verschwunden. Weg. Ganz deutlich. Ein Fenster war jetzt so schwarz wie das andere. Was einerseits schade war, andererseits aber auch tröstlich. Immerhin bestätigte der neue Zustand, dass zuvor ein anderer existiert hatte. Irgendwann nach zwei Uhr musste sein Gegenüber die nicht-gleichzeitige Lektüre beendet haben, ohne dass Richard es bemerkt hatte.

Während er die Stifte, Papiere und Bücher auf dem Schreibtisch ordnete, den Anspitzer in die Schreibtischlade und die Einsteinbücher zurück auf den vordersten Stapel auf der linken Tischseite legte, ganz obenauf, betrachtete Richard noch einmal die Abschlussfolie auf dem Bildschirm, die er während der Diskussion, die dem Vortrag folgte, auf der Leinwand einblenden würde: ein Foto von Einstein und Eddington in Princeton, beide schon etwas in die Jahre gekommen, einmütig und entspannt auf einer Vorgartenbank sitzend. Darunter die Anekdote über die Befragung Eddingtons zur ART noch einmal auf Englisch: *I'm just wondering who the third might be*. Was keine Kritik war. Schon gar nicht an den Kommissionsmitgliedern im Auditorium, die die ART verstanden hatten. Der Zweck war eher, den Anwesenden diskret mitzuteilen, dass der Vortragende des Englischen mächtig war und, falls es nötig werden sollte, auch in englischer Sprache würde unterrichten können.

Wer mochte der Dritte sein, der die ART verstanden hatte? Da den sechs eingeladenen Bewerbern, zwei Frauen, vier Männer, gemäß Vortragsprogramm jeweils sechzig Minuten zur Verfügung standen, um die Auswahlkommission von sich und ihrer Lehrqualität zu überzeugen, würden kaum fünfzehn Minuten für die Diskussion bleiben. Es sollte doch möglich sein, diese zu überstehen, auch wenn Brendel, gerade nach der letzten Kontroverse, sicher nur darauf wartete, Richard öffentlich zu disqualifizieren.

Das Wichtigste war wohl, unter den Augen der einmütig entspannten Vordenker auf dem Foto, einen großen Bogen um das Thema *Kritik an der Relativitätstheorie* zu machen. Verschwieg man die Kritik, war man ein guter Physikhistoriker mit Chancen auf eine feste Stelle an der Uni. Und falls man, der historischen Wahrheit wegen, doch nicht ganz umhin konnte, kurz darauf einzugehen, dass der Raumzeitbegriff stets im Kreuzfeuer der Kritik gestanden hatte, wenngleich die Zahl der Kritiker in Amt und Würden stetig zurückgegangen war, dann musste man dies als jemand tun, der wie Brendel in seiner Habilitationsschrift einzuschätzen wusste, dass sämtliche Opponenten, all jene Uneinsichtigen, Zweifler, Häretiker, Miesmacher und Nörgler, die Relativitätstheorie nur miss- und fehlinterpretierten, weil sie nicht über das entsprechende geistige Zubehör verfügten, diese zu verstehen.

Nur dieses eine Mal galt es, sich gemeinsam mit der Kommission auf die richtige Seite zu stellen, auf die der Verständigen. Immerhin hatte Einstein schon am 23. November 1916 unter Nutzung der für ihn typischen Vokabeln *objektiv*, *natürlich* und *vernünftig* an den Mathematiker und Physiker Hermann Weyl geschrieben: *Ich bin hoch erfreut darüber, dass Sie die allgemeine Relativitätstheorie mit so viel Wärme und Eifer aufgenommen haben. Wenn die Theorie einstweilen noch viele Gegner hat, so tröstet mich doch der folgende Umstand: die anderweitig ermittelte mittlere Denkstärke der Anhänger übertrifft diejenige der Gegner um ein Gewaltiges! Dies ist eine Art objektives Zeugnis für die Natürlichkeit und Vernünftigkeit der Theorie.*

Wie viele Schwachköpfe es aber auch gab.

Den niederländischen Physiker Hendrik Antoon Lorentz zum Beispiel, der in seiner Theorie eine Formel zur

Beschreibung der physikalischen Wirkungen des Lichtäthers auf die sich darin bewegende Materie entwickelt hatte, genau jene Transformationsformel, die Einstein 1905 im Rahmen der SRT umgedeutet hatte, um mittels veränderlicher Raum- und Zeitkoordinaten eine absolut konstante Lichtgeschwindigkeit *c* im Vakuum festzulegen – eine Interpretation, die von Lorentz zeitlebens angezweifelt worden war. Wie viele andere seiner Zeitgenossen hatte er darauf beharrt, dass der Äther Substanzialität besitze und als ausgezeichnetes Bezugssystem dienen könne, womit die absolute Gleichzeitigkeit definierbar sei.

Oder den Experimentalphysiker Albert Abraham Michelson, der die Ergebnisse seiner Äther-Drift-Experimente von 1887 anders als Einstein gedeutet und dessen Relativitätstheorien und Raumzeitbegriff sein Leben lang abgelehnt hatte. Was der Tatsache keinen Abbruch tat, dass Michelson-Morley-Experimente noch heute, gleichwohl gigantischer und dem technischen Stand des 21. Jahrhunderts angepasst, zum Nachweis von Gravitationswellen genutzt wurden.

Nicht zuletzt den einflussreichen französischen Mathematiker Henri Poincaré, der in seinem Buch *La science et l'hypothèse*, Paris 1902, bereits Jahre vor Einstein über die Relativität der Bewegung, nicht-euklidische Geometrien und mathematisch denkbare, vierdimensionale Welten philosophiert hatte, ohne diese zu Realwelten zu machen. Da sich Poincaré angesichts der Komplexität der Prozesse eine eher demütige Einstellung zur Natur und eine skeptische zur mathematisierten Physik angeeignet hatte, gab er der euklidischen Geometrie, die von fassbaren Körpern vorgegeben war und die er deshalb als elementarer bewertete als jede nichteuklidische Geometrie, zur Beschreibung der physikalischen Realität den Vorzug.

Drei geistige Vorreiter Einsteins, über die in den Lehrbüchern oft stand, ihre Arbeiten hätten zur Relativitätstheorie hingeführt, weshalb man sie gleichsam als Mitbegründer verstehen könne – drei Unbelehrbare, die bis zu ihrem Tode nichts von der Raumzeit wissen wollten. *So* hatten sie es nicht gemeint.

Im Grunde, darüber war sich Richard klar, war sein Fachgebiet nicht die Evolution der Raumzeit, sondern eher die Evolution der *Kritik* an der Raumzeit. Wenn man darüber sprechen könnte. Es gab schließlich weitere Minderbemittelte: Ernest Rutherford zum Beispiel, Chemie-Nobelpreisträger und Erfinder des Rutherfordschen Atommodells, der die RT einen *Scherz* genannt hatte, und Frederick Soddy, der englische Chemiker und Nobelpreisträger, für den sie *ein arroganter Schwindel* war. Auch Herbert Dingle, Präsident der Royal Astronomical Society und ursprünglich ein Anhänger der speziellen Relativitätstheorie, war in den fünfziger und sechziger Jahren ihr erbitterter Gegner geworden. Nachdem er in der Fachwelt kein Gehör fand, bedauerte er in seinem Buch *Science at the Crossroads* (*Wissenschaft am Scheideweg*) von 1972, wie tief der ethische Standard der Wissenschaft gefallen sei – so tief, dass man selbst dem Irrglauben der speziellen Relativitätstheorie weiter aufgesessen sei, einer Theorie, deren Zeitbegriff so widersprüchlich, irrelevant und manifest unmöglich sei, dass sie nur deshalb überleben könne, weil sie zur Konfusion führe.

Angeregt durch Herbert Dingles Briefe in *Nature* hatte auch der Erfinder der Cäsium-Atomuhr und Vater der präzisen Zeitmessung, *time lord* Louis Essen, in den fünfziger Jahren die SRT kritisiert und sich am Zwillingsparadoxon und der Zeitdilatation aufgerieben. In seinem Artikel

Relativity – joke or swindel? von 1988 nahm er auf Rutherford und Soddy Bezug und verwarf die SRT, weil all die sogenannten Beweise für die Zeitdilatation einer kritischen Überprüfung nicht standhalten würden (darunter das Hafele-Keating-Experiment, für dessen Aufnahme in den Vortrag sich Richard eigentlich schämte).

Kaum war der Bildschirm mit dem Foto der Vorgartenfreunde in den Energiesparmodus übergegangen, drehte sich Richard auf seinem Stuhl um und betrachtete die Bücher in den drei Ikea-Regalen hinter sich, die ihm im wahrsten Sinne des Wortes den Rücken stärkten. Verglichen mit der Regalwand vor ihm waren es wenige, aber so wenige nun auch wieder nicht, darunter Philosophen wie der Literatur-Nobelpreisträger Henri Bergson, der 1922 eine Gegendarstellung zur SRT veröffentlicht hatte, oder der Ontologe Nicolai Hartmann, dessen *Philosophie der Natur* von 1950 Richard mehrfach – gleichsam glücklich – studiert hatte, weil darin die Grundfesten der Relativitätstheorie noch elementarer angezweifelt wurden als bei Bergson.

Aus der Sicht Einsteins und der Kommission, die Richard heute Nachmittag zu überzeugen hatte, mussten sie allesamt eine geringere *mittlere Denkstärke* aufweisen als die Anhänger der Relativitätstheorie: Hartmann nicht minder als Karl Popper, der sich in späten Briefen kritisch zur Relativitätstheorie geäußert hatte. Die Protophysiker Hugo Dingler, Paul Lorenzen und Peter Janich, die eine Längenmessung und eine Chronometrie jenseits der Relativitätstheorie vorschlugen, nicht weniger als die unzähligen Kritiker, die die internen Inkonsistenzen und das rein mathematische Denken der Relativitätstheorie bemängelt hatten, das die Unterschiede zwischen Raum und Zeit verwische. Nicht zuletzt die Thermodynamiker, deren Bücher in den Ikea-Regalen immerhin fast ein Drittel des Platzes einnahmen und die auch nach 1905 weiter gelehrt hatten, dass sich zwar Prozesse verlangsamen ließen, nicht aber die Zeit, und dass es einen Zeitpfeil gebe, der durch das Wachstum der Entropie beschrieben werde: ein- und dieselbe Zeit für alle Dinge, mit einem Vorher und Nachher und einem nicht zu umgehenden Ursache-Wirkungs-Prinzip.

Einsteins geistige Väter wie Mach oder Lorentz, einige der angesehensten Wissenschaftler des 19. und 20. Jahrhunderts, auch solche, die wie Bergson, Dingle oder Walter Theimer ihre wissenschaftliche Reputation aufs Spiel gesetzt hatten, der britische Philosoph und Mathematiker Alfred North Whitehead und sein Schüler Bertrand Russell, der Wirtschafts-Nobelpreisträger Maurice Allais, von dem die RT als *die größte Mystifizierung der Wissenschaftsgeschichte* bezeichnet worden war, der Philosophie-Professor Oskar Kraus, der sie *physikalisch wertlos und philosophisch absurd* genannt hatte – all diese Hartmanns, Janichs, Poincarés, Galeczkis und Marquardts, Starks, Yukawas, James Paul Wesleys, Charles Lane Poors, Oliver Heavisides, Joseph Larmors, Franco Selleris, Christoph v. Mettenheims, Manfred Langs, Arthur Oncken Lovejoys oder Charles Édouard Guillaumes, die in Richards Ikea-Regalen standen und aus verschiedenen Gründen kritisch zur Relativitätstheorie eingestellt waren: alle geistig minderbemittelt.

Dies galt umso mehr für diejenigen, die sich zu einem historisch späteren Zeitpunkt gegen die RT stellten.

War man in der Mitte oder in der frühen zweiten Hälfte des 19. Jahrhunderts geboren, als die Ätherhypothese noch gleichsam mit der Muttermilch aufgesogen worden war, besaß man zwar den Nachteil, nicht so denkstark zu sein, wenn man die Relativitätstheorie als falsch bezeichnete, doch ließ sich entschuldigend vorbringen, dass man zu jenen Uneinsichtigen gehörte, die eine revolutionär neue Theorie nicht anerkennen konnten, weil sie im Korsett ihrer falschen Überzeugung gefangen waren.

Hatte doch der Nobelpreisträger Max Planck, den Richard – nachdem er sich wieder zum Schreibtisch zurückgedreht hatte und per Mausklick vom schwarzen Bildschirm zur Abschlussfolie zurückgekehrt war – gern zwischen die beiden einmütig lächelnden Forscher gesetzt hätte (wenn einer, dann war Planck der Dritte, der auf die Bank gehörte), in seiner posthum erschienenen Biographie von 1948 zu Recht geschrieben: *Eine neue wissenschaftliche Wahrheit pflegt sich nicht in der Weise durchzusetzen, daß ihre Gegner überzeugt werden und sich als belehrt erklären, sondern vielmehr dadurch, daß ihre Gegner allmählich aussterben und daß die heranwachsende Generation von vornherein mit der Wahrheit vertraut gemacht ist.*

Bei diesen also, den frühen Gegnern, konnte man nachsichtig sein. Zumal Einstein in einem Brief bemerkt hatte, dass Bergson zwar schwere Böcke geschossen habe, ihm Gott aber verzeihen werde. Wer schon war im fortgeschrittenen Alter noch in der Lage, ausgetretene Denkpfade zu verlassen? Aus historischer Sicht erledigte sich die Sache von selbst: Die Gegner der SRT, die nicht an gekrümmte Raumzeiten glaubten, starben nach und nach aus. Und die Wahrheit hatte fortan leichtes Spiel.

Peinlicher wurde es, wenn man auch in den dreißiger bis fünfziger Jahren noch nicht an die Relativität der Zeit glaubte. Dann nämlich gehörte man bereits zu der Generation, die *von vornherein mit der Wahrheit vertraut gemacht* worden war. Dann kannte man sie bereits, die Wahrheit, und weigerte sich nur, sie anzuerkennen, wozu schon ein gerüttelt Maß an Verstocktheit und eine noch größere geistige Unterbelichtung als bei den frühen Gegnern der RT gehörte.

Es gab keinen Grund mehr, sich zum Beispiel noch mit dem Dissidenten Nicolai Hartmann auseinanderzusetzen, der ohnehin nur wieder ein Philosoph war, der sich in die Physik einmischte – Leute, die meinten, dass nicht Raum und Zeit die Gegenstände der Wahrnehmung seien, sondern nur die Dinge darin. Welcher Physiker, der im Grundstudium mit der Relativitätstheorie aufgewachsen war, wollte sich jetzt noch ernsthaft mit einer Geisteswissenschaft befassen, die das Zepter zur Beherrschung von Zeit und Raum aus der Hand gegeben hatte? Alte Kamellen. Hartmann war tot. Hartmanns Kritik war tot. Beim Googeln hatte Richard erstaunt festgestellt, dass es im Wikipedia-Artikel zu Nicolai Hartmann nicht den kleinsten Hinweis auf dessen harsche Kritik an den begrifflichen Grundlagen der Relativitätstheorie gab.

Auch andere Spätzünder der zweiten und dritten Kritikergeneration waren zu dieser Zeit bereits eine Zumutung für die höhere Wissenschaft. Dass es Dingle und Essen in den fünfziger und sechziger Jahren des 20. Jahrhunderts noch gestattet war, zwar keine Fachartikel, aber wenigstens Briefe in der renommierten Zeitschrift *Nature* zu veröffentlichen, waren letzte Zugeständnisse gewesen. Die Fachwelt, darunter der britische Mathematiker und Kosmologe Gerald James Whitrow, wies ihnen ostentativ bemüht, geduldig und mit Engelszungen nach, dass es kein wirkliches Zwillingsparadoxon gab. Dass es das einfach nicht gab. Dass das alles nur scheinbar war. Das Einzige, was es in der SRT gab, waren scheinbare Paradoxien, die sich in nichts auflösten, sowie man genauer hinsah und eine angemessene mittlere Denkstärke mitbrachte.

Dass ein Zwilling jünger war als der andere, wenn sie sich nach ihrer Trennung wiedertrafen, widerspreche keineswegs dem Relativitätsprinzip. Ja, natürlich, das sei richtig, die Reziprozität der Lorentz-Transformation sei gültig und lasse sich einfach demonstrieren. Was aber kein logischer Widerspruch sei. Mitnichten. Jeder der beiden Zwillinge sehe eben den anderen aus seiner Sicht jünger wiederkehren. Wo war das Problem? Es sei doch nur jeweils die Sicht des anderen. Außerdem erlebe nur einer der beiden reale Be- und Entschleunigungsphasen, womit er kein gleichförmig bewegtes Inertialsystem mehr sei und damit aus dem Gültigkeitsbereich der SRT entschwände. Weshalb nur er, der bewegte Zwilling, real jünger sei. So einfach sei das.

So einfach war das.

Wichtig war es, jetzt nicht mit einer spontanen, unkontrollierten Armbewegung alles, was sich auf dem Schreibtisch befand, auf den Fußboden zu fegen, die gerade geordneten Stifte und Papiere, die Bücherstapel links und rechts, den Monitor und die Tastatur. Sinnlos. Ein Akt der Unbeherrschtheit, der nichts als Scherben und Mehraufwand verursachen würde und womöglich ein stummes, doch dafür umso wirkungsvolleres Kopfschütteln von Senta, wenn sie vom Lärm aufgeweckt worden wäre. Wenngleich auch die kurzfristige Befriedigung denkbar war, dass Einsteins Taschenbücher nicht mehr obenauf liegen würden. – Was auf einen Versuch ankam.

Da Richard sich kannte, vermied er es, sich zu bewegen, und sah, während der Rechner wieder in den Energiesparmodus übergegangen war, angestrengt hinaus.

Der Himmel war jetzt bewölkt und die Fensterfront auf der anderen Straßenseite unverändert dunkel. Sein Gegenüber schien sich entschlossen zu haben, den Rest der Nacht zu verschlafen, was sicher eine weise Entscheidung war. Zumindest eine bessere, als hier zu sitzen und Maulaffen feilzuhalten. Es gab ja auch nichts zu sehen. Nur einzusehen. Einzusehen, dass Einstein recht hatte. *Einstein hat wieder mal recht. Einstein hat endgültig recht.*

Denn am peinlichsten war es, wenn man bis heute nicht begreifen konnte, was die Stunde geschlagen hatte. Wenn man auch heute noch, im 21. Jahrhundert, an einem zentralen Begriff einer Theorie zweifelte, die inzwischen zu den Fundamenten der Physik gehörte, an einem Begriff, den man an der Uni gelernt hatte und zu dem keine abweichenden Interpretationen im Lehrplan standen, um Irritationen vom menschlichen Auffassungsvermögen fernzuhalten.

Welcher Kollege würde nicht peinlich berührt sein, wenn man noch heute behauptete, die logischen und philosophischen Einwände gegen die Raumzeit und die Zeitdilatation, selbst die der ältesten Kritiker, seien niemals ausdiskutiert und widerlegt worden. Und wieder und wieder alte Argumente hervorkramte und mit dem amerikanischen Astronomie-Professor Charles Lane Poor fragte, wie man denn ein Experiment, das sich auch durch andere Theorien erklären ließe, als Beweis für nur eine der Theorien ansehen könne. Was auch auf die Entdeckung von Gravitationswellen als Schwingungen der Raumzeit zutraf.

Richard hatte eine Simulation von zwei sich erst spiralförmig umkreisenden und danach ineinanderstürzenden Schwarzen Löchern vor 1,3 Milliarden Jahren in einer fernen, nicht benannten Galaxie schon allein deshalb in seine Präsentation mit aufgenommen, weil die Raumzeitstrudel um die Löcher herum so schön rot changierend und beweglich dargestellt waren und es immer nützlich war, einen angemessenen Umgang mit modernen Medien nachzuweisen.

Er brauchte den Rechner nicht zu aktivieren, um zu wissen, was zusätzlich auf der Folie zu lesen war: ein Zitat aus dem Fachartikel *Observation of Gravitational Waves from a Binary Black Hole Merger* von 1001 Autoren, deren Namen und Zugehörigkeiten etwa ein Drittel der Aufsatzlänge ausmachten. Überhaupt war es im Moment angebracht zu vermeiden, sich zu bewegen oder an die Maus zu stoßen. Nur nicht. Es war alles in bester Ordnung. Solange der Bildschirm schwarz war, schwarz wie ein Schwarzes Loch, und sich der Rechner nicht wieder aktivierte, war es auszuhalten. Nur den Anblick der beiden Vorgartenfreunde hätte er jetzt nicht länger ertragen können. Irgendwann war es zu viel des Guten.

Einatmen – ausatmen. Tief – lang.

Ruhe – Leichtigkeit. Lächeln – loslassen.

Gegenwärtiger Augenblick – wunderbarer Augenblick.

Wie nur stellte man seine Gedanken ab?

Die Menschheit erbebte also ehrfurchtsvoll ob der Entdeckung zweier super-massereicher Schwarzer Löcher, die bei ihrer Fusion, wie zu lesen war, *50-mal mehr Energie in Gravitationswellen freigesetzt hatten als alle Sterne des Universums zusammen zum gleichen Zeitpunkt.*

Zum gleichen Zeitpunkt? Wie auch immer. 1001 Autoren standen mit ihrem Namen für die Entdeckung, und wenn es um den ersten *direkten* Nachweis von Gravitationswellen ging, konnte es sich wohl nicht um Geschichten aus 1001 Nacht handeln.

Richard sah in die ruhige Sommernacht hinaus, in der bisher kein einziges Fahrzeug die gepflasterte Grenzlinie zwischen den beiden Häuserzeilen entlanggekommen war. Während die Menschen gerade in stockwerksabhängigen Zeiten schliefen (oder vereinzelt auch nicht schliefen, was der Stockwerksabhängigkeit der Zeiten allerdings keinen Abbruch tat), dachte er an ein Seminar für Physikgeschichte zurück, das er vor einem Jahr gehalten hatte. Sie hatten sich mit einer neuen Wasserform beschäftigt, die die Forschungsgruppe des russischen Professors Boris Derjagin 1966 in engen Quarzkapillaren gefunden hatte: das Polywasser.

Was hatte die siebenjährige Geschichte des Polywassers nicht alles zu bieten: mehr als 500 Fachartikel und immer neue experimentelle Entdeckungen zu einer anomalen Wasserform, die aufgrund größerer Molekülverbände mehr Energie als normales H_2O besaß, auch eine höhere Oberflächenspannung, Viskosität und ein anderes Infrarotspektrum – Eigenschaften, die es bald zum *Wasser des Lebens* machten, zumal auch organische Zellen Wasser räumlich beschränkten. Die Besonderheiten des Lebens waren auf die neue Wasserform zurückzuführen! Der Schlüssel des Lebens war gefunden!

Über Jahre hin hatten Physiker und Chemiker versucht, die gemessenen Eigenschaften experimentell zu reproduzieren und zu erklären, was sich schwierig gestaltete, weil die höhere Energie des Wassers gegen die Gesetze der Thermodynamik verstieß. Doch mit geeigneten Theorien hatte sich schon einiges machen lassen.

Eine Polywasser-Epidemie war ausgebrochen. Tausende infizierte Wissenschaftler äußerten sich zum Lebenswasser, von den verzückten Beifallsbekundungen des Physik-Professors John Desmond Bernal, der darin die wichtigste physikalisch-chemische Entdeckung des Jahrhunderts sah, bis hin zu Warnungen des Physik-Professors Francis J. Donahoe in der Zeitschrift *Nature*, der darin eine der gefährlichsten Substanzen der Welt erkannte.

Bevor die Blase platzte. Bevor die wichtigste physikalisch-chemische Entdeckung des 20. Jahrhunderts und die gefährlichste Substanz der Welt zu einer Fußnote in historischen Abhandlungen schrumpfte, zu einer Randglosse über den russischen und internationalen Forscherschweiß, genannt Polywasser, der in den Jahren 1966 bis 1972 geflossen war.

Denn es gab keine neue, höherenergetische Form des Wassers in dünnen Kapillaren. Es gab kein Polywasser. Obwohl die Experimente nicht inkorrekt gewesen waren. Man hatte ja wirklich höhere Oberflächenspannungen und andere Infrarotspektren als bei normalem Wasser gemessen. Nur waren die Messergebnisse nicht richtig interpretiert worden. Selbst die Theorien, die die Eigenheiten der neuen Wasserform bis ins kleinste Detail erklärten, waren keine Scharlatanerie, stützten sie sich doch auf empirische Eigenschaften einer neuen Wasserform, vermeintlich eindeutige Messwerte. Diese jedoch, weit davon entfernt, ein Beweis für eine neue Wasserform zu sein, zeigten nur die Verschmutzung des Wassers in engen Quarzkapillaren: angelöstes Glas, kolloidales Silizium, Salz und anderes. Es gab Wasser. Ein gutes Lösungsmittel. Und es gab Lösungen.

Solche und ähnliche Ereignisse in der Wissenschaftsgeschichte mochten zur Vorsicht gemahnen. Doch war das Jahrzehnte her. Heute setzte man die Daten einem Signifikanztest aus, bevor man sich damit an die Öffentlichkeit wagte. Auch dürfe, hatte Richard gelesen, eine einmal gewählte Prozedur der Datenanalyse nicht mehr nachträglich geändert werden, sobald sie erst einmal auf die Daten angewendet worden sei. Das sei eine Sache der Ehre. Denn bei früheren Experimenten zur Detektion von Gravitationswellen sei es bedauerlicherweise schon zu Manipulationen in den Auswertungen gekommen, meist dem verständlichen und drängenden Wunsch einzelner Forscher geschuldet, die lange gesuchten Wellen zu finden, wodurch beinahe das gesamte Forschungsfeld diskreditiert worden wäre. – Nein, bei Signalstärken von 5,1 Sigma und mehr habe der Nachweis von Gravitationswellen kaum eindeutiger ausfallen können. Wenn die Kritiker der Raumzeit jetzt nicht mundtot gemacht waren, wann dann? Richard starrte auf den schwarzen Bildschirm, als müsse sich dort eine Antwort finden lassen.

Und doch gab es sie weiter. Leute, die nach Planck eigentlich hätten ausgestorben sein müssen, die aber, wenn man genauer hinsah, zu keiner Zeit ausgestorben waren und sich immer wieder zu reproduzieren schienen. Irgendwo musste ein Nest sein.

Einige bezweifelten, dass die extrem schwachen Schwingungen im Super-Low-Frequency-Bereich von 35–250 Hertz signifikant waren. Erstens, weil Messungen am Rande der Nachweisgrenze und im Niemandsland der Fehlertoleranzen normalerweise in das Gebiet der Pseudowissenschaften gehörten. Und zweitens, weil es für Laien schwer nachzuvollziehen war, dass sich so ein wahnwitzig kleiner Effekt, der selbst mit der Nanolupe nicht von Null zu unterscheiden war, bei all den möglichen Störquellen, konkret auf nur das eine singuläre Ereignis von 1,3 Milliarden Jahren zurückführen ließ.

Das war es nicht, was Richard beschäftigte. Warum sollte nicht etwas gemessen worden sein. Es würde immer wieder etwas gemessen werden. Doch war auch klar, was gemessen worden war? Vor allem: Waren es, wie es allerorts hieß, *Schwingungen der Raumzeit*? Oder spiegelten die Raumzeit-Simulationen nicht eine Gewissheit in der Interpretation vor, die das Experiment niemals zu geben in der Lage war? Immerhin ließen sich mit dem Michelson-Interferometer, dessen Prinzip sich bei aller perfektionierten Technik im LIGO-Experiment nicht verändert hatte, Gravitationswellen nicht *direkt* nachweisen, wie behauptet wurde. Auch keine Erschütterungen der Raumzeit, die sich mit ca. 300 000 km/s ausbreiteten, konnten *gemessen* werden. Keine Beben, keine Dellen, keine Rippel in der Raumzeit – nicht einmal winzige Raumwackler (wenn man die Zeit mal kurz wegließ, denn Zeiterschütterungen waren nicht ansatzweise beobachtet worden).

Man hatte auch nicht *gemessen*, dass sich ein Interferometer-Arm, also eine der beiden senkrecht aufeinander stehenden, vier Kilometer langen Vakuumröhren, kurzzeitig gegenüber dem anderen verkürzt hatte. Ja, selbst jene relativen Längenänderungen von ca. 1×10^{-21} Metern, also Änderungen in nur einer von drei Raumdimensionen, die wie ein Banner der Gewissheit präsentiert wurden, waren keine Messwerte. Sondern bereits Berechnungen.

Denn die eigentlichen Messwerte, die man mit einem Michelson-Interferometer aufnehmen konnte – aber das wusste auch jeder Physiker, nur war das nicht der Rede wert, weil solche Rohdaten ohne großes Federlesen, quasi im Handumdrehen, über die Lorentz-Transformation und die absolut konstante Lichtgeschwindigkeit im Vakuum in Weglängen umgerechnet wurden – die eigentlichen Messwerte waren: unterschiedliche Lichtlaufzeiten in den beiden Messarmen.

Nur das allein waren die Messwerte.

Jeder Mensch um 1890 zum Beispiel hätte voneinander abweichende Lichtlaufzeiten in unterschiedlichen Raumrichtungen nicht als Beweis für Gravitationswellen oder damals undenkbare Raumzeitschwingungen gedeutet, sondern als Beweis für etwas, was damals gut denkbar gewesen war und jahrhundertelang eine Selbstverständlichkeit dargestellt hatte: als Beweis dafür, dass etwas *im* Raum war. Etwas, das die Lichtlaufzeit beeinflussen konnte. Nicht Raum und Zeit als Substanz, sondern etwas *im* Raum, weil der Raum eben nicht leer war. Ein schwer nachweisbares Etwas, das nun empirisch bestätigt worden war und das man verschieden benennen konnte. *Gravitationswellen.* Davon bekam man noch keine Magenschmerzen. Aber Schwingungen der Honig-Raumzeit?

Was, wenn die Sicherheit, mit der sich die Physik in den letzten Jahrzehnten öffentlich präsentierte, nur eine Schutzhaltung war, da man sich, nach jahrzehntelangen kontroversen Diskussionen, nun mal auf eine Interpretation festgelegt hatte? Sodass man jetzt kaum mehr zurück konnte, ohne Gefahr zu laufen, dabei die *führenden Theoretiker,* wie Einstein sie genannt hatte, bis auf die Knochen zu blamieren und Forschungsgelder einzubüßen. Könnte nicht alles auch ganz anders sein? Wie Wittgenstein einmal gesagt hatte: *Alles, was wir sehen, könnte auch anders sein. Alles, was wir überhaupt beschreiben können, könnte auch anders sein.*

Aus der Sicht derer, die in Richards Arbeitszimmer in klarer Überzahl vorhanden waren, musste man solche Überlegungen von der Hand weisen. Samt und sonders. Die Raumzeit war experimentell bewiesen. Das wusste heute jeder aufgeweckte Achtklässler.

Da stand sie nun vor ihm, die Fachwelt, und rührte sich nicht. Einig und einmütig, wie eine Eins. Zwar nur im Halbdunkel hinter dem weiter schwarzen Bildschirm und im Lichtschatten der Schreibtischlampe, aber immer noch präsent genug, um ihn mit ihrer Übermacht zu erdrücken. Buchrücken an Buchrücken, bis an die Decke sauber zeitlich geordnet. Eine Wand von 5,40 m Breite × 3,80 m Höhe, was er genau wusste, da er das Buchenholzregal auf Maß hatte bauen lassen, um die gesamte Fläche auszunutzen. Sechs mal zehn Regalfächer, in denen die Bücher oft zweireihig stehen mussten, weil der Platz nicht ausreichte.

Bücher, die es nicht nötig hatten, Notiz von ihm und den drei, nur zwei Meter hohen Ikea-Regalen hinter ihm zu nehmen, deren Anblick er sich aber dennoch täglich bewusst aussetzte. Nicht weil er masochistisch war. Sondern um sich stets vor Augen zu halten, wie aussichtslos sich die Sache verhielt.

All diese Bücher über die Relativitätstheorie, die ganz alten von Albert Einstein, Hans Reichenbach oder Hermann Weyl, und die Flut von Folgeerscheinungen: Gerthsen, Nolting, Boblest, Müller und Wunner, Bührke und wie sie alle hießen, die die Raumzeit lehren konnten. Entweder mit den mathematischen Formalismen, der Lorentz-Transformation, der Minkowski-Raumzeit, den kontra- und kovarianten Vektoren, der Riemann-Geometrie, den einsteinschen Feldgleichungen und der Schwarzschild-Metrik im Rahmen des Physikstudiums. Oder als einfache Version für den Einsteiger, ohne gleich das gesammelte Zubehör der theoretischen Physik zu beanspruchen: *Relativitätstheorie einfach erklärt. Relativitätstheorie für jedermann. Relativitätstheorie für Dummies.* Relativitätstheorie – ein Klacks.

All diese Bücher, die Richard gelesen hatte, um in ihnen eine Antwort auf das Zeitproblem zu finden. Was ihm nicht gelungen war. Obwohl er sich überzeugen lassen wollte. Obwohl er sich quasi bei jeder begonnenen Lektüre erneut gewünscht hatte, dass sich der Autor diesmal seiner Fragen annehmen würde, statt wieder und wieder die empirischen Beweise wie einen Schild vor sich herzutragen. Louis Essen hatte geschrieben, die RT werde so streng gelehrt, dass junge Wissenschaftler es nicht wagten, ihre Zweifel offen auszudrücken. Und Herbert Dingle hatte zu recht die zunehmende dogmatische Akzeptanz beklagt.

Glücklich wäre Richard gewesen, endlich überzeugt sein zu dürfen. Dankbar wäre er gewesen. Nur bewirkten die Standardwerke der modernen Physik gerade das nicht, geschweige denn die nimmermüden Webseiten und Portale im Internet, die kritische Meinungen als Unsinn entlarvten – ein Verteidigerring, zu dem auch Brendel gehörte und der in mehr als einhundert Jahren zu einem Wall angewachsen war, indem er Heavisides Devise folgte, nach der Einsteins Nachfolger einsteinischer seien als er selbst.

Um nicht von Elektronik und ausblendbaren Webseiten abhängig zu sein, las Richard so wenig wie möglich am Rechner. Gut und beruhigend, dass es noch richtige Bücher gab. Auch wenn *richtig* nicht unbedingt richtig hieß. Jedenfalls nicht in seinem Arbeitszimmer, in dem es den ganz speziellen Sonderfall gab, dass nur hinter ihm die richtigen Bücher standen, wo einer inneren Ordnung folgend, Newton neben Kant stand, der gefordert hatte: *Habe Muth, dich deines eigenen Verstandes zu bedienen!*

Vor Richard dagegen, nur getrennt durch den Luftraum, welchen er jetzt mit der Außenwelt verband, indem er auf die überfällige Idee kam, das Fenster zu öffnen, standen zwar auch richtige Bücher, zumindest aus Sicht eines Buchhändlers, gedruckt und gebunden – aber gemäß der Ordnung in der weißschen Bibliothek waren sie dennoch falsch.

Obwohl es immer mehr wurden. Was ja auch ein Problem war. Die Menge. Tausende Einsteins und Eddingtons vor ihm, einmütig und entspannt auf der Bank.

Während es in den Ikea-Regalen hinter Richard kaum nennenswerte Zugänge gab, ließen sich in der Regalwand ständig Neuheiten einsortieren. Zuggleichnisse en gros zur Begründung der Relativität der Gleichzeitigkeit. Blitze en gros, die in Einsteins Bahngeleise einschlugen. Lobpreisungen der Harmonie der allgemeinen Relativitätstheorie, die wie ein Zauber sei und in wenigen Gleichungen ein funkelndes Universum offenbare. Darstellungen der speziellen Relativitätstheorie in neuer Axiomatik. Erklärungen en gros zur Nur-Scheinbarkeit der Widersprüche der SRT. Das Stab-Rahmen-Paradoxon. Das Ehrenfestsche Paradoxon. Das Gartenzaun-Paradoxon. Das Uhren-Paradoxon. Alles nur *scheinbare Widersprüche*, wobei jeder Autor seine eigenen Erklärungen abgab, die denen der anderen durchaus widersprechen konnten. Neuere Theorien wie die Schleifenquantengravitation oder die String- und die Superstringtheorien, die auf dem Raumzeitbegriff aufbauten. Thesen von Strings, eindimensionalen Fäden, deren Schwingungen subatomaren Teilchen in einer vieldimensionalen Raumzeit entsprachen, wovon einige Dimensionen kollabiert, kompaktifiziert oder zusammengerollt waren (die Zahl der Dimensionen hing vom Erscheinungsjahr, die Wortwahl vom Autor ab). Paralleluniversen, jedes einzelne davon aus dem primordialen Ur-Vakuum in seinem eigenen Urknall geboren und danach exponentiell expandiert, weshalb unser All nur eine von vielen Blasen im Multiversum sei, während die meisten der Baby-Universen im Raumzeit-Quantenschaum mit einem Riesenkollaps wieder verendeten. Dahintreibende Uratome, kosmische Eier, Urknall, Urschwall, Wurmlöcher, Das-Ende-der-Zeit-Stories. Und immer wieder: die Eleganz und die Schönheit der ART.

Wann immer Richard wie jetzt diese Seite seiner Bibliothek betrachtete, wurde er den Gedanken nicht los, dass die moderne theoretische Physik sich verlaufen hatte. Und in die falsche Richtung und in die Irre lief. Und in einer Sackgasse steckte. Und aufs Glatteis geführt worden war und sich an jeden Strohhalm klammerte und aufs falsche Pferd gesetzt hatte. Alles gleichzeitig. Was noch keinen echten logischen Widerspruch ergab. Das war alles noch denkbar.

Nichts im Vergleich zu den Widersprüchen in einer Theorie, wonach Raum und Zeit zu einer zitternden Raumzeit vereint waren und die Zeit eine materielle Komponente der Welt war, die sich entwickeln konnte; wonach zwei voneinander entfernte Ereignisse deshalb nicht gleichzeitig waren, weil sie sich nicht als gleichzeitig beobachten ließen; wonach für denjenigen, der sich schneller bewegte als der andere, weniger Zeit verging, und die Zeit im Schwarzen Loch stillstand und im Urknall begann; wonach man andere in der Zeit überholen konnte und ankommen konnte, bevor man losgegangen war.

Wie viel Wahrheitsgehalt steckte in einer theoretischen Physik, die den gesunden Menschenverstand bewusst aussperrte, weil sich dieser nach Einsteins Theorie als unzureichend für die Naturerkenntnis erwiesen hatte? Eine Physik, die triumphale Erfolge feierte wegen der kleinsten Hinweise auf experimentelle Bestätigung ihrer Theorien, waren sie auch noch so weit hergeholt. Die Higgs-Bosonen fand und *Gottesteilchen* nannte, weil sie entdeckt werden mussten, um das gegenwärtig gültige Standardmodell der Elementarteilchenphysik zu retten. Die Rippel in der Raumzeit fand, weil sie entdeckt werden mussten. Ein absolutes Erfordernis der Zeit. Nein: der Raumzeit.

Wenngleich immer wieder, ganz leise, quasi unhörbar, im stillen Kämmerchen, die schlichte Frage aufkam, ob es möglich war, inhärente logische Widersprüche in Kauf zu nehmen, ohne damit zugleich etwas anderes aufzugeben: die Wissenschaftlichkeit mitsamt aller Wahrheitskriterien.

Was, wenn viele dieser Werke nur mit dem *frischen Muth* geschrieben waren, sich des eigenen Verstandes gerade nicht zu bedienen, weil das schon andere vor ihnen geleistet haben mussten? Wenn sich die Nachdenker auf die Vordenker verließen und ihnen schlicht folgten? Pragmatisch. Weil Zwänge da waren. Physiker, die mathematisierten. Wissenschaftspolitiker und Physiker, die rechneten. Auch mit Geld. Und die sich umsonst abmühten, eine Weltformel zu finden, da sie eine fehlerhafte Theorie zugrunde legten. Was, wenn sich all die vielen kleinen Raumzeitbläschen im Ur-Vakuum, um ihre Grenzfläche zu minimieren, bald zu einer einzigen wabernden Blase vereinten? Zu einer riesigen Quantenraumzeitschaumblase in der x+1-dimensionalen Raumzeit, die plötzlich platzte?

Die frische Luft schien nicht zu wirken. Obwohl sie angenehm kühl war und Richard nebenbei zu zeichnen begonnen hatte, ohne die Bleistiftmine abzubrechen. In der Regel war das ein Zeichen dafür, dass seine Anspannung nachließ, was diesmal leider nicht der Fall war. Die berühmte Ausnahme von der Regel. Wenn er nicht endlich zu sich kam, steigerte er sich da in etwas hinein, das mit einer Sicherheit von mindestens 5,1 Sigma nicht förderlich für seinen Vortrag war. Er musste schlafen, er musste sich zwingen. Eine Probevorlesung kostete nicht das Leben. Er stellte den Bleistift in den Becher zurück, schloss das Fenster (gegenüber war alles dunkel) und betrachtete ungläubig die Zeitangaben auf seinen beiden Uhren: 4:10 Uhr auf der Armbanduhr. 4:08 Uhr auf seinem Studentenwecker. Wie wenig an der Zeit dran war, wenn man grübelte.

Keine elf Stunden, und er würde vor einer Lehrkommission stehen, die er nicht dadurch beeindrucken konnte, dass er übernächtigt aus der Wäsche guckte. Sich erneut eine Nacht um die Ohren zu schlagen statt zu schlafen, war so in etwa das Dümmste, was man in seiner Lage hätte tun können. Nur noch getoppt davon, dass er nicht gearbeitet, sondern stundenlang vor einem schwarzen Bildschirm gesessen hatte, um einem Foto nicht ausgesetzt zu sein, das von ihm selbst in den Vortrag eingebaut worden war.

Geschickt klickte er das Foto nach der Rechneraktivierung weg, um es nicht noch einmal ansehen zu müssen.

So, geschafft. Wenn das nicht Speedy Gonzales war. Wenige Sekunden später war der Vortrag auf dem USB-Stick gespeichert. Richard steckte ihn in die Seitentasche seines Rucksacks, bevor er den PC herunterfuhr. Ganz ohne Updates diesmal. Ein Wunder. Jetzt die Zähne putzen, Wasser trinken und ab ins Bett.

Er stand auf, streckte Arme und Beine und dehnte seinen Rücken, ein eingerosteter Sechsunddreißigjähriger (als habe man niemals im Leben Sport getrieben), knipste die Schreibtischlampe aus und ging in dem wenigen Restlicht, das von draußen hereinkam, langsam an der

Fitness-Station vorbei in Richtung Tür. Dabei ließ er seinen Handrücken über die Buchrücken in der Regalwand streifen – eine Geste, die er sich angewöhnt hatte. Warum auch immer. Kontaktaufnahme. Rücken an Rücken. Handrücken an Brendels großartiger Habilitationsschrift über die Fehl- und Missdeutungen der RT. Handrücken an *Die verbogene Raum-Zeit* von Harald Fritzsch. Handrücken an *Reisen durch die Raumzeit* von Leslie Marders. Der Gegner, kein Feind. Andersdenkende.

Konnten sich so viele irren? Wenn Senta nun recht hatte und er ein Dickkopf war, der mit dem Kopf durch die Wand wollte? Wenn diese Regalwand niemals wanken würde? Zumal jeder weitere Nobelpreis zur Bestätigung der Relativitätstheorie und der darauf aufbauenden Standardmodelle es unwahrscheinlicher machte, dass Bewegung in die Sache kam. Nobelpreis für die beschleunigte Expansion des Universums. Nobelpreis für das Higgs-Boson. Nobelpreis für die Rippel in der Raumzeit. Und auf der anderen Seite die Klimax der Blödheit: Gegner der Relativitätstheorie bis 1925. Gegner der Relativitätstheorie bis 1980. Gegner der Relativitätstheorie bis heute. Verfahrene Kiste. Er öffnete die Tür zum Flur.

Das hatte sich Senta bestimmt nicht erträumt, als sie ihn vor sechs Jahren kennengelernt hatte. Einen Thermodynamiker, der gerade frisch promoviert war und ihr begeistert seine Formeln gezeigt hatte. Und einen Historiker, der ihr Anekdoten erzählt hatte. Er sah sie noch vor sich, wie sie ihm teils amüsiert, teils betrübt gelauscht hatte, als er ihr all diese Tragödien um die Erstgeburtsrechte an Theorien erzählt hatte. Vom Arzt und Naturforscher Julius Robert von Mayer zum Beispiel, dem verrückten Mayer, wie er genannt wurde, dessen Forschungen nicht anerkannt worden waren und der sich aus dem Fenster im zweiten Stock gestürzt hatte, obwohl er 1841 den Energieerhaltungssatz gefunden hatte. Eines der wichtigsten Axiome der Physik überhaupt, das von Benjamin Thompson, auch genannt Graf Rumford, schon 1789 beim Aufbohren von Kanonenrohren vermutet worden war: der erste Hauptsatz der Wärmelehre. Heute galt James Prescott Joule als Entdecker, obwohl er den Satz erst 1843 entdeckte. Und die Einheit der Energie war das Joule, nicht das Mayer oder Rumford.

In der Medizin sei das ähnlich, hatte sie gemeint. Die gleichen Streitereien. Nur seien die Lehrmeinungen noch weniger haltbar als in der Physik, das sei der Unterschied. Nichts mit Jahrhunderten. In der Medizin würden alle Axiome einfach alle paar Jahre schlecht. Echte Verfallsprozesse. Medizingeschichte hätte er studieren sollen. Eben noch seien die Antioxidantien ein Schutzschild gegen Krebs, dann förderten sie das Wachstum von Tumoren. Eben noch sei es erwiesen, dass Fett ungesund sei und der Dickmacher Nummer eins, dann wieder sei es der Haushaltszucker: low carb – das Mittel der Wahl. Wenig später sei zu viel Eiweiß der ärgste Feind der Gesundheit; auch Zeitverschiebungen machten fett und krank, und überhaupt sei die Darmflora für das Übergewicht verantwortlich, und dann wieder war sogar die Fruktose der Buhmann. Nur nicht zu viele Früchte. – Was wohl ein Orang-Utan dazu sagen würde?

Sie hatte gelacht und bestimmt nicht erwartet, dass sie mit dem hoffnungsvollen Jungakademiker, der er einmal gewesen war, einen Mann heiraten würde, der mit Mitte Dreißig noch immer keinen festen Job hatte, ablehnungswürdige Aufsätze produzierte, nachts mit dem Bleistift Koordinatensysteme auf alle verfügbaren Papiere kritzelte, seine Habilitation nicht weiterschrieb und somnambul durch die Wohnung wandelte. Eine verkrachte Existenz. Ein Nurzerebralmensch, der es zu nichts brachte und den sie irgendwann würde durchfüttern müssen. Ein studierter Hausmann. Unnütz wie ein Kropf und die Stringtheorie.

Er war schon beim Zähneputzen. Sogar seinen Namen hatte sie angenommen, obwohl sie Morgenstern geheißen hatte. Ein wunderbarer Name; er sah das Schild in der Praxis noch vor sich: *Dr. Morgenstern*. Wenn das nicht ein Name war, mit dem man Patienten Mut machte. Auch bei ihm hatte er gewirkt, vor allem nach der Vorgeschichte: die Bolzerei mit den halbwüchsigen Neffen, sein verletztes Knie, die Schmerzen und der Anruf in der Klinik, in der Nacht vom Sonntag zum Montag, ob er noch vorbeikommen könne. Die junge Nachtschwester am Telefon, die erst etwas fiebrig erwähnt hatte, dass es einen Verkehrsunfall gegeben habe, und dann in schneller Abfolge abgefragt hatte: Kniegelenk blockiert oder nicht? Stechender Schmerz oder nicht? Permanenter Schmerz oder nur unter Belastung? Knie heiß oder kalt, normal oder angeschwollen? Fragen, die in ihrem Tempo gewirkt hatten, als wären sie einem Kursbuch für Einsteiger entnommen und die er zunehmend unwilliger beantwortet hatte, weil ihm die Diagnose einer Schülerin, die sich ein paar Cent als Aushilfsnachtschwester dazuverdiente, gerade wenig weiterhalf. Zu seinem Erstaunen hatte die Stimme plötzlich gesagt, er könne kommen und den Nachteingang für die Orthopädie benutzen.

Eine Aufforderung, der er sofort nachgekommen war, um sich auf seinem Stuhl in der Unfallchirurgie dann aber denkbar schlecht zu fühlen. Auf Tragen wurden Verletzte mit blutenden Schädeln vorbeigetragen. In allen Gängen, die er einsehen konnte, war Hochbetrieb. Pfleger in blauen Kitteln, herumhuschende Schwestern in weißen Kitteln, Plastikeimer, Blutbeutel und Kanülen, der Geruch nach Chemikalien und Desinfektionsmitteln, und je ernster und gestresster die Leute waren, desto schlechter hatte er sich gefühlt. Zumal der Schmerz im Knie nachgelassen hatte. Er war sich nicht einmal mehr sicher gewesen, ob das Knie überhaupt noch wehtat, weshalb er es mehrfach verdreht hatte, um sich davon zu überzeugen.

Als ihm endlich ein Pfleger zugerufen hatte, er könne reingehen, die Frau Doktor sei jetzt da, war er ins Behandlungszimmer gehumpelt. Aufschrift *Dr. Morgenstern*. Und dann war er da gewesen. Am Waschbecken, mit einer Haube auf dem Kopf. Noch leicht verschwitzt im Gesicht und beim Händewaschen: der Morgenstern. Sie hatte gelächelt, irgendwie erstaunt. Auch noch als sie sein geschwollenes Knie abgetastet und sich nach dem Hergang des Unfalls erkundigt hatte, hatte sie gelächelt. Immer hatte sie gelächelt. Was ihn irgendwann verunsichert hatte, weil ihm nicht klargeworden war, ob es ein freundliches Lächeln war oder nur eins, das ihn auslächelte. Als einen jener typisch wehleidigen Männer, die wegen jeder Lappalie nachts den Notdienst bemühten und den Ärzten die Zeit stahlen, die sie dringend für etwas Wichtigeres benötigten.

Weiter lächelnd hatte sie schließlich gesagt, dass sie der Stimme am Telefon nach keinen jungen Mann erwartet habe. Worauf er entgegnet hatte, dass er am Telefon eine Siebzehnjährige vor sich gesehen habe, eine Schülerin, womit ihr Altersunterschied also ein halbes Jahrhundert betrage. Sie hatte kurz gestutzt, dann den Kopf geschüttelt und war errötet, um ihm in der Folge all die unangenehmen Befunde mitzuteilen, die sich in den nächsten Tagen beim MRT und Röntgen des Kniegelenkes bestätigen sollten: akuter Meniskusriss, Innenmeniskus, Verdrehtrauma. Das Gewebe von Dreißigjährigen verliere bereits an Elastizität, die Menisken würden spröder, weshalb es mitunter schon bei geringeren Gewalteinwirkungen zu Verletzungen kommen könne – man müsse wohl eine Arthroskopie machen, um den Riss zu nähen. Er solle liegenbleiben. Die Schwester reibe ihn mit Kühlgel ein und bandagiere ihn. Wenn er ein Schmerzmittel brauche, könne er es der Schwester sagen. Sie war schon am Gehen, als er sich endlich dazu durchgerungen hatte zu fragen, ob ein steinalter Mann sie zum Essen einladen dürfe.

Und jetzt hieß sie Weiß. Senta Weiß. Im Grunde eine Zumutung, wenn man eine Senta Morgenstern gewesen war. Er gurgelte mit dem Wasser, bevor er es ausspuckte und den Becher erneut ansetzte, um den Mund auszuspülen. Und war mit einem Mann verheiratet, der sich zwar an ihren Ratschlag hielt, weitere Fußballschlägereien mit Neffen zu vermeiden, weil Menisken, die einmal gerissen waren, besonders anfällig seien, der aber in anderer Hinsicht völlig beratungsresistent war.

Er stellte den Becher weg und wusch und massierte sich das Gesicht, besonders die Schläfen und Augenhöhlen. Und schwanger war sie auch noch. Obwohl er ihre fruchtbaren Tage genauer gezählt hatte als sie und sich eigens dafür einen Kalender angelegt hatte, weil er wusste, dass sie nicht verhütete. Wie oft er Senta wohl in den letzten Monaten gebeten hatte zu warten, weil er noch Zeit brauche. Wie oft wiederum sie gesagt hatte, dass ihr die Zeit weglaufe. Was schlicht übertrieben war. Jemand, der zwei Jahre jünger war als er, beschwerte sich, dass ihm die Zeit davonlaufe. Außerdem sah sie nicht nur jünger aus, sondern war es auch. Trotz ihrer Nachtschichten und Bereitschaftsdienste sah sie noch immer so aus wie vor sechs Jahren im Behandlungszimmer. Sie sah aus, wie ihre Stimme klang: zart, hell. Ein Morgenstern.

Wenn es stimmte, was der Frauenarzt zu ihr gesagt hatte, war sie in der elften Woche. Er versuchte, sich an den Zeitpunkt der Zeugung zu erinnern, was ihm nicht gelang. Irgendetwas musste beim Interruptus schiefgegangen sein. Oder der Eisprung war früher als gewöhnlich erfolgt – die Schliche des weiblichen Körpers, um sich die eigenen Wünsche zu erfüllen. Er hätte sie ernster nehmen müssen, die Wünsche und Senta.

Er trocknete sich das Gesicht ab und sah danach in den Spiegel. Eine müde, gerötete Visage mit Augenringen und wirrem Haar, das die beginnenden Geheimratsecken verdeckte und nach Sentas Dafürhalten zu lang war. Wenigstens waschen musste er es. Wenn es wieder wellig war, würde es schon gehen. Und rasieren tat not. Die Nächte ohne Schlaf zeitigten Wirkung.

Irgendetwas musste Senta an ihm finden, sonst würde sie nicht bei ihm bleiben und ein Kind von ihm wollen. Die Kreuzung aus akuter Hybris und mangelndem Selbstvertrauen im Spiegel konnte es jedenfalls nicht sein. Richard T. Weiß, der nichts wusste. Richard T. Weiß, dem schwarz vor Augen wurde, wenn er an Schwarze Löcher oder Singularitäten dachte. Eigentlich verrückt: In sechsunddreißig Jahren ließen sich gut zwei Generationen unterbringen. Er könnte schon Großvater sein und war nicht bereit, Vater zu werden. So wenig bereit, dass seine Frau ihn überlisten musste.

Befand sich ein Mann, der über fünfunddreißig war, nicht sogar schon in der Vortodesphase? Er war sich nicht mehr sicher, was bei C. G. Jung stand. Das musste er morgen nachlesen. War er nach Jung schon vortot? – Noch keine grauen Haare, immerhin. Er schaltete zusätzlich die Neonröhre über dem Spiegel an, beugte den Oberkörper nach vorn und zog ein paar Strähnen über dem Ohr nach hinten. Nichts zu entdecken. Auch nicht an den Schläfen. Und die Brille für die Nahsicht, die ihm der Augenarzt schon vor zwei Jahren geweissagt hatte, als sei es ein Triumph, solche Vorhersagen treffen zu können, brauchte er auch noch nicht.

Zumindest schien der Arzt die Wirkung der Zeit nicht zu bezweifeln. Wie auch die Neunzigjährige in der Straßenbahn nicht, deren Worte Richard noch im Ohr klangen. Vor allem, *wie* sie gesagt waren, zu ein paar Halbwüchsigen, die sich, auf die Bänke verteilt, das Lachen nicht hatten verkneifen können: »Ihr kommt mir alle nach.« Wissend, siegend und auch ein wenig böse. *Ihr kommt mir alle nach.* Der sollte man mal den Zeitbegriff der modernen Physik nahebringen, da würde sie Augen machen.

Richard schaltete die Neonleuchte wieder aus und ging aufs Klo. Was seine Gespräche mit Brendel betraf, hatte Senta leider auch recht. In letzter Zeit war er stets schlecht gelaunt gewesen, wenn er mit Brendel Kontakt gehabt hatte, was zum Glück selten vorgekommen war, weil sich der Herr Institutsdirektor rarmachte.

Dabei waren sie einmal Kommilitonen gewesen, für ein halbes Jahr, fast Freunde. Er drückte die Spülung, wusch sich die Hände und verließ das Bad in Richtung Küche. Wobei das noch von der Definition von Freundschaft abhing. Wenn es stimmte, dass Freundschaft viel mit Geben und Nehmen zu tun hatte und kleine Geschenke die Freundschaft erhielten, war es Freundschaft gewesen. Einer konnte vom anderen profitieren. Der drei Jahre ältere Brendel hatte wie Richard in Stuttgart Physik und

Geschichte der Naturwissenschaften studiert, zufälligerweise die gleiche, nicht allzu häufige Fächerkombination.

Richard schaltete das Licht in der Küche an, inspizierte die Sechserpacks in der Ecke, in denen zwei Wasserflaschen fehlten, und ging zum Kühlschrank. In Brendels letztem Semester *Theoretische Physik* hatte er das Tutorium *Statistische Mechanik und Thermodynamik* für die Viertsemester gehalten, darunter Richard. Brendel, der sich schon damals nur Brendel genannt hatte, weshalb niemand seinen Vornamen benutzte und vielleicht nicht einmal kannte, war nicht beliebt gewesen. Dennoch hatte Richard sich ihm angenähert, weil er sich Zeit für Diskussionen nahm, mehr als die Dozenten zumindest.

Ein ungleiches Paar: Der kleine, dickliche Brendel, der mathematisch versiert eine Formel nach der anderen an die Wand malte und sich leidlich damit abmühte zu antworten. Und der um einen Kopf größere, sportliche Richard, der im Tutorium alles hinterfragte, was kam, den Spin der Elementarteilchen, die absolute Aktivität, die Zustandssummen der Gibbsschen Gesamtheiten. Auch nach den Tutorien. Auch in der Mensa. Es war sogar so weit gegangen, dass sie gemeinsam Philosophieseminare besucht hatten.

Um sich erkenntlich zu zeigen, hatte Richard Brendel Literatur empfohlen, Borges, Dürrenmatt, Nooteboom, oder ihn gefragt, ob er mit zum Fußball komme, was dieser, obwohl er dann stets nur auf der Bank saß, seltsamerweise nie abgelehnt hatte. Einmal hatte Richard ihn sogar zu einer Geburtstagsparty mitgenommen, was keine gute Idee gewesen war. Richards Freunde vom Sport und der Uni ignorierten Brendel einfach, worauf Richard mit ihm den lieben langen Abend Physik repetierte, um ihn nicht allein in der Ecke sitzen zu lassen.

Danach verloren sie sich aus den Augen. Brendel war nach seinem Diplom in Physik und seinem Magister in Geschichte an das Max-Planck-Institut für Wissenschaftsgeschichte nach Berlin gewechselt, hatte dort promoviert und eine steile Karriere als Wissenschaftshistoriker gemacht: über sechzig Aufsätze in Fachzeitschriften, eine Doktorarbeit, die als Monographie bei Springer erschienen war, die Habilschrift über die Fehldeutungen der Relativitätstheorie vom Anfang des 20. Jahrhunderts bis in die Gegenwart, zwei ins Englische übersetzte Sachbücher bei Elsevier, bevor er, das war nun sechs Jahre her, zum ordentlichen Professor ans hiesige Institut für Physikgeschichte berufen wurde. Mit dreiunddreißig.

Richard stöhnte unwillkürlich. Da war er jünger gewesen als Richard jetzt. Während Richard sich für sonst was interessiert hatte: Sport, Literatur, naturphilosophische Seminare und vor allem die Thermodynamik. Das Wasser aus dem Kühlschrank tat gut. Er setzte sich mit der Flasche an den Küchentisch, nahm noch einen Zug und studierte die Angaben auf dem Etikett: Hydrogencarbonat: 397 mg/l, Sulfat: 274,4 mg/l, Calcium: 441 mg/l.

Harte Sache. Auch das Mineralwasser.

In die Wissenschaftsgeschichte hatte ihn genau genommen erst Brendel wieder zurückgeholt. Gleich nach Richards Promotion in Göttingen über irreversible Prozesse in der Thermodynamik, die zwar interdisziplinär angelegt war, doch die er als Dr. rer. nat. an der physikalischen Fakultät und nicht wie Brendel an der historischen Fakultät verteidigt hatte. Mit dreißig. Magnesium: 87 mg/l. Nicht schlecht, auch wenn es noch kein Heilwasser war. Krämpfe sollten ihn heute Nacht nicht heimsuchen, falls noch stimmte, was man dem Magnesium nachsagte.

Vor sechs Jahren hatten sie sich auf einer Konferenz wiedergetroffen, beide in aufgeräumter Stimmung. Brendel, weil er gerade frisch berufen war, und Richard, weil die Gutachten für seine Promotion eingetroffen waren. Brendel hatte Richard von freien Postdoc-Stellen im neuen Sonderforschungsbereich der DFG an seinem Lehrstuhl erzählt, und das fächerübergreifende Forschungsprogramm *Parallelen und Kontradiktionen zwischen den eigenständigen physikalischen Theorien des 20. und 21. Jahrhunderts* klang vielversprechend. Richard hatte sich beworben. Kurz und schmerzlos. Wenn er geahnt hätte, was auf ihn zukommen würde, hätte er die Finger davon gelassen. Postdoc bei Brendel, nachdem er Doktorand bei Achim Kahler gewesen war – der Beginn der Tragödie.

Positiv war, dass er durch den Ortswechsel Senta kennengelernt hatte und ihm die zwei Seminare zur Physikgeschichte pro Woche Spaß machten; und eigentlich – aber dieses *eigentlich* war bereits so einschränkend, dass es die Aussage des restlichen Satzes geradezu umkehrte – war es auch positiv, dass ihn sein Teilprojekt *Vergleichende Studien zu Zeitvorstellungen in der theoretischen Physik* von Anfang an interessiert hatte. Zu sehr nämlich. Das reine Desaster. Vor allem, seit sich Richard auf Brendels Wunsch hin mit dem Zeitbegriff der Relativitätstheorie beschäftigt hatte: abgelehnte Paper, abgebrochene Projekttreffen, kontroverse Diskussionen, in denen Brendel auf den Parallelen und Richard auf den Kontradiktionen zwischen den Zeitbegriffen der Theorien beharrt hatte. Vor drei Jahren hatte ihm Brendel, bereits missmutig, noch eine Verlängerung gewährt. In zweieinhalb Monaten aber lief das Projekt aus. Diesmal endgültig, ohne dass Richard etwas vorlegen konnte. Kein Aufsatz in den letzten zwei Jahren. Nichts, was sich in einer publizierbaren Arbeit oder gar in einer Habilitationsschrift wiederfinden konnte.

Obwohl Whisky angemessener gewesen wäre, trank er noch einen Schluck vom Fastheilwasser. Immerhin wurden treue Trinker und Käufer belohnt. Treue Trinker, wie auf dem Etikett zu lesen war, mit einem sinkenden Osteoporose-Risiko. Treue Käufer von 20 mal 6 Flaschen mit einer vergoldeten Siegesgöttin.

Seltsame Geschichte. Seltsame Physik. In der letzten Zeit war Richard klarer denn je geworden, wie sehr die moderne Physik die Irreversibilität von allem und jedem aus sich aussperrte.

1865 hatte Rudolf Clausius noch einen gesellschaftlichen Disput über den sogenannten Wärmetod des Universums anstoßen können, als er seinen berühmten Aufsatz mit den Sätzen beendete:

1. Die Energie der Welt ist konstant.

2. Die Entropie der Welt strebt einem Maximum zu.

In der modernen Kosmologie hingegen spielte die Wärmelehre keinerlei Rolle mehr. Sie fristete ein Schattendasein in den Ingenieurwissenschaften und wurde nur noch zu Alibizwecken heranzitiert, sobald das Schlagwort *Entropie* benötigt wurde. Stattdessen standen heute an vorderster Front zwei Theorien, deren Ideenpool und Instrumentarium es nicht hergaben zu beschreiben, dass Prozesse irreversibel sind: Einerseits die Theorie für das ganz Kleine, die Quantentheorie, in der noch immer alle Elementarprozesse umkehrbar waren, sodass einmal Geschehenes wie eine Filmrolle rückwärts abgespult werden konnte, ohne dass sich dadurch eine Größe im Universum geändert hätte. Andererseits die Theorie für das ganz Große, die großen Geschwindigkeiten, die großen Massen. Einsteins allgemeine Relativitätstheorie mit dem verschwiemeltsten Zeitbegriff aller Zeiten.

Und diese beiden Theorien versuchte man auch noch zu vereinen, um nachhaltig zu scheitern. Statt das Naheliegende zu versuchen und die Quantentheorie mit der Thermodynamik zu verknüpfen, der Theorie der Mitte, wenn man so wollte, die das Verhalten komplexer Materie und den Zeitpfeil beschreiben konnte. Wer eine Birne aß oder ein Kind lobte, veränderte die Welt. Irreversibel. Wer einen Baum absägte, der ins Schuppendach fiel, konnte seine Tat nicht einfach so wieder rückgängig machen. Nicht auf demselben Wege. Nicht, indem er den Baum wieder hinstellte. Der Baum war ab, der Schuppen kaputt. Damit an demselben Ort irgendwann wieder ein Baum und ein Schuppen standen, musste man schon etwas mehr Arbeit investieren, als einfach den Film rückwärts abzuspulen und *t* gegen -*t* auszutauschen. *Derselbe* Baum und *derselbe* Schuppen aber würden es nie wieder sein.

Seltsam. Die grundlegendste empirische Wahrheit, die schon vor Heraklit von Ephesos bekannt war, *panta rhei*, alles fließt, nichts bleibt, wie es ist – ein Prinzip, das nicht nur jeder alteingesessene Arzt und jede Neunzigjährige in der Straßenbahn kannte, sondern auch jedes Kind, und das oft bitter sein mochte, zugleich aber auch die größte Gerechtigkeit darstellte, die es gab, und das die Mannigfaltigkeit in der Natur erst erzeugte – wusste die moderne theoretische Physik nicht zu beschreiben. Stattdessen speiste sie sich und ihre Umgebung mit Zeitreisen und verbogenen Raumzeiten ab.

Als sei die Physik ob all ihrer mathematischen Klugheit dumm geworden. Oder die Raumzeit hatte die Gehirne so mitverbogen, dass sie nicht mehr gerade denken konnten.

Was das denn nur für eine Zeit sein solle, hatte Richard Brendel beim letzten Projekttreffen gefragt, die Einstein da in seinem Raumzeitkuchen verbacken habe. (Warum er den Mund nicht gehalten hatte; er wusste doch, wie Brendel tickte.) Wie könne jedes Objekt im Universum eine andere Zeit haben, abhängig von seiner Lage im Gravitationsfeld und seiner Relativgeschwindigkeit, wie könne die Zeit von der Geschwindigkeit des Beobachters abhängen und relativ sein, wenn es doch in der heutigen Kosmologie ein einheitliches Alter des Universums gebe? Und damit auch ein einheitliches Alter der Raumzeit und der Materie: 13,8 ± 0,04 Milliarden Jahre gemäß den Messungen des Planck-Weltraumteleskops.

»Toll, dass du dir wenigstens noch Zahlen merken kannst, wenn du schon keine Aufsätze mehr schreibst. Die Ironie kannst du dir sparen. Sie ist unbedingt fehl am Platze«, hatte Brendel geantwortet. »Wenn du die einfachsten Dinge noch immer nicht begriffen hast, kannst du sie gern in meiner Habilarbeit nachlesen.«

Richard hatte Brendels akribisches Mammutwerk mit über dreitausend Zitaten, in dem die Kritiken an der Relativitätstheorie a) als grobe Missverständnisse, b) als Fehlinterpretationen und c) als politisch motiviert eingestuft wurden, nicht nur einfach gelesen, sondern Zeile für Zeile gelesen. An einigen Passagen hatte er sich regelrecht die Zähne ausgebissen. Bis ihm inmitten der Lektüre aufgegangen war, dass Brendel als sammelnder Historiker mit vorgefasster Meinung vor allem eins verstanden hatte: sämtliche heiklen Stellen, Skylla und Charybdis, sicher zu umschiffen und keine der Richard auf den Nägeln brennenden Fragen anzuschneiden oder auch nur ein einziges Paradoxon der RT aufzulösen.

Er sei an den Aufsätzen dran, hatte Richard eingelenkt. Nur sei es, bei Lichte besehen, doch vergleichsweise unwichtig zu wissen, welche der vereinheitlichten Theorien, ob nun die Kaluza-Klein-Theorie oder die modernen Superstring- und M-Theorien, wann welche der höherdimensionalen Raumzeiten heraufbeschworen habe. Genauso unwichtig wie ob nun Hilbert oder Einstein die endgültigen Gravitationsgleichungen der ART zuerst gefunden hätten. Solcherart Streitigkeiten gebe es Tausende. Wichtiger sei doch, sich zu fragen, ob das mathematische Konzept der vier- und höherdimensionalen Raumzeit überhaupt physikalisch relevant sei.

Was längst bewiesen sei, hatte Brendel entgegnet. Er solle endlich damit aufhören, hier den Narren zu spielen. Er sei als Historiker angestellt, und als solcher könne er es sich gar nicht leisten, Fachfragen der theoretischen Physik zu beantworten. Die zudem längst beantwortet seien.

»Wenn es ein kosmologisches Alter gibt, eine verbindende Zeit, die für das gesamte Universum gilt«, hatte Richard beharrt, »kann die Zeit nicht in bestimmten Raumregionen des Universums langsamer oder schneller vergehen. Unmöglich, das schließt sich aus. Dann ist für jedes Gebiet im Universum dieselbe Zeitspanne seit dem Urknall vergangen: 13,8 Milliarden Jahre. Frag mal bei einem Schwarzen Loch nach, in dem gemäß der RT die Zeit stehen geblieben ist, wie viel Zeit an dieser Stelle des Universums vergangen ist und weiter vergeht. Das Loch existiert mit allem, was sich im Raum daneben befindet, zeitgleich und hat es in der Evolution des Universums genau wie alles, was neben ihm existiert, bis dahin geschafft. Die Zeit endet im Schwarzen Loch nicht.«

Brendel hatte abgewinkt. »Ein alter Hut, ein scheinbarer Widerspruch. Das ist trivial. Steht auch in meiner Habilschrift, die du angeblich gelesen haben willst: Hermann Weyl hat gezeigt, dass man das Universum, als kohärentes Ganzes aufgefasst, als Abfolge von Hyperflächen mit jeweils konstanter kosmischer Zeit t betrachten kann und dass dies nicht der SRT mit ihren Eigen- oder Systemzeiten widerspricht, die lokal, am jeweiligen Ort, durch Uhren gegeben sind und global erst durch Signalaustausch definiert werden. Auch in der numerischen ART, wenn man dynamische Prozesse studieren will und nicht weiß, welchen Beobachter man wählen soll, splittet man die Raumzeit einfach wieder auf, das 3+1-Splitting, wenn dir das was sagt, worauf die Raumzeit in raumartige, dreidimensionale Hyperflächen aufblättert, auf denen die Zeit jeweils konstant ist. Dann lassen sich dynamische Prozesse aus der Sicht eines speziellen Beobachters simulieren. – Die Eigenzeit des Loches endet.«

Wozu man die Raumzeit denn wieder aufsplitte, wenn sie zuvor zu einer unauflöslichen Einheit verschmolzen war, hatte Richard erst fragen wollen, sich dann aber eines Besseren besonnen.

An den Abschnitt in Brendels Arbeit konnte sich Richard gut erinnern. Immerhin war er der Grund dafür gewesen, dass Richard Weyls Aufsätze wie die *Philosophie der Mathematik und Naturwissenschaft* von 1927 studiert hatte, worin Weyl schreibt: *Denkt man sich die vierdimensionale Welt als eine Plastilinmasse, die von einzelnen sich nicht schneidenden, aber sonst ganz unregelmäßig verlaufenden Fasern, den Weltlinien der Materieteilchen, durchzogen ist, so kann man das Plastilin stetig so deformieren, daß nicht nur eine, sondern alle Fasern vertikale Geraden werden.*

Das Universum als kohärentes Ganzes aufzufassen, als Weltkörper gleichsam, war seit 1931 notwendig geworden, als sich die Urknall-Theorie von Georges Lemaître gegenüber der Steady-State-Theorie zu etablieren begann. Wie sonst hätte man von einem zeitlich dynamischen Universum sprechen können, das expandierte und dabei seine Massendichte, seinen Krümmungsradius und so weiter änderte. Man benötigte die universelle Zeit wieder, die Einstein in seiner SRT abgeschafft hatte, als er noch von einem statischen Universum ausgegangen war.

So hatte man nun zwei Zeitbegriffe: erstens die universelle oder kosmologische Zeit, in der es eine absolute Gleichzeitigkeit von Dingen im Raum gab, deren Wiedereinführung Howard Percy Robertson 1933 als *partial reinstatement of absolute simultaneity into the actual world* bezeichnet hatte, was Brendel übertrieben und Richard untertrieben formuliert fand. Und zweitens die lokale Zeit oder Eigenzeit, nach der die Gleichzeitigkeit relativ war und die als Koordinate einer vierdimensionalen Raumzeit, die man sich nach Weyl als Plastilin zu denken hatte, definiert war.

Die Raumzeit schien über die Jahrzehnte weicher geworden zu sein. Flüssiger. Hatte Weyl sie sich noch als Plastilin vorgestellt, so war sie heute bereits wie Honig. Der langsame Phasenübergang der Raumzeit in den Köpfen der Physiker. Honig im Kopf. Hatte Nicolai Hartmann nicht recht damit, wenn er der theoretischen Physik vorwarf, sie hofiere mit ihrem vierdimensionalen Raumzeitkontinuum die Unanschaulichkeit, um zugleich und gleichsam unbemerkt zur sinnlichen Wahrnehmung zurückzukehren und sich den Raum als Ding oder Körper vorzustellen? Nach Hartmann eine Selbsttäuschung, die umso gefährlicher sei, als sie die Tendenz habe, sich selbst auf die Spitze zu treiben und dadurch aller freien Diskussion zu entziehen.

Wer konnte sich eine vierdimensionale Welt als Plastilinmasse vorstellen? Richard presste die Plastikflasche zusammen, in der nur noch eine Pfütze Wasser war. Kein menschliches Gehirn. Wenn er nur stark genug presste, erzeugte er höherenergetisches Wasser in dünnen Kapillaren. Polywasser – die gefährlichste aller nicht vorhandenen Substanzen des 20. Jahrhunderts. Fast so gefährlich wie die gefährlichste nicht vorhandene Substanz des 20. und 21. Jahrhunderts: die Raumzeit.

Was man sich denken konnte, waren dreidimensionale Dinge im Raum. Schon der Raum selbst ließ sich nicht als Plastilinmasse oder Honig denken. Wie erst die Raumzeit. Und nun evolutionierte dieses vierdimensionale Gewabere auch noch mit der Zeit, ohne dass die theoretischen Physiker dabei Schleifen im Kopf bekamen oder es ihnen überhaupt auffiel, dass sie sich damit zeitliche Veränderungen eines Objektes im Raum vorstellten.

Wieso musste man, wenn man das Universum als Körper beschreiben wollte, wogegen nichts sprach, dieses Weltgefüge mit einem einheitlichen Alter dann unbedingt Raumzeit nennen? Weil Minkowski und Einstein es so genannt hatten?

»Die Zeit des Loches kann nicht enden«, hatte Richard gesagt. »Es gibt einen beständigen Wandel. Prozesse. Prozesse aber können nur *in* der Zeit ablaufen. Den Studenten im Seminar sage ich immer, dass Prozesse in einer Welt des Werdens das Einzige sind, was existiert. Es gibt keinen Zustand. Nur den der Veränderung. Jeder thermodynamische Gleichgewichtszustand, ohne Ausnahme, ist eine Abstraktion, etwas mehr oder weniger künstlich Herausgehobenes aus dem ewigen Fluss, um die Natur einfacher beschreiben zu können. Ein Schnappschuss. Eine Momentaufnahme.«

»Hör auf mit deiner Thermodynamik. Das nervt langsam. Sie endet im Schwarzen Loch: die Eigenzeit.«

»Wenn zwei Schwarze Löcher, in denen die Zeit stillstehen soll, miteinander fusionieren, wie mit der Entdeckung der Gravitationswellen ja gezeigt worden sein soll, in welcher Zeit läuft dann ihre Fusion ab? Nicht in ihrer eigenen anscheinend, denn die steht ja still. Was ist denn deine Eigen-, Lokal- oder Systemzeit? Eine Uhrzeit?«

Brendel hatte kurz gezögert und dann gesagt: »Zeit ist das, was man an einer Uhr abliest.«

»Glaubst du das wirklich? Weil es in einem Schwarzen Loch meinetwegen keine Schwingungen einer Cäsium-Atom-Uhr mehr gibt oder weil unter starker Gravitation die Uhr nicht mehr funktioniert, gibt es keine Zeit? Jede Uhr geht anders und wird durch Kräfte anders beeinflusst. Eine andere Uhrzeit bedeutet eine andere Zeit? Wenn das Messinstrument beeinflusst wird, gibt es eine andere Zeit? Weil sich die Uhr verändert oder für den Beobachter scheinbar ihre Schwingungsfrequenz verändert, gibt es eine Zeitdehnung, eine Zeitdilatation? Das Messinstrument beeinflusst das Gemessene?«

»Du hast dich verlaufen. Du bist völlig konfus«, hatte Brendel gesagt.

»Vielleicht.« Richard war aufgestanden. »Warum hast du eigentlich gerade Hartmanns Kritik an der RT in deinem Buch nicht besprochen?«

Brendel hatte die Schultern gezuckt, als sei das keine Frage, die man beantworten müsse. Es hätte nur noch gefehlt, dass er mit den Augen gerollt hätte.

»Okay, die Gretchenfrage«, hatte Richard gesagt. »Die Zeitdilatation ist ein realer Effekt?«

»Klar. Experimentell bewiesen. Myonen-Lebensdauer, Satellitennavigation. Relativistische Effekte am CERN. – Klar doch.« Brendel hatte sich zurückgelehnt und Richard reserviert aus den Augenwinkeln fixiert.

»Der Zwilling, der mit einer Kanonenkugel wegfliegt …, okay, etwas realistischer: mit einer Rakete mit halber Lichtgeschwindigkeit, und nach seiner Reise wiederkommt, ist jünger als der, der auf der Erde bleibt? Für den in der Rakete ist weniger Zeit vergangen als für den auf der Erde? Er hat nur zwei Jahre erlebt und der andere zweihundert? Kein Widerspruch?«

»Kein Widerspruch. Kommt auf die Relativgeschwindigkeit an. Kann man berechnen, die Gleichungen kennst du.«

»Sagen wir, das Universum, und damit die Raumzeit, altert um zwölf Jahre. Keine große Zeitspanne im Vergleich zum Alter des Universums, aber irgendwie muss es ja älter werden. Sukzessive, in kleinen Schritten. In diesen zwölf Jahren expandiert das Universum nach dem Urknallmodell, und seine Massendichte nimmt ab. Als ein Teil des Universums erleben beide Zwillinge die zwölfjährige Evolution mit. Als Astronomen mit relativistischer Vorbildung könnten sie die zeitliche Expansionsrate sogar ermitteln und für die Entdeckung der beschleunigten Expansion des Universums den Nobelpreis bekommen. In diesen zwölf Jahren, die beide miterleben, erlebt der eine zwei und der andere zweihundert Jahre. Kein Widerspruch?«

»Kein Widerspruch.«

»Und der fernreisende Zwilling kommt auch abgeplattet zurück?«

Brendel hatte den Kopf geschüttelt: »Mensch, Richard, komm zu dir. Du verwechselst universelle Zeit und Eigenzeit. Das ist doch alles längst bewiesen. Du bist der Zeit absolut hinterher. Du bist ein Relikt. Auf der falschen Fährte und auf der falschen Seite. Überall siehst du Probleme, wo es keine gibt.«

Er hatte sich plötzlich aufgesetzt und mit dem Sitz auch seinen Tonfall geändert: »Wir sind aber keine Studenten mehr. Und das ist hier auch kein Tutorium mehr, in dem ich Leuten, die nichts auf der Kappe haben, jede Frage beantworten muss.« Worauf er begonnen hatte, Papiere auf seinem Schreibtisch zu sortieren, ein deutliches Signal dafür, dass das Gespräch beendet war.

»Die Relativitätstheorie will ich gar nicht in Frage stellen«, hatte Richard eingeschränkt. »Es geht nur darum, ob man dem kantschen und newtonschen Zeitbegriff nicht doch ein gewisses Unrecht antut, wie es sich auch die Protophysiker fragen, die Dinglers Einwände gegen die SRT ernst nehmen. Lorenzen zum Beispiel oder Janich. Es geht um den Zeitbegriff.«

Das war zu viel gewesen. Ein Widerwort zu viel. Denn jetzt war Brendel brüsk aufgestanden und hatte Richard gefragt, ob er verrückt geworden sei. Ganz im Vertrauen: Einer der Gutachter für Richards Paper zur Quantenthermodynamik, das er im *New Journal of Physics* eingereicht habe, habe bei ihm angerufen, völlig verunsichert, und nachgefragt, was es denn mit diesem Manuskript auf sich habe, das die Relativitätstheorie nicht beachte. Ob Brendel etwa inhaltlich dahinter stünde, da es von einem Wissenschaftler aus seinem Institut komme. Natürlich habe er verneint und gesagt, dass er nichts von einem Manuskript wisse und dass es nicht weiter zu beachten und abzulehnen sei.

Richard könne doch nicht ernsthaft eine der beiden tragenden Säulen der modernen Physik anzweifeln und dies auch noch veröffentlichen wollen. Wozu sei er Physiker, wenn er nicht wisse, dass jedes Standardwerk die Relativitätstheorie vermittle. Er solle mal bei Demtröder oder Nolting nachlesen. Wozu sei er Historiker, wenn er nicht wisse, dass das Kapitel *Kritik an der RT* abgeschlossen sei. Definitiv. Keiner könne ihn mehr ernst nehmen. So wie man auch Hartmann oder Janich nicht ernst nehmen könne und erst recht nicht die heutigen Kritiker. Unsinn. Ob er sich wirklich mit diesen Spinnern auf eine Stufe stellen wolle und zugleich das Institut in Misskredit bringen wolle? Er jedenfalls sei als Institutsdirektor nicht länger bereit, sich das gefallen zu lassen. Dann müsse Richard eben die Konsequenzen ziehen.

Richard trank den letzten Schluck des Wassers und spürte, wie müde er war. Wie es aussah, war die Zeitdilatation Wirklichkeit von derbster Beschaffenheit. Langsam zerknüllte er die Plastikflasche, die sich wehrte, indem sie laut knackte, bevor er aufstand und den unansehnlichen Rest seines Kraftaktes beim Verlassen der Küche in den Plastikmüll warf.

Wahr war, dass sich einige Kritiker der RT im Internet selbst abwerteten, indem sie polemisierten, was der Sache mehr schadete als nützte. Wer unter mangelnder Anerkennung litt, entwickelte nicht immer die besten Eigenschaften. Dennoch gab es stets aufs Neue kritische Beiträge und Bücher, die kein Unsinn waren, wie Brendel gesagt hatte, sondern einem allgemeinen Unbehagen Ausdruck gaben. Dem Unbehagen an der modernen Physik.

Aussätzige. Und zu dieser aussterbenden Spezies, die keinen Blumentopf gewinnen konnte, gehörte nun auch er. Selbst wenn er sich darum bemüht hatte, nicht dazu zu gehören. Wer den Schaden hat, braucht für den Spott nicht zu sorgen.

Obwohl er den Weg auch so gefunden hätte, machte Richard Licht im Flur. Auf der Uhr auf dem Schuhschrank war es 5:12 Uhr. Leider hatte Senta auch damit recht: Wenn er so weitermachte, verpasste er den Sprung zur festen Stelle an der Uni endgültig. Und man konnte es wohl kaum eine Erfüllung nennen, sich bis zum Rentenalter von einem befristeten Projekt zum nächsten durchzuhangeln. Wobei noch fraglich war, ob sich überhaupt immer wieder nahtlos eine Projektstelle anschließen würde. Der Markt war umkämpft. Näher lag wohl das Arbeitsamt. Wenn das nicht der berühmte Karriereknick war. Vor allem, falls Brendel endgültig die Geduld verlor und ihm die Freundschaft kündigte. Er musste den Vortrag halten. Wie geplant, pro RT. – Also gut, Senta hatte eigentlich in allem recht.

Gab es etwas Schöneres als die Wärme einer schlafenden Frau? Seiner Frau. Er hob das Laken an, legte sich an ihren Rücken und genoss, dass sie im Schlaf nicht den geringsten Versuch unternahm, sich aus seiner Umarmung, die eher einer Fesselung glich, zu befreien. Im Gegenteil. Sie stöhnte leise und wohlig, und er hatte den Eindruck, dass sich ihr Po sogar noch etwas dichter an ihn heran schob, was die üblichen Reaktionen in seiner Leistengegend hervorrief. Wobei sie ganz sicher schlief. Erstaunlich, wie sie ihn aushielt. Faktisch bedingungslos. Wenn sie so aneinander lagen, waren all die Streitereien und Vorwürfe des Tages vergessen und übrig blieb die Nähe und das, was José Ortega y Gasset einmal als *Bejahung des anderen Seins* bezeichnet hatte, *gleichgültig, wie es sich zu uns verhält.*

Einmal hatte er Senta gefragt, ob sie an ihn glaube. Klar, hatte sie gesagt, was denn sonst. Immerhin gebe es

Zehntausende, darunter Einstein und Planck, hatte er gesagt, die die SRT und ART für richtig hielten und dicke Bücher damit füllten. Warum sie an ihn glaube? Warum denn nicht, hatte sie geantwortet. Warum sollte sie irgendwelchen Leuten vertrauen, Fremdlingen oder hornalten Typen, die sie nie gekannt habe und auch nie kennenlernen würde, da sie schon im Grabe lägen. Nein, sie kenne ihn und vertraue ihm, und sie sehe, wie er arbeite, und sie glaube nur an ihn. Schlagende Logik.

Das Problem dabei war, dass er sich vorstellen konnte, dass sie wirklich an ihn glaubte. Seine Theorie, an der er ständig weitergearbeitet hatte, hatte sie nie in Zweifel gezogen und ihn sogar ermutigt, sie woanders einzureichen, wenn sie wieder abgelehnt worden war. Und einmal, als sie einen Beitrag über die Dunkle Energie im *Spektrum der Wissenschaft* gelesen hatte, weil es selbst neben der Toilette herumlag, hatte sie gesagt, es wäre gut, wenn er den Spekulationen Einhalt gebieten könnte. Lauter hypothetische Dinger; das sei ja unglaublich, was die Kosmologen da vor sich hin spintisierten, ohne die geringste Gewissheit: Quintessenz genannte Energiefelder, negative Drücke durch virtuelle Teilchen, negative Vakuumdichten als kosmologische Konstante. Dagegen seien selbst die Mediziner Gold.

Senta glaubte an ihn. Sogar daran, dass er etwas ausrichten konnte. Glaubte er selbst an sich? Er musste unbedingt schlafen. Die Stippvisite auf dem Arbeitsamt zwischen den beiden Projektstellen vor drei Jahren hatte genügt, ihn davon zu überzeugen, dass das kein Ort war, an dem er sich öfter aufhalten wollte. Ihr Beruf bitte, hatte ihn eine ausladende Fünfzigjährige gefragt, die sich hinter einem nicht weniger ausladenden Schreibtisch verschanzt hatte. Physiker, hatte er geantwortet, und Physikhistoriker. Was sie denn eintippen solle, hatte sie nachgefragt, beides sei zu lang, es gebe nur ein Feld im Formular. Und hatte auf den Bildschirm gestarrt und vor sich hin gebrummt, das habe sie ja noch nie gehabt. – Warum musste er sich gerade jetzt an diese füllige Person erinnern, die darauf wartete, dass er ihr sagte, was sie in ein Feld eintragen konnte? Die kleinen, auf den Bildschirm gerichteten Augen, die vorgeschürzten fleischigen Lippen, ganz nah jetzt, quasi beleuchtet durch die Nacht und die Erinnerung.

Einer Eingebung folgend hatte er angefragt, ob vielleicht *Naturphilosoph* in das Feld passe. Das sei nur ein Wort und stimme auch. Worauf sie ihn kurz scharf ansah, als prüfe sie, ob er sie zum Besten halten wollte. Doch dann war ihr Gesicht freundlicher geworden. Und als er entschuldigend lächelte und beflissen hinzufügte, dass sie, falls das zu lang sei, auch eintragen könne: *Naturphil.* – einfach abkürzen, das verstehe jeder, hatte sie anerkennend genickt und gesagt: Ja, das passt. Und hatte es eingetragen.

Worauf er das Amt als *Naturphil.* verlassen hatte. Frisch gebacken und ohne jede Aussicht auf Vermittlung. Wer suchte einen Naturphil. auf dem Arbeitsamt? Was die Naturphilologen und -philatelisten sicher mit einschloss. Dennoch war er zufrieden gewesen. War die Physik historisch aus der Naturphilosophie hervorgegangen, so war nun das Umgekehrte passiert, infolge pragmatischer Feldbehandlung. Womit er im Prinzip die gleiche Metamorphose durchgemacht hatte wie damals Ludwig Boltzmann, der sich, nachdem ihm seine Kontrahenten nachgewiesen hatten, dass seine statistische Deutung der Entropie nicht ausreichte, um die Irreversibilität aller Prozesse zu beschreiben, von der theoretischen Physik zur

Naturphilosophie gewechselt war. Wenige Jahre vor seinem Selbstmord 1906.

Von Nacht konnte keine Rede mehr sein. Durch die dünne, hellgrüne Übergardine, die sie nach längerer Kompromissfindung im Schlafzimmer angebracht hatten, fiel schon Licht. Wenn er den Kopf über Sentas Haarschopf hob, konnte er an der Wand neben dem Fenster zwei Lichtflecken erkennen, die auf der Raufasertapete nach oben wanderten und dabei ihre Form und Größe änderten. Woher auch immer sie rührten. Von vorbeifahrenden Autos stammten sie nicht. Erstens gab es keine, und zweitens waren die Lichtreflexe zu kontinuierlich. Die Müllabfuhr schied auch aus, die hätte man selbst bei geschlossenem Fenster gehört.

Er ließ sein Gesicht wieder in ihr Haar sinken und atmete den Geruch ein. Wie warm sie sich anfühlte. Wie ein heißer Ofen. Wobei ihr regelmäßiger Atem zeigte, dass sie weiterhin schlief. Begnadet. Wahrscheinlich träumte sie gerade von Fischen. Sie erzählte ihm oft, dass sie von Fischen träumte. Sie saß auf einem Felsen in den Calanques und schaute ins Wasser. Oder sie tauchte im Meer. Im Prinzip war es egal, was sie tat, denn das Bild, das sie sah, war immer das gleiche: abertausende, silbern aufblitzende Fischrücken, Schwärme oder Einzelgänger, deren Flug durch das Wasser man verfolgen konnte. Und stets war es ein Meeresgrund, auf dem Lichtspiele stattfanden. Nur die Fische, das durchschaubare Wasser und das Licht auf dem Grund. Selbst wenn sie am Tage danach Dutzende von Knie- und Fußoperationen hatte, schlief Senta um halb sechs morgens fest, falls nicht gerade eine Frühschicht anstand.

War es überhaupt halb sechs?

Auf Sentas Wecker war es 5:46 Uhr. Er schob sein Knie leicht nach vorn zwischen ihre Beine, was reaktionslos geduldet wurde, und überließ sich eine Weile den Eindrücken, die das weitflächigste Sinnesorgan des Menschen unermüdlich und in nicht enden wollender Serie an sein Gehirn sendete. In seinem Aufsatz, an dem er weitergeschrieben hatte, obwohl ihn keine Fachzeitschrift drucken wollte, hatte er logisch gefolgert, dass es keine Ruhe gab. Schon auf der untersten Ebene des Seins gab es beständig irreversible Prozesse infolge von Nichtgleichgewichten im Raum, der mit nicht-wägbarer potentieller Energie gefüllt war, die man früher *Äther* genannt hatte. Eine Welt des Werdens, sehr tief angesetzt, mit der sich irgendwann auch erklären lassen würde, warum sich sein Puls gerade beschleunigte und er den Hautkontakt an und zwischen den Oberschenkeln genoss. Es musste nur so wimmeln von Gradienten in und zwischen ihren Körpern, elektrischen, thermischen, chemischen, magnetischen, welchen auch immer, die zu all den Kreuz- und Querprozessen und pulsierenden Strömen in der Epidermis und im Bindegewebe, in den Herzkammern, Blutgefäßen und Schwellkörpern führten, die ihn jetzt mit Genuss einen warmen Körper umarmen ließen.

Die zwei Flecken an der Tapete waren heller geworden, golden fast. In Höhe der gusseisernen Gardinenstange, die er nach den endlosen Verhandlungen mit Senta angebracht hatte, schienen sie zusammenzuwachsen. Wobei es gerade so aussah, als ob sich der kleinere gegen die Einverleibung wehrte, durch die er seine Grenzen verlor und damit nicht zuletzt auch seine Identität.

Wenn er Senta erzählte, dass ihn nun schon Lichtreflexe an der Tapete melancholisch machten, würde sie nur ungläubig ihren Kopf schütteln. Dennoch war es so.

Immerhin ein Abglanz der Sonne, den er, Richard Weiß, Lehrkraft für besondere Aufgaben in spe, der in neun Stunden und sechs Minuten eine mustergültige Lehrvorlesung über die Evolution der Raumzeit halten würde, als autonom erkannt hatte. Licht, das etwa acht Minuten lang über eine Strecke von einhundertfünfzig Millionen Kilometern durch das All gereist war. Und das sich danach über Reflexionen und Spiegelungen, deren Herkunft weiterhin unbekannt war, seitlich durch die hellgrüne Gardine gemogelt hatte, um vor seinen Augen ein Drama aufzuführen, in dem eine tanzende Existenz an der Raufasertapete verendete. Sein Fleck. Sein gewesener Fleck.

Wenn schon keine Lichtspiele im Traum, dann wenigstens in der Realität. Inzwischen gab es nur noch eine homogene helle Fläche, die sich in Richtung Schrank ausbreitete und dabei auch noch die kleinsten verstreuten Goldpünktchen auf der Tapete einsammelte.

Etwas Ähnliches hatte er mal im Erdgeschoss des Instituts gesehen, als ihnen beim Umbau der Laborvitrinen ein anderthalb Meter langes Beckmann-Thermometer von 1910 heruntergefallen war, das auf dem Kachelboden in tausend Stücke zersprang. Nach dem ersten Schock hatten sie interessiert dabei zugesehen, wie sich das flüssige Metall wie von selbst wieder zusammengefunden hatte. *Argentum vivum*. Die größeren Quecksilberkugeln hatten die kleineren aufgesammelt, gleichsam verschluckt.

1910. Was das wohl für Zeiten gewesen waren. Noch kein Krieg. Das naturwissenschaftliche Institut in der Kopernikusstraße 34 war gerade erst erbaut worden. Mit meterdicken Steinmauern, Parkett im Eingangsportal, kühlen Laboratorien im Erdgeschoss und einer Einliegerwohnung, die der Direktor und Begründer des Instituts mit seiner

Familie selbst bewohnte, um Tag und Nacht vor Ort zu sein. Sicher hätte keiner der damals achtzig Mitarbeiter vermutet, dass das Gebäude kaum ein Jahrhundert später mal in ein Institut für Physikgeschichte umfunktioniert werden würde – im Erdgeschoss in eine Art Hausmuseum, in dem sich die Studenten von realer Geschichte der Naturwissenschaften anwehen lassen konnten: von Listen und Lochkarten, auf denen Flügellängen, Wärmebeträge oder Dichten notiert worden waren, von konservierten Stubenfliegen und Schmetterlingen, historischen Eiskalorimetern und angerosteten Laboraufbauten in Glaskästen. Man konnte durch die Labortrakte wandeln oder man nahm die Seitentreppe zur ersten und zweiten Etage, die das Museum erweiterte, vorbei an den Vitrinen mit alten Laborbüchern über damals bekannte Lichterscheinungen und -wirkungen, und suchte den Hörsaal III im zweiten Stock auf, in dem schon Generationen von Studenten versucht hatten, einer quantentheoretischen Ableitung zu folgen oder das Elektron im eindimensionalen Kasten zu verstehen.

Jetzt wirkte alles verlassen und leer. Das bläuliche Licht der Sparlampen auf der Treppe, die nur vereinzelt eine Vitrine oder zwei, drei Parkettstreifen beleuchteten, verblasste. Wozu auch mehr Licht. Weder drehte der Hausmeister, der die Einliegerwohnung heute bewohnte, jetzt schon seine Runde, noch wurde die Seitentreppe täglich gereinigt. Kein Leben auf den Fluren.

Nur der Körper der Zeit schob sich schwerfällig die Treppe hinauf und durch die Gänge, vorbei an den Studierzimmern und der Bibliothek mit Aristoteles' *Physik* und den Fragmenten des Heraklit über das ewig Gleiche, das Lebende wie Tote, Wache wie Schlafende, Junge wie Alte, das ineinander umschlug und dasselbe war; er schob sich durch den rechten Flügel des Gebäudes bis hin zur Wanduhr über dem Portal des Hörsaals III, die justament sechs Uhr schlug, viel zu früh, noch neun Stunden bis zur Lehrprobe, die Zeit dehnte sich bedrohlich in seine Richtung und sammelte den Raum ein. Noch war das Trugbild etwa zwanzig Meter entfernt, doch Richard wusste bereits, dass das nicht von Dauer war. Obwohl er aufgestanden war und zurückwich. Auf der Haupttreppe befand er sich jetzt und suchte, an das Geländer geklammert und die Erscheinung nicht aus dem Auge lassend, mit den Füßen die Stufen hinab zur ersten Etage. Vergeblicher Rückzug. Die Raumzeit wuchs schneller, als er zurückweichen konnte. Er ruderte mit den Armen. Dann fiel er rückwärts die Stufen hinab, überschlug sich mehrfach und stürzte gemeinsam mit einem Viskosimeter von Louis Essen, der die Durchlaufzeit von Alkohol mit der Atomuhr maß, und mehreren Leinenbänden von Bergsons *Schöpferische Entwicklung* die Stufen hinab, überall Bücher, Glassplitter und Feuchtigkeit, bis er an einem japanischen Kuchenbaum liegenblieb, vor dem Luitzen E. J. Brouwer einen Vortrag über die Ur-Intuition der Zeit und das Nichtvorhandensein der Null hielt. Eine viel zu leise Rede über das Nichtvorhandensein. *Auch der Singularitäten*, schrie Richard, doch der Redner kehrte ihm den Rücken zu und diskutierte mit Cantor und Weyl, bevor er weggeschoben wurde, eine Pappfigur, Null wurde, Nichts wurde unter dem dehnbaren Körper der Raumzeit, ein raumfüllender Prozess, der sich wieder ins Bild schob.

Es war zu spät. Richard lag in den nach Zimt und Karamell riechenden Blättern, zerschlagen vom Sturz und narkotisiert vom verdunstenden Alkohol, während ihn ein Meer aus Schaum und Schwamm und Plastilin und Honig überquoll, Quallen und schleimige Brühe, ein riesiger verformbarer Weichkörper; er schrie, doch kein Ton gelangte nach draußen; er konnte sich nicht rühren, gefangen in Bezugsmollusken, bevor es endlich einen Phasenübergang der dritten Art gab und sich die ätherische Täuschung in greifbaren Stoff auflöste, in einen Körper mit Haut und Haar, der sich mit ihm bewegte und nach Kopfhaut roch, Zimt und Karamell, nicht nur warm, sondern auch feucht, sehr feucht; in den man eindringen musste, tiefer; immer tiefer in die Materie, die von Impulsen und Stößen überflutet wurde, an den Innen- und Außenflächen, den Nahtstellen des Seins sozusagen, bis ihn der erstrebte Genuss durchzuckte und erlöste.

Danach lag er ermattet auf dem Rücken, und ihm genügte ihre Hand auf dem Haar zur Aufrechterhaltung der seelischen Verbindung. Obwohl er nach dem Orgasmus gewöhnlich einschlief, war er diesmal hellwach. Von Senta waren nur der brünette Haarschopf und der linke, zu ihm hingestreckte nackte Arm zu sehen. Sie hatte das Laken wieder über sich gezogen. Er drehte sich zu ihr und versuchte, seine Atemfrequenz der ihren anzupassen. Der Traum war noch im Hintergrund, doch es machte keinen Sinn, dorthin zurückzukehren. Blödsinnige Verzerrungen, an denen deutungswütige Jünger von C. G. Jung ihre wahre Freude gehabt hätten. Das Institut sah er heute noch früh genug wieder, hoffentlich dann etwas gelassener. Warum er nicht mal von Fischen träumen konnte. Von wegen Synchronisation der Trauminhalte bei langjährigen Paarbeziehungen.

Auf Sentas Wecker, der auf ihrem Lehrbuch zur Knieendoprothetik auf dem Nachtschrank stand, war es 6:31 Uhr. Keine Weckzeit eingestellt. Musste sie nicht zum Dienst? Er stellte den Wecker wieder auf das Buch zurück.

Knieendoprothetik. Seit er Senta kannte, wusste er, dass es möglich war, sich sein Leben lang mit biomechanischen Knieprothesen und Femorotibialgelenken zu beschäftigen, komplexen Verknüpfungen aus Rad- und Scharniergelenken, die wenigstens einige der Freiheitsgrade der Bewegung wieder möglich machen sollten, die ein gesundes Knie besaß. Oder man widmete sich der Heilung von gerissenen Kreuzbändern, geschwollenen Gelenkkapseln, entzündeten Schleimbeuteln, Kapsel-Band-Verletzungen und Arthrosen. – Alles allemal sinnvoller, als nächtelang Lorentz-Transformationen zu repetieren, und doch so gar nicht seine Welt.

Inzwischen waren große Teile der Gardine, die über die dreiteilige Fensterfront gezogen war, von der Sonne beschienen. Nur die Oberlichter noch nicht. Er strich Senta über die Haare, die im Morgenlicht einen rötlichen Schimmer hatten, und war ihr dankbar dafür, dass sie noch nie auf den Gedanken gekommen war, sich die Haare zu färben. Ein welliger Haarschopf, durch den man sich den Weg bahnen musste zu einem Morgenkuss. Diesmal einer, der zwar gnädig gewährt wurde, aber kurz ausfiel. Sentas Augen blieben geschlossen. Sie zog das Laken etwas von ihren Schultern, rutschte weiter nach unten und kroch seitlich an ihn heran, wie sie es gern tat, wenn sie nicht weiter behelligt werden wollte. Dann legte sie ihren Arm um ihn: »Es ist erst halb sieben, Richard. Noch eine halbe Stunde.«

»Hast du denn erst Spätschicht?«

»Nein, keine Schicht, ich habe frei. Das heißt Bereitschaft.«

Was es bedeutete, wenn Senta sich Mitte August außer der Reihe frei nahm, war klar. Der Terminkalender für chirurgische Eingriffe war überfüllt. Viele ihrer Kollegen hatten Kinder und wollten mit der Familie Urlaub machen, und Senta hatte nichts Besseres zu tun, als sich mitten in den Schulferien mittwochs frei zu nehmen. Für ihn. Was sicher gut gemeint war, ihn aber eher unter Druck setzte. Als könnte ein Lehrvortrag wichtiger sein als zerschmetterte Kniescheiben oder fehlgebildete Füße.

Ihr Atem, der auf seine Rippenbögen fiel, ging gleichmäßig. Es war deutlich, dass sie gewillt war weiterzuschlafen, und von der ganzen herrlichen Nacktheit seiner Frau waren aus seiner Perspektive wieder nur der Haarschopf und ein Stück vom Oberarm zu sehen. Typisch Senta, die sich ungern ansehen ließ.

»Und so eine Süßigkeit entziehst du mir.«

»Was für eine Süßigkeit?«, fragte sie mit ein paar Sekunden Verspätung, wie aus einem Traum heraus.

»Das ganze Bett neben mir, vom Rippenbogen abwärts: voller Süßigkeiten.«

»Sehr freundlich. Das ist sogar erotisch.« Sie schmiegte sich enger an ihn, ohne allerdings ihre geschützte Position aufzugeben. Er strich mit den Fingerspitzen über ihren Oberarm. Aus der Entfernung von etwa vierzig Zentimetern konnten all die winzigen Unregelmäßigkeiten und Körnungen, die Sommersprossen und Leberflecken, die er bereits erforscht hatte, zu jenem glatten Kontinuum verschmelzen, das er jetzt vor sich sah: weiße weiche Haut. Morgensternchen. Wer hätte ahnen können, dass ihm die Nachricht vom Ende seiner Fußballkariere mal ein Engel überbringen würde.

Er löste sich von ihr, zog sacht das Laken wieder über ihre Schultern und setzte sich auf: »Schlaf ruhig. Ich mach erst mal das Workout und weck dich dann zum Frühstück.«

»Richard?«

»Ja, Sternchen?«

Erstaunlich war, dass ihr Gesicht diesmal unbewegt blieb, obwohl sie Diminutive nicht ausstehen konnte.

»Könntest du nicht heute …«

»Na, sag schon.«

»Heute Nachmittag, meine ich … Könntest du nicht vielleicht … ich meine, nur deinen Lehrvortrag halten, nichts weiter? … Keine Kritik, meine ich.« Und fügte hinzu: »Für unser Kind.«

Er saß da und nickte. Was doppelt sinnlos war.

Erstens, weil Senta ihre Augen noch immer geschlossen hatte. Und zweitens, weil es nichts zu nicken gab. Gar nichts. Eine Diskussion wäre angebrachter gewesen.

Doch er nickte. Wie sie so dalag, ein Häufchen Leben unter dem Laken, wirkte sie noch zarter, als sie ohnehin schon war. Sie zog ihre Schultern leicht hoch und senkte sie wieder, und irgendwann schien es ihm, als ob sie ihn durch die geschlossenen Lider hindurch ansah und wartete. Darauf, dass er etwas sagte. Oder darauf, dass er ging. Hauptsache, er stellte sein albernes Nicken ein.

Ein gesundes Tier steht auf und tut etwas. Er schien kein gesundes Tier zu sein, eher ein angeschossenes. Schockstarre nach dem Schuss: Klar wünschte sie sich, dass die Unsicherheit vorbei war und er endlich einen festen Job hatte. Das wünschte er sich selbst. Aber statt zu sagen, für mich oder für uns, was er verstanden hätte, musste sie sagen: für unser Kind. Gerade heute, am Tag seines Hearings. Ein Druckmittel. Das war doch sonst nicht ihre Art.

Für irgend so ein Etwas, das noch nicht mal andeutungsweise zu sehen war, nicht die kleinste Wölbung, und das er sich auch nicht vorstellen konnte, geschweige denn wollte, sollte er einen Vortrag halten, in dem er sich und seine Ideen verleugnete. Nicht für Senta. Sondern für dieses Etwas. *Wer hat denn das bestellt?* – Das war die erste Reaktion des amerikanischen Physiknobelpreisträgers Isidor Isaac Rabi gewesen, als im Jahre 1936 das Myon in der kosmischen Strahlung entdeckt wurde, ein Elementarteilchen, das nicht in das Theoriegebäude der damaligen Grundlagenphysik passte. Sämtliche theoretischen Grundlagen mussten umgearbeitet werden; das gesamte bisherige physikalische Weltbild geriet aus den Fugen wegen einer einzigen neuen Existenz.

Wie auch Richards Weltbild gerade aus den Fugen geriet. Vor allem sein Lebensgefühl. Was anfangen mit diesem Elementarteilchen, das niemand bestellt hatte und das trotzdem auf einmal da sein sollte und seine Frau verformte, körperlich wie geistig? Vielleicht irreversibel. Garantiert irreversibel. Er hatte ihr doch gesagt, dass er noch Zeit brauche. Myriaden von Neutrinos in der kosmischen Strahlung, die einen ständig durchbohrten. Und nun auch noch das Myon, das seinen Platz in der Realität behaupten wollte.

Wo sollte es schlafen? Etwa zwischen ihnen?

Er strich über ihren Unterarm, kaum merklich, um anzuzeigen, dass es ihm nicht um Distanz ging, sondern darum, die Nähe zu erhalten, indem er sich entfernte. »Ich mach das schon irgendwie«, sagte er beklommen, ohne sich darüber im Klaren zu sein, was er schon irgendwie machen würde oder was er gerade gemeint hatte.

Als Richard die Tür zum Arbeitszimmer öffnete, zeigte sich, was im Schlafzimmer schon zu vermuten gewesen war: Es war ein strahlender Augustmorgen. Der Raum war lichtdurchflutet. Die Sonne schien auf die Schreibtischplatte mit den Bücherstapeln am Fenster. Auch die

Füße der Hantelbank-Multistation in der Raummitte waren in weiches Licht getaucht.

Er schloss die Tür hinter sich, stellte die Wasserflasche auf dem Sideboard ab und schaltete die Musikanlage an: *Brand new day.* Vielleicht half es, auch wenn Van Morrison unmöglich heute gemeint haben konnte. Ein brandneuer Tag sah anders aus. Da schleppte man nicht den Ballast einer durchwachten Nacht mit sich herum. *When all the dark clouds roll away / And the sun begins to shine / I see my freedom from across the way / And it comes right in on time.*

Er stellte das Lied auf Endlosschleife, summte mit und zog sich die Sportsachen über. Erst ein paar einfache Dips zur Erwärmung an den Holmen, mit aufrechtem Oberkörper, für den Trizeps. *Well, it shines so bright and it gives so much light.*

Es gab wirklich viel Licht. Auf seinem alten Studentenwecker auf dem Schreibtisch war es zwei vor sieben. Die Armbanduhr lag jetzt im Schlafzimmer. Doch falls es ihm gelang, von seiner wechselnden Höhenposition aus die Zahlen auf dem Display des Solarfunkweckers zu entziffern, der vor den gesammelten Werken von Josiah Willard Gibbs im mittleren Ikea-Regal stand, hätte er eine zweite Zeitangabe. Gar nicht so einfach. Das Display des Funkweckers, der seine Nutzlosigkeit bereits erfolgreich demonstriert hatte, spiegelte.

I was lost and double crossed / With my hands behind my back. Vierzehn Dips bereits. Jetzt der letzte: Langsam und kontrolliert ließ Richard sich herab, bis die Brust auf Höhe seiner Hände am Barren war, hielt sich zwei Sekunden in Position und drückte sich schließlich ausatmend wieder in die Ausgangsposition zurück.

Ende des ersten Satzes.

In der Entspannungsphase verließ er den Barren und ging zum Ikea-Regal, um die Zahlen auf dem Display zu studieren und mit der Zeigerstellung seines Weckers zu vergleichen. Draußen die strahlende Morgensonne. Der Mann auf dem Bürgersteig auf der anderen Straßenseite lief schon kurzärmlig umher.

And it seems like yes it feels like / A brand new day, yeah / A brand new day, oh. Er summte die Zeilen mit, bevor er sich wieder auf den Holmen abstützte, diesmal den Oberkörper nach vorn gebeugt und die Beine leicht angewinkelt, um auch die Brust- und Schultermuskulatur zu stärken. Die Prüfung des Funkweckers hatte ergeben, dass dieser gegenüber dem Studentenwecker um zwei Minuten vorging, genauso wie die Armbanduhr. Womit sein alter Studentenwecker nachgehen musste. Zumal der Funkwecker vom Normalzeitsender der Physikalisch-Technischen Bundesanstalt in Braunschweig gesteuert wurde, mit einer Abweichung von nur einer Sekunde in einer Million Jahren. Das hatte Richard schon damals gefreut, als er den Beipackzettel studierte. Nicht die synchronisierten Cäsium-Fontänenuhren der Bundesanstalt gingen so genau, sondern dieser kleine metallische Kasten im Regal schräg vor ihm, der kaum hundertfünfzig Gramm wog, neben Uhrzeit und Temperatur auch die Luftfeuchtigkeit anzeigte und über eine Stimmfunktion verfügte. Mithin das erste Wunderwerk komplexer Kleinelektronik, das in einer Million Jahren kaum merklich falsch gehen würde und nicht spätestens in fünf Jahren erste Ausfallerscheinungen zeigte, um bald auf dem Sondermüll zu landen und bis zum Ende des Universums nie wieder die Uhrzeit anzuzeigen.

Richard verzog das Gesicht. Nicht wegen der Anstrengung. Dips ohne Zusatzgewichte waren nicht der Rede wert. Nur wegen der Gedanken, die wieder einsetzten, regelmäßig, wenn er trainierte. Man konnte die Uhr danach stellen: Zeit ist nicht das, was man an der Uhr abliest. Nächster Dip, halten: Zeit ist nicht das, was man an der Uhr abliest. Obwohl Verneinungen bestimmt nicht das Mittel der Wahl waren, um Serotonin-Ausschüttungen der orgiastischen Art zu bewirken, folgte beim nächsten Beugestütz schon eine weitere: Zeit ist keine Illusion. Position halten. Wieder hochstemmen. Er atmete geräuschvoll aus: Zeit ist keine Illusion. Und wieder abwärts, langsam und kontrolliert: Zeit ist keine Achse in einem vierdimensionalen Koordinatensystem. Halten, ruhig. Und wieder hoch: Zeit ist auch nicht zu einem Schatten herabgesunken in der Union mit dem Raum. Langsam, wieder runter, halten: Zeit ist kein Feldanteil. Wieder runter, halten, diesmal vier Sekunden: Zeit ist keine materielle Komponente der Welt. Sie ist nicht anteilig materiell. Sie ist keine wogende, sich biegende, sich krümmende, sich verformende … Ruhig!

Hoch, hoch: Kein bewegter Zwilling kehrt jünger zurück. Runter, langsam. Halten. Wieder vier Sekunden: Die Raumzeit verändert sich nicht mit der Zeit. Zeit verändert sich nicht mit der Zeit. Und wieder hoch: Nicht mit der Zeit, die auch gerade dabei ist, sich mit der Zeit zu verändern, die sich auch gerade wieder … Ruhe! Runter, langsam, diesmal sechs Sekunden in Position: Zeit ist nicht das, was man an der Uhr abliest und zugleich eine Illusion und eine Achse in einem vierdimensionalen Koordinatensystem und eine materielle Komponente der Welt und anteilig ein Feld und eine wogende, sich biegende Entität. Hoch, los, hochstemmen: Zeit kann nicht gleichzeitig alles sein. Runter: Obwohl es Gleichzeitigkeit gibt. Und hoch, ein letztes Mal. Endlich eine Bejahung: Es gibt absolute Gleichzeitigkeit.

Geschafft. Ende des zweiten Durchgangs.

Er atmete tief durch und blieb zwischen den Holmen stehen. Falls man auf Uhren nur eine Illusion ablas, konnte man sich physikalische Messungen und immer genauere Schwingungsgeber, erst Ammoniakmoleküle, dann Cäsiumatome, zur Ermittlung der Weltzeit auch schenken. Wie man sich überhaupt alle Wissenschaft schenken konnte, wenn es um Illusionen ging.

Kurz vor seinem Tod im Jahre 1955 hatte Einstein in einem Kondolenzschreiben an Angehörige seines engen Freundes Michele Besso, den er aus seiner Zeit als Patentamt-Angestellter in Bern kannte, geschrieben: *Für uns gläubige Physiker hat die Scheidung zwischen Vergangenheit, Gegenwart und Zukunft nur die Bedeutung einer wenn auch hartnäckigen Illusion.* Ein Satz, der nicht nur einfach so dahingesagt war, sondern eine Ansicht wiedergab, die Einstein schon zuvor vertreten hatte. Auch in Diskussionen mit seinem Freund, dem Mathematiker Kurt Gödel, der ein kosmologisches Modell auf der Grundlage der ART entwickelt hatte, nach dem man in die Vergangenheit reisen konnte. Sogar der Energiebedarf dafür hatte sich abschätzen lassen. Das allerdings hatte Einstein sichtlich missfallen, weshalb von ihm später eingeräumt worden war, dass das Problem der Irreversibilität noch einmal zu überdenken sei.

A brand new day, yeah / A brand new day, oh. Richard summte mit. Heute wurde die Aussage, dass Zeit nur eine Illusion sei, gern als Sentenz gehandelt, als ein geflügeltes Wort, geadelt durch den Mund, der es ausgesprochen hatte. Sowohl von Physikern, die in der Irreversibilität nur einen subjektiven Schein sahen, da es in allen Theorien, die heute quantentheoretisch oder kosmologisch relevant waren, nur eine reversible Zeit gab, als auch von Literaten.

Kaum ein Roman, falls darin die Zeit eine gewisse Rolle spielte, in dem nicht irgendeine Romanfigur – mal so ganz nebenbei und als sei ihr diese Weisheit gerade eingefallen – sagte oder dachte, die Zeit sei ja wohl nur eine Illusion. Womit sich Romanfigur und Autor nicht zuletzt selbst adelten, denn was konnte genialer sein als ein Einstein-Zitat, das sich der Protagonist selbst ausgedacht hatte.

I've been used, abused and so confused … Zeit als Illusion. Obwohl die Irreversibilität die härteste Realität war, die es gab. Im Seminar erzählte Richard immer, dass all die sogenannten reversiblen Prozesse eine Abstraktion und damit eine Illusion seien. Einstein erzählte das Gegenteil.

Auch das Einstein-Zitat *Zeit ist das, was man an der Uhr abliest* wurde hoch gehandelt, zumal das nicht nur eine Floskel war, sondern die Grundlage der SRT und ART überhaupt, im Glauben an das Messbare und die Mathematik. Hatte man vor Einstein gemeint, die Zeit sei universal und einzigartig, weshalb das Universum aus einer Folge sukzessiver Zustände bestehe, eine Idee, die der ungarische Mathematiker und Philosoph Melchior Palágyi auf eine einfache Formel gebracht hatte – *1. Jedem Zeitpunkt entspricht ein Weltraum, 2. Jedem Raumpunkt entspricht eine Zeitlinie* –, so war die Zeit seit Einstein auf die Uhrzeit reduziert.

Richard holte den Dip-Gürtel, hakte erst eine Zehn- und danach eine Fünf-Kilogramm-Scheibe ein und legte ihn an. Nächster Durchgang. Schwache Neigung nach vorn, für den Trizeps und die Brust. Tief durchatmen und nach und nach senken.

Obwohl Uhren, ob nun Räder-, Quarz- oder Atomuhren, eigentlich egal, welche Periode oder Schwingung für die Zeitmessung genutzt wurde … Halten! – Perioden, die fraglos so konstant wie möglich sein sollten, wie der Cäsium-Referenzübergang in Atomuhren zum Beispiel … Halten! – obwohl Uhren reale Objekte waren, die physikalischen Einflüssen unterlagen.

Jetzt hoch, kontrolliert und langsam. Weshalb die gemessene Uhrzeit der Satellitenuhren des GPS-Navigationssystems von der Uhrzeit auf der Erde abweichen musste. Um Mikrosekunden pro Tag zum Beispiel, denn in einer Höhe von über zwanzigtausend Kilometern waren die Cäsium-Isotope einer geringeren Schwerkraft ausgesetzt. Auch einem schwächeren elektromagnetischen Feld, anderer kosmischer Strahlung und so weiter. Durchatmen. Und wieder runter.

Physikalische Einflüsse, denn es gab keine kräftefreien Regionen im Universum. Wie auch keine unveränderlichen Messinstrumente. Wenn eine Cäsiumuhr gegenüber einer anderen nachging, dann nicht, weil die Zeit langsamer ablief, sondern weil der konkrete quantenmechanische Vorgang des Messens verzögert war. Halten! Wegen höherer Gravitationskräfte zum Beispiel. Wie jetzt in der Beuge gerade. Puh, die Schwerkraft. – Na komm schon, hoch, komm. Durchatmen und wieder abwärts.

Weil Uhren beeinflussbar waren, sollte die Zeit eine andere sein? Die Schmerzen. Halten! Wenn eine Quarzuhr nicht mehr richtig ging, weil Wasser eingedrungen war, oder sie sich in einem Magnetfeld befand, änderte sich dann die Zeit? Hoch, hoch! Noch schlimmer: weil Lichtuhren von einem gleichförmig und geradlinig bewegten Beobachter, der *bewegtes Inertialsystem* genannt wurde, anders wahrgenommen wurden als von einem gegenüber der Uhr ruhenden Beobachter, vergingen für beide verschiedene Zeiten? Er stöhnte erneut.

Und wieder runter. Halten!

Langsam wurde es zäh. Die Muskeln zitterten und er hatte den Eindruck, dass es den Hirnmuskeln ähnlich erging. Vor allem in der Beuge, der Zone der erhöhten Gravitation. Die Zusatzgewichte wirkten. Noch drei Mal drückte er sich mit letzter Kraft an den Holmen hoch und runter, bevor er den Barren verließ, um Wasser zu trinken. Mit dem Handtuch, das vom gestrigen Training noch an der Multistation hing, wischte er sich danach den Schweiß aus Gesicht und Haaren, bevor er es sich in den Nacken legte.

But I stood and looked and my eyes got hooked / On that beautiful morning sun. Ein Morgen, wirklich, wahrhaftig. Zwölf nach sieben auf seinem Wecker. Für die Kniebeugen mit der Langhantelstange auf den Schultern stellte er sich bewusst näher an die rechte Regalseite, die Sonnenseite. *A brand new day, oh.*

Wenn sich der Maßstab änderte, die Schwingungsperiode einer Uhr zum Beispiel, sollte sich das Gemessene ändern, die Zeit? Wie sich die Langhantel wohl verhielte, wenn man ihre Länge erst mit einem trockenen Lineal und danach mit einem aufgequollenen vermaß? Ob sie wohl zu einer Kurzhantel geriet, nur weil das Lineal aufgequollen war? So kurz, dass sie ihm den Kopf zerquetschte?

Er wiederholte die Übung mehrfach, tief atmend und stöhnend, bevor er die Stange ablegte, an jeder Seite eine zweite Zehnkiloscheibe anbrachte und zu Curls überging. Bestes Bizeps-Training, wenn die Bewegung kontrolliert genug war. Nur die Unterarme bewegen, nichts anderes. Beim Anheben einatmen. Halten! Beim Absenken ausatmen. Er stöhnte und merkte, wie sein Kopf endlich nur noch mit der Auf- und Abwärtsbewegung, der Anstrengung und dem Aufpumpen der Muskeln beschäftigt war. Kein Pappenstiel, so eine Langhantelstange.

Nach den ersten zehn Curls legte er die Hantel auf der Sportmatte ab, trocknete sich Gesicht und Oberkörper und genoss die Entspannungsphase. Angenehm war es schon, wenn die Muskeln vom Blut anschwollen, das in sie hineingepresst wurde. Die beste Medizin, um sich gegen den Zeitgeist zu immunisieren. *Pumping iron*. Vielleicht konnte er mit seinen Kanonenkugelbizepsen irgendwann einmal die Allmacht der Uhren bekämpfen.

Nächster Durchgang. Jede Bewegung der Unterarme von nun an, gemäß der historischen Vorgabe von 1905, so gleichförmig und geradlinig wie möglich. Soweit das bei Hin- und Herbewegungen ging, da Richtungswechsel eigentlich verboten waren, weil die Geschwindigkeit am Umkehrpunkt kurzzeitig Null sein musste. Hoch, runter. Hoch, runter.

Halten, halten … Noch zwei Sekunden!

Es schien zu stimmen: Sekunden konnten sich weiten, ganz offensichtlich. *Liebe Studenten, sehr verehrte Lehrkommission, ich kann Ihnen versichern, dass es kaum etwas gibt auf der Welt, das besser empirisch bewiesen wäre als die Zeitdilatation!* – Genug. Stöhnend legte er das Gewicht zurück auf die Matte, trocknete sich ab und warf das Handtuch über die Stuhllehne, bevor er den Funkwecker aus dem Regal nahm und das Fenster öffnete. 7:27 Uhr, Normalzeit der PTB in Braunschweig.

Well it shines so bright and it gives so much light.

Überwältigend. Van Morrison hatte recht. Ein Van-Morrison-Morgen. Wie konnte es nur so hell sein. So neu. Obwohl die Luft draußen kaum kühler sein konnte als drinnen, war sie erfrischend. Dreißig Grad waren für heute angesagt, auch wenn es sich gegen Mittag zuziehen sollte.

A brand new day, yeah.

Wenn er den Funkwecker, der hier im Arbeitszimmer sein Gnadenbrot fristete, so in der Hand wog, hatte er nicht übel Lust, an diesem hellen, herausragenden Morgen den ultimativen und längst überfälligen Beweis dafür anzutreten, dass Uhren beeinflussbar waren, nicht aber das, was unabhängig von ihnen und den Ansichten der messenden Physik und vermessenen Menschheit stetig und gleichförmig vor sich hinfloss: die Zeit.

Erworben hatten sie das gute Stück vor Monaten bei Karstadt. Zum Schnäppchenpreis und weil die Werbung versprochen hatte, dass sich der Weckton durch die menschliche Stimme ausschalten ließ. *Voice control.* Perfekt, das vereinfache die Sache, hatte Senta auf einen Morgen angespielt, als sie mitten im Liebesspiel durch Sentas Wecker gestört worden waren, der zur Frühschicht gerufen hatte. Wie immer hatte er auf dem Nachtschrank am Kopfende gestanden, war aber wegen der Stellungsänderungen nicht mehr in Reichweite gewesen. Linkisch-langsame Bewegung eines hermaphroditischen Doppelwesens zur anderen Bettseite, um die akustische Belästigung loszuwerden. Wie praktisch es gewesen wäre, hätte man den Kasten per Zuruf ausschalten können.

Die Begeisterung über den Neukauf hatte sich zu Hause schnell gelegt. Vielleicht reagiere er nur auf ihre Stimme nicht, hatte Senta entmutigt gesagt, nachdem sie den Wecker erst um Ruhe gebeten, dann in normaler Lautstärke streng »Ruhe!« gesagt und schließlich »Halt die Klappe!« gerufen hatte, ohne dass der Wecker reagierte.

Allerdings konnte niemand behaupten, dass er sich gar nicht durch Stimmen beeinflussen ließ. Man musste seinen Mund, am besten Richards, nur so nah wie möglich an den metallisch-porösen Geräuschsensor links oben im Gehäuse bringen und dann mit voller Kraft das intervalllose Dauerpiepen der dritten Stufe niederschreien. Worauf das Piepen aufhörte und Ruhe eintrat. Echte Ruhe. Nur noch beeinträchtigt durch den pochenden Herzschlag und das Nachsummen des Piepens und Brüllens im Ohr.

Dennoch hatte Richard darauf bestanden, den Wecker zu behalten, und ihn ins Ikea-Regal hinter seinem Schreibtisch gestellt. Womöglich aus Weitsicht. Genau.

Dieser spezielle Solarfunkwecker mit spiegelndem Display, 7:33 Uhr, Temperatur- und Feuchtigkeitsanzeige und *Voice-Control*-Sensor, der in einer Million Jahre nur um eine Sekunde vor- oder nachging (gegenüber welcher Zeit auch immer), würde hier und heute nun die einmalige Chance erhalten, an einem weltgeschichtlich bedeutsamen Ereignis teilzunehmen. Aktiv. Ein Experiment von ähnlicher Tragweite wie das vom 29. Mai 1919, als die British Royal Society Expedition von Sir Arthur Eddington mit der Entdeckung der Lichtkrümmung durch die Gravitation der Sonne den Weltruhm der Relativitätstheorie eingeläutet hatte.

Hier und jetzt. Hier, an diesem unbewachten Fenster in der zweiten Etage eines Gründerzeithauses in der Immanuel-Kant-Straße. Jetzt, in dieser experimentgläubigen Zeit, dräute ein historisches Ereignis, ein Versuch der Extraklasse, der, wenn er denn richtig gedeutet wurde, als Widerlegung der gesammelten genialen Relativitätstheorien Einsteins, ob nun speziell oder allgemein, verstanden werden konnte, und den weltweiten Untergang derselben einläutete: der Nachweis, dass Uhren beeinflussbar waren.

Und nicht etwa durch Kinematik, wie die SRT behauptete, durch reine Relativbewegungen im kräftefreien Raum, den es nicht gab, sondern durch etwas, dessen Wirkungen bekannt waren: durch Kräfte. Echte Dynamik. Kein Flug mit anteiliger Lichtgeschwindigkeit, gleichförmig und geradlinig in der Trägheitsbewegung, sondern der simple, beschleunigte Abflug eines Zeitmessers aus der Höhe von neun bis zehn Metern. *Here it comes, here it comes / Oh here it comes right now / And it comes right in on time.*

Auch von Erinnerungen musste man sich trennen können.

Kaum eine Handbewegung, und die Qualitätsware konnte sich ihrer ersten ordentlichen Belastungsprobe stellen. Beschleunigt mit zirka 9,8 Metern pro Quadratsekunde sollte sie, wenn Richard richtig überschlug, unter Vernachlässigung der Luftreibung mit etwa fünfzig Stundenkilometern aufprallen. Nicht schlecht für den Anfang, und das Ende eines Kunstproduktes, das viel versprochen, aber nichts gehalten hatte. Auf dem Bürgersteig gab es nur ein leichtes Scheppern, kaum hörbar unter der Musik. Zeit war einmal das gewesen, was man an einer Uhr abliest.

Darauf ein paar Klimmzüge. Er atmete noch einmal tief die Luft von draußen ein und verließ das Fenster. Schulterbreiter Kammgriff an der Klimmzugstange der Multistation. Irgendwo hatte er gelesen, dass Klimmzüge den Bizeps sogar noch schneller wachsen ließen als Bizeps-Curls, da sie zusätzlich auch die Schultermuskulatur und den oberen Rücken stärkten. Ein Wundermittel also.

Während er sein Kinn über die Stange zog, den Körper angespannt und die Beine angewinkelt, mit hinter sich überkreuzten Unterschenkeln, und sich danach langsam wieder in die Ausgangsposition ließ, prüfte er im Wandspiegel, wie sich der Bizeps beim Hochziehen und der Trizeps beim Herunterlassen veränderten. Das konnte sich schon sehen lassen. Auch wenn er sich noch fragte, wozu die Muskeln nützten, solange es nicht endlich mal zu einem ordentlichen Faustkampf mit Brendel kam. Mann gegen Mann, um die Frage nach Recht oder Unrecht auf diese archaische, aber angebrachte Weise zu klären. Ein für alle Mal. Kräfte wirken lassen. Echte Kräfte als Ursache für Wirkungen.

Wenn Brendel gebrochen und um Gnade flehend am Boden läge, würde er ihm diese gewähren. Kein Hausverbot für den ehemaligen Direktor des Instituts für Physikgeschichte, keine Verbannung in die Kunstgeschichte (ART), wohin er von Rechts wegen gehörte. Sondern man bot ihm – nachdem er sämtliche Übergriffe auf die Kritiker der Relativitätstheorie in seiner Habilitationsschrift widerrufen hatte – großmütig die Stelle einer Lehrkraft für besondere Aufgaben an.

I was longtime hurt and thrown in the dirt … Jetzt die Hände weiter auseinander, wieder im Kammgriff für den oberen Rücken. Obwohl schon stöhnend, hockte Richard während der nächsten Klimmzüge die Beine an, um die Bauchmuskeln stärker zu aktivieren.

Lehrkraft für besondere Aufgaben. *LbA*, wie es in der Ausschreibung hieß. Was für eine Stelle. Der Tod nach der Vortodesphase. Falls es stimmte, dass die Vortodesphase bei Männern schon mit über fünfunddreißig einsetzte. Das musste er noch bei C. G. Jung nachlesen. Falls nicht, war LbA der Tod, bevor die Vortodesphase überhaupt erreicht war. Feste Stelle ja, aber Forschung ade.

Vierundzwanzig Stunden Lehre pro Woche, Seminare und Vorlesungen, und ein Angestelltengehalt wie ein Gymnasiallehrer. Sein Doktorvater Achim Kahler, mit dem er auch nach dessen Pensionierung stets freundschaftlich in Verbindung geblieben war, hatte ihm mal vorgerechnet, dass sich die Kosten der Uni mit LbAs kräftig reduzieren ließen, da Professoren bei nur acht Stunden Lehrdeputat ein höheres Gehalt erhielten. Die besonderen Aufgaben einer Lehrkraft für besondere Aufgaben: Lehre.

Obwohl Richard die Beine wieder nach unten hängen ließ, nur noch minimal angewinkelt, zitterten die Bauchmuskeln vor Anstrengung. Kaum noch auszuhalten. Auch die Schulter- und Armmuskeln waren erschöpft. Kurze Pause. Durchatmen.

Dennoch hatten sich mehr als zwanzig Leute auf die Stelle beworben, einige davon sogar habilitiert. Leute, die es bisher nicht auf eine Professur geschafft hatten und die nun versuchten, wenigstens eine permanente Stelle im akademischen Mittelbau zu ergattern.

Die Not musste groß sein.

Noch zehn Klimmzüge im breiten Ristgriff, um auch die Schultergürtelmuskulatur und den breiten Rückenmuskel zu trainieren. *Latissimus dorsi*. Wenn Richard seine Beine nach vorn streckte, im rechten Winkel zum Oberkörper, befanden sich seine Füße während des Klimmzugs in der Morgensonne. Beste Fußpflege. Der Trost lag auf der Hand. Beziehungsweise jetzt gerade auf dem Fuß: Photonen. Wunderbare Energieportionen, die sich verschränken und miteinander korrelieren konnten und die jetzt als Wärmestrahlung das Zimmer fluteten. Noch immer stärker auf der rechten Seite, der Seite Newtons, Kants, Hartmanns, Bergsons und Prigogines, der richtigen Seite. Der des Lichtes, des geistigen Lichtes.

Nach fünf Klimmzügen ruckte er die Hände an der Stange so weit auseinander, dass die benötigte Kraft beim

Hochziehen maximal wurde. *Salvete!* Seid gegrüßt, ihr bizarren vergesellschafteten Individuen! Ihr Korpuskeln und kaum verstandenen Welle-Teilchen-Dualismen, weder noch und sowohl als auch, die ihr die Menschen und allen voran die Physiker so vortrefflich an der Nase herumführt. Lasst euch nur nicht begreifen!

Unverändert im weiten Ristgriff führte er den nächsten Klimmzug zum Nacken, die kräftezehrendste Variante. Er stöhnte laut und in der Wiederholung so laut, dass man unten auf der Straße denken musste, ein Gorilla versuche sich daran, einen Song von Van Morrison zu intonieren. *And it comes from the sky above / Makes me feel so free makes me feel like me / And lights my life with love.*

Ende des Work-outs.

Erschöpft ließ er sich auf die Matte herunter, nahm das Handtuch von der Stuhllehne und trocknete sich ab. *A brand new day, yeah.* Im Spiegel ein stehender Langarmaffe mit ausgebeulter Turnhose und durchschwitztem Muskel-Shirt, der Angst vor einem Kind hatte und davor, dass seine Frau, die einer festen Arbeit als Ärztin nachging und Risse im Meniskus nähen konnte, in den Babyurlaub ging.

Er hängte das Handtuch über den Spiegel und stellte die Musik ab. Wahrscheinlich stimmte, was Brendel gesagt hatte: Die Sache war zu groß für einen Menschen. Was wollte er nur mit einer Wärmelehre, die keinen Physiker mehr hinter dem Ofen hervorlockte? Erst zog er die Turnhose aus, dann das nasse Shirt, das mit der Haut verwachsen schien, und hängte die Sportsachen über einen Holm des Barrens.

Die Illusion auf seinem Studentenwecker war weiter fortgeschritten. Es war kurz nach acht. Was der *Voice-Control*-Wecker gerade anzeigte, der seine Pflicht und

Schuldigkeit für die Wissenschaft getan hatte, musste im Dunkeln der Geschichte bleiben.

Ein brandneuer Tag.

Wenn du einen Brief erhältst, auf dem *Wichtige Unterlagen* steht, kannst du sicher sein, dass es sich um unwichtige Unterlagen handelt. Du kannst den Brief samt seinem wichtigen Inhalt – der Ankündigung neuer Bonuspunkte bei Karstadt, der Aufforderung zum Kauf von einmalig günstigen Prägemünzen, die im Wert steigen werden, dem Rat, einen billigen Kredit aufzunehmen, nur zwei Komma fünf Prozent Zinsen, oder der Benachrichtigung über Gewinnchancen und Telefon- und Internetrabatte – bedenkenlos und ohne den Inhalt auch nur anzusehen, genau in dem Zustand, in dem er deinen Briefkasten erreicht hat, in den Papiermüll entsorgen. Denn das Unwichtige schmückt sich gern. Es ruft, es behauptet, wichtig zu sein. Während das Wichtige das nicht nötig hat. Ein allseits bekanntes Prinzip. Zu Irritationen kommt es nur dann, wenn etwa die Stadtverwaltung auf die Umschläge mit versandten Müllmarken, die jeder Haushalt nur einmal im Jahr erhält und die für das ganze Jahr reichen müssen, *Wichtige Unterlagen* druckt.

Auf dem folierten A4-Umschlag, den Senta auf den Küchentisch gelegt hatte, stand: *Wertvolle Zeitschrift! Bitte nicht knicken!*

Nachdem Richard vorhin aus der Duschkabine getreten war, hatte er das Klappen der Wohnungstür gehört, worauf kurze Zeit später Senta durch den Badtürspalt gelugt hatte, die Brötchentüte in der Hand: »Na?«

Um ihr nichts schuldig zu bleiben, hatte er mit »Na?« geantwortet und sich weiter, das Handtuch an zwei Enden hinter sich haltend, den Rücken frottiert, mit angespannter Bauchdecke und in Erwartung eines weiteren *Na?*, dem von seiner Seite her wieder eins gefolgt wäre, denn Häufungen dieser Art konnten in der innerfamiliären Kommunikation durchaus ihren Sinn haben und sich sinnlich aufladen.

Diesmal war es nicht dazu gekommen: »Die Post leg ich auf den Küchentisch. Du hast wieder Damenpost. Kochst du die Eier? Ich will auch noch duschen.«

Der Tisch war gedeckt. Die Eier kochten. Er hatte die Eieruhr auf fünf Minuten gestellt. Es roch nach den Brötchen und frischem Kaffee. Noch zwei Minuten. Die Damenpost war ein Brief seiner Großmutter, die ihm in regelmäßigen Abständen Zeitungsartikel schickte, sorgsam ausgeschnitten aus dem Wissenschaftsteil der FAZ oder ZEIT. Es sah so aus, als glaubten nur Frauen an ihn, immerhin eine Hälfte der Menschheit.

Die Eier. Er stellte die Eieruhr aus, nahm den Topf vom Herd, schreckte die beiden ovalen Gebilde auf einem Löffel unter fließendem Wasser ab und verteilte sie in die Eierbecher auf dem Tisch.

Wertvolle Zeitschrift. Bitte nicht knicken! Das neue *Spektrum der Wissenschaft*. Er riss die Folie an und überflog das beiliegende Adressblatt, auf dem erklärt wurde, dass der Einsatz der Folie kostensparend war: *Die Verpackungsfolie (Polyethylen) hat keine umweltschädigende Wirkung, ist recyclingfähig, erfordert bei der Produktion keinen höheren Energieeinsatz als Recyclingpapier. Diese nicht toxische Folie hilft Kosten sparen.*

Blieb zu hoffen, dass auch die Zeitschrift nicht toxisch war. Eine Hoffnung, die sich in Luft auflöste, sowie er das Beiblatt entfernt hatte: Das *Quanten-Multiversum* auf der Titelseite. Das bedeutete sicher, dass wieder ein theoretischer Physiker zu Wort kam, zumal das Blatt dazu übergegangen war, die Experten selbst reden zu lassen. Er schlug die Titel-Story auf. Wie vermutet. Warum er nur immer mit sicherem Blick genau das lesen musste, was er nicht lesen wollte: *Möglicherweise ist darum unser Eindruck, das All würde sich im Lauf der Zeit verändern, eine Illusion – oder gar das Konzept der Zeit selbst. Sie könnte sich als nicht viel mehr als ein nützliches Konstrukt erweisen, ein Hilfsparameter, mit dem wir korrelierende Ereignisse in lokalen Zweigen des Multiversums ordnen.*

Was für einen Unfug arrivierte Physiker heute erstplatziert veröffentlichen durften. Wann hatte hier das letzte Mal ein Thermodynamiker seine Zeitvorstellungen entwickeln dürfen? Wenn das keine Zeitschrift war, die man unbedingt knicken musste, um sie bedenkenlos und genau so, wie sie war, zu entsorgen. Was nur durch die nicht toxische Folie erschwert wurde.

Selbst schuld. Selbst abonniert und noch immer nicht abbestellt. Zu Recht nicht abbestellt, denn journalistisch war die Zeitung top. Nur ließ sich eben nur Mainstream berichten, wenn man es sich auf die Fahne geschrieben hatte, die führenden Forscher selbst reden zu lassen. Er entfernte die Folie ganz, knüllte sie so fest wie möglich zusammen und warf das kostensparende Knäuel, das sich im Flug wieder ausdehnte, in Richtung Plastikmülltüte an der Tür. Getroffen.

»Na?«, fragte Senta, die mit einem ihrer Handtuchturbane im Haar zur Tür hereinkam, der schon allein deshalb bewundernswert war, weil er eine halbe Stunde halten konnte, ohne dass es einen Knoten darin gab.

»Es tut so weh.«

»Was tut so weh?«

»Die Spekulationen.« Richard legte die Zeitschrift zur Seite, stand auf und umarmte seine Frau.

»Übertreibst du nicht ein bisschen?« Sie küsste ihn flüchtig und etwas steif auf die Wange, scheinbar doch um ihren Turban besorgt, machte sich los und musterte kurz den Tisch. Dann holte sie Lavendelhonig aus dem Schrank, stellte ihn neben die Aprikosenmarmelade und ging zum Kaffeeautomaten.

Richard setzte sich wieder, schnitt zwei Brötchen auf und sah Senta dabei zu, wie sie den Kaffee eingoss. Seine Tasse randvoll, wie er es mochte, ihre Tasse nur halbvoll, um noch Platz für Milch zu lassen. Achtsam und sehr aufrecht, um den Kopfaufbau nicht zu gefährden. Unmöglich, sich diesen schmalen Körper als schwer gehende Schwangere vorzustellen.

»Ich übertreibe nicht«, sagte er. »Das ist das reine Grauen. Es ist absolut dunkel in der Grundlagenphysik. Zappenduster. Ständig die Dunkle Energie, ohne dass jemand weiß, ob es sie überhaupt gibt. Was aber niemanden davon abhält, immer neue krude kosmologische Szenarien zu entwickeln. Ein Higgs-Boson als Gottesteilchen, das auch sonst was sein könnte, denn kurzlebige Teilchen gibt es genug. Quantenverschränkte Wurmlöcher, obwohl kein Mensch weiß, ob es Wurmlöcher gibt. Bebende Raumzeiten und Quanten-Multiversen. Und das alles wegen dieser unseligen Allianz aus geldbedürftigen Wissenschaftlern und sensationsgieriger Presse.«

Richard hob die Zeitschrift kurz an und legte sie wieder zurück neben den Brötchenkorb, weil sie sich geeinigt hatten, beim Frühstück miteinander zu reden und nicht miteinander Zeitung zu lesen wie ein altes Ehepaar.

»Das mit der Dunklen Energie habe ich auch schon gelesen«, sagte Senta, die mit sichtlichem Appetit bereits ihr Ei und ein halbes Brötchen verzehrte. »Scheint ein Dauerbrenner zu sein. – Das Ei ist übrigens genau richtig. Auf den Punkt. Koste mal.«

Er trank einen Schluck Kaffee, schmierte Butter auf eine Brötchenhälfte und köpfte das Ei mit dem Messer. Bestes Timing: das Weiße hart, das Eigelb weich. Eierkochen schien er noch zu können. Wenn ihn das mal nicht zuverlässig als Hausmann auswies. Rosige Zukunftsaussichten.

»Sowie du dich mit moderner Physik beschäftigst«, sagte er, »stichst du in ein Wespennest. Da schwirren die piekenden Unstimmigkeiten nur so um dich herum. Und nur, weil ein paar Begriffsverschiebungen von 1905 Raum und Zeit und die Weltanschauung verzerren. Ein dunkles Zeitalter, das mit den Verdrehungen im Gehirn eines Patentamtsangestellten begonnen hat.«

»Richard, du bist überspannt und ungerecht. Du hast wieder die ganze Nacht über nicht geschlafen. Stimmt's?«

»Und recht haben immer nur die Starken im Wissenschaftsbetrieb, und falls etwas unlogisch ist, nehmen sie den Raumzeitkrümmer und biegen sich alles genau so hin, wie sie es brauchen. Während die, die einfache Fragen stellen, zum Beispiel nach der Irreversibilität, zurückgestoßen werden und sich in ihr Schneckenhaus zurückziehen. Immer nur die dicken Max-Planck-Institute und die starken Männer, die markige Sprüche klopfen dürfen.«

Senta lachte spöttisch: »Dabei sind deine Muskeln auch nicht zu verachten. Lass mal sehen.« Sie schob ihre Kaffeetasse näher an sein Gedeck, setzte sich seitlich auf seinen Schoß und prüfte seine Oberarme, die er unweigerlich anspannte. Bizeps- und Trizepsprüfungen durch kleine Frauenfinger.

»Mit dir kann man übrigens kein ernstes Wort wechseln«, sagte er.

Sie schlang die Arme um ihn, ohne ihren Turban noch weiter zu beachten: »Du bist unwiderstehlich, wenn du grollst. Ich verstehe dich ja. Aber ist das wirklich alles so schlimm? Lass die doch machen. Was ist so schlimm daran? Wen interessiert es denn, bis auf ein paar verschrobene Theoretiker vielleicht, ob sich das Universum ausdehnt, beschleunigt ausdehnt oder gar nicht ausdehnt oder ob es einen Anfang der Zeit gibt? Das sind Dinge, die ein Menschenhirn sowieso nicht erfassen kann. Das ist meilenweit am wirklichen Leben vorbei. Denk mal an die Leute, die verunfallen oder ihr Bein verlieren oder die ständig Hunger haben. Das sind Katastrophen. Uns geht es gut. Wir sind gesund, wir lieben uns, bald haben wir ein Kind, und das Einzige, was uns stört, sind ein paar logische Unstimmigkeiten. Die Iren sagen: *It could be worse*. Haben sie nicht recht? Könnte es nicht schlimmer sein?«

»Noch schlimmer? Es ist wie eine Diktatur, ein Dogma, eine Religion. Was hat eine Religion in den Naturwissenschaften zu suchen? Du nimmst mich einfach nicht ernst.«

»Und wie ich dich ernst nehme«, sagte Senta und schmiegte sich stärker an ihn, wobei sich das Handtuch endlich von ihrem Kopf löste. »Es gibt niemanden, den ich ernster nehme. Aber heute, nur heute Nachmittag, Richard, wäre ich dir dankbar, wenn du nicht kritisierst. Bitte, Richard Löwenherz, nur dies eine Mal, fass dir ein Herz.«

Ihre Stimme klang weinerlich, und er war sich plötzlich nicht sicher, ob sich nicht vielleicht sogar wirklich weinte. Er nahm das Handtuch von ihrem Kopf, hängte es über die Stuhllehne und strich über ihre noch feuchten Haare.

Erst nach einer Weile richtete Senta sich auf seinem Schoß auf, trank von ihrem Milchkaffee und nahm schließlich eins der halben Brötchen von seinem Teller und ein Frühstücksmesser: »So. Da du anscheinend nicht allein essen kannst, werden wir dich jetzt füttern. Essen und Trinken hat schon so manchen ernährt. Was soll auf dein Brötchen?«

»Nur kein Honig«, sagte er. »Der Honig ist wie Raumzeit. Das Thema hat Brendel bewusst ausgewählt, um mich zu testen.«

»Na und? Dann zeigst du ihm eben, dass du den Test bestehst. Tammo, du bist doch clever genug, behalt deine Gedanken einfach für dich. Bitte, Tammo.« Schon galt es, das erste Stück Marmeladenbrötchen abzubeißen. Sie bestand darauf, und es schmeckte. Sogar die Kaffeetasse wurde ihm zum Munde geführt. Er genoss es, wie die heiße Flüssigkeit durch die Speiseröhre floss, und dass er jetzt, wo die Hände für die Nahrungsaufnahme nicht benötigt wurden, Sentas Bauchnabel erforschen konnte. Jede kleine Unebenheit war wichtig. Schlaraffenland. Die gebratenen Enten fliegen dir von selbst in den Mund, während sich die Finger tiefer für die Oberfläche interessieren dürfen. Eine kleine Mulde mit beweglichen Hautfalten. Insgesamt ein schöner, glatter Bauchnabel. Etwas tiefer noch. Ja, tiefer.

»Was denkst du«, fragte Senta, die ihn wieder abbeißen ließ und seine Erkundungen in den unteren Regionen duldete, »ob der Großmachtwahn wohl daher rührt, dass der Stadtmensch kaum noch größere Lebewesen als sich selbst sieht? Das denke ich manchmal. Keine Großkatzen mehr, keine Elefanten in der Stadt, noch nicht mal Kühe oder Pferde. Nur die Hunde, doch die sind zu unterwürfig und abhängig. Und vielleicht noch Katzen, Krähen und eingesperrte Sittiche. Wenn man so isoliert von den großwüchsigen Verwandten unter dem Anblick der Stahlbrücken, Hochhäuser und Kathedralen, die man selbst erschaffen hat, durch die Gegend läuft, muss man ja unweigerlich auf die Idee kommen, die eigene Gattung sei großartig.«

Jetzt kam das Ei. Seltsame Reihenfolge, aber im Schlaraffenland konnte man es sich nicht aussuchen, was einem gerade in den Mund flog.

»Ich fass dich immer so gern an. Ist dir das schon mal aufgefallen?«, fragte Richard, der nebenbei ein weichgekochtes Ei verzehrt hatte.

»Kaum zu ignorieren.«

»Besonders dein Gesicht. Deine Haut ist so schön, und deine Augen sitzen so gut in Höhlen, so richtig gut eingebettet. Nicht so Glubschaugen.«

»Im Gesicht bist du jetzt nicht gerade.« Senta legte den Eierlöffel auf den Teller: »Kann es sein, dass Historiker keine Ahnung von Anatomie besitzen und Physiker alles vergessen haben, was sie mal im Biologieunterricht gelernt haben?« Sie zog seine Hand von der Stelle weg, wo sich diese gerade dauerhaft hatte einrichten wollen.

»Na warte, dann lass mal schauen.«

Er küsste sie heftig, bevor er ihr Gesicht zwischen seinen Händen festhielt. Tatsächlich, sie hatte geweint.

»Genau die Augen, die ich meine«, sagte er. »Nur etwas feucht im Moment. Warum weinen Frauen eigentlich so oft?«

Wie immer, wenn sich Senta ertappt fühlte, errötete sie.

Sie schüttelte den Kopf und machte sich los: »Du bist nicht auf der Höhe der Zeit. Tränen sind sinnvoll. Erstens als Schmiermittel, zweitens tötet das Lysozym darin die Bakterien und schützt vor Infektionen. Und drittens, und das ist das Wichtigste und deswegen sollte man sogar öfter weinen, scheidet man über Tränen Gifte aus. Frauen leben länger, weil sie öfter weinen. Oder besser: Sie weinen öfter, um länger zu leben. Nimm dir ein Beispiel daran.«

»Schlagend«, sagte Richard, »ich liebe dich.«

Er drückte sie an sich und wusste, dass genau jetzt der Moment gekommen war zu sagen, dass sie sich keine Sorgen zu machen brauche, weil er den Vortrag schon vorschriftsmäßig halten werde, im Sinne der Relativitätstheorie. Er wolle den Job ja auch, immerhin eine feste Stelle, versprochen und so weiter.

Stattdessen setzte er seine Brille auf und betrachtete die Eschen im Innenhof. Verästelungen und Verzweigungen, und jeder Abzweig die Entscheidung, nur in die eine Richtung weiterzuwachsen und nicht in die die unendlich vielen anderen.

»Die leibliche Größe, schon möglich«, sagte er, um nichts anderes sagen zu müssen. »Ja, vielleicht fühlt sich der Mensch auch deshalb überlegen.«

Zum Glück schien Senta, die damit begonnen hatte, die Erdbeeren und einen Pfirsich aufzuschneiden, nichts zu erwarten. Weder Eid noch Schwur. Konzentriert entfernte sie den Pfirsichkern: »Und weil er nicht fähig ist, die Fähigkeiten der anderen richtig einzuschätzen. Die Pflanzen zum Beispiel. Sie können Photosynthese und leben autotroph. Und dann kommt der Mensch daher, der nichts davon kann, und behauptet, die Krone der Schöpfung zu sein. Einer, der immer wieder organische Materie aufnehmen muss, um sich zu ernähren. Aus Sicht der Pflanzen sind Tiere und Menschen nichts als Parasiten, die auf ihre Kosten leben.«

»Es gibt auch fleischfressende Pflanzen. Und denk an die Symbiose«, sagte Richard, an dem Pfirsichachtel kauend, das den Weg in seinen Mund gefunden hatte, und setzte die Brille wieder ab.

»Ja, klar, Symbiose«, erwiderte Senta. »Aber nur, weil die Pflanzen trickreich agieren. Intelligent, wie sie sind, funktionieren sie die Schädlinge zu Nützlingen um, lassen sich von Bienen bestäuben oder die Vögel ihre Samen sonst wohin tragen. Doch aus ethischer Sicht sind uns die grünen Pflanzen hoch überlegen. Sie leben nicht vom Tod anderer. Ihnen genügen etwas Sonnenlicht und Kohlendioxid, das Wasser im Boden und ein paar anorganische Mineralien. So ein Leben können wir gar nicht führen, selbst wenn wir wollten.«

»Es sind ja nicht nur die Pflanzen, die unterschätzt werden«, sagte Richard, der seine Aufgabe als Ernährer einer Kleinfamilie von nun an ernst nahm und Senta mit Erdbeeren fütterte. Eine für Mama, keine für Papa. »Auch jede Fliege hat Fähigkeiten, von denen wir nur träumen können. Stell dir mal vor, du könntest fliegen. Aus eigener Kraft. Oder im UV- und Infrarotbereich sehen. Dann ließe sich der Weg dieser Erdbeere in deiner Speiseröhre verfolgen. Jetzt, wenn sie deinen Mund erreicht, ist sie kälter als du, rutscht als Kälteherd herunter und erwärmt sich langsam, was wir mit IR-Augen sehen könnten.«

»Cool«, sagte Senta, die sich artig füttern ließ.

»Selbst das abstrakte Denkvermögen«, fügte Richard hinzu, »ist nichts, was der Mensch allein besitzt. Alles nur graduell. Wir sind nicht höher, sondern später entwickelt. Und wenn es heute ausreicht, auf dem Smartphone rumzuwischen, wird der Mensch wieder dümmer. Erst wollte er klüger werden und wurde es auch mit Geistesriesen wie Aristoteles oder Newton, und jetzt wird er wieder dümmer. Und je dümmer er wird, desto verliebter ist er in Theorien, die Zeitreisen erlauben. Was unmöglich ist. Nicht einmal Dumme können eine Dummheit verstehen.«

»Kann es sein, dass du dich gerade wieder aufregst?«, fragte Senta, die den seitlichen Sitz auf seinem Schoß gegen einen frontalen getauscht hatte und anscheinend genug von den Früchten hatte. Sie fand eine Wimper auf seiner Wange, die er von ihrem Finger pusten musste, und sortierte an seinen Haaren herum, als ließe sich durch solche kleinen Ordnungsgesten irgendetwas an seinem Gesamtzustand verbessern. Erstaunlich, dass sie noch nichts zu seinen Haaren gesagt hatte, auch wenn sie jetzt immerhin gewaschen waren. Er hatte die Wimper erst nur weggepustet, dann aber doch noch einen Wunsch für den Nachmittag hinterhergeschickt. Schaden konnte es nicht.

»Weißt du übrigens, wie sich eine Glatze vermeiden lässt?«, fragte Senta unvermittelt, als wolle sie sich auf andere Gedanken bringen.

»Wieso denn, habe ich schon eine?«

»Ja, Ansätze von Geheimratsecken.«

»Das könnte dir so passen.« Er zog sie an sich. »Erst sitzt du eine halbe Stunde lang so auf mir herum, dass ich nicht mehr klar denken kann, und dann redest du von Haarausfall. Das muss jetzt bestraft werden. Das wird jetzt heftig bestraft.«

Was auch tatsächlich geschah. Diesmal war es nicht der Wecker, der sie im Liebesspiel störte, sondern Sentas Handy. Also doch. Mit erhitzten Wangen telefonierte sie und sah ihn hinterher verstört an. Ein Schulbus.

Was jetzt passieren würde, war Richard klar. Hektisches Anziehen und Aufbrechen einer Unfallchirurgin, die gerade noch auf seinem Schoß gesessen hatte.

Ende der Frühstücksidylle.

Er folgte ihr ins Bad. »Wirklich ein Schulbus?«, fragte er betreten, um überhaupt etwas zu sagen, und war sich der Dümmlichkeit seiner Frage durchaus bewusst.

»Red nicht weiter.« Sie pustete ihre schon fast trockenen Haare mit dem Fön trocken, schaute prüfend in den Spiegel und kämmte sich. Dann zog sie sich die Bluse über. »Gestern auf der Straße habe ich Achim Kahler getroffen.«

»Ist er denn in der Stadt?«, fragte Richard verblüfft.

»Ja, wie sonst sollte ich ihn treffen? Er sagt, er habe sich einen alten Toyota im *Autohaus Musil* gekauft. Er fahre jetzt ein Auto ohne Eigenschaften.«

»Spaßvogel. Will er zum Vortrag kommen?«

»Davon hat er nichts gesagt. Nur dass er einen Vertrag für emeritierte Professoren beim DAAD unterschrieben hat und für ein Jahr ins Ausland gehen wird. Irgendwo nach Südosteuropa. Deswegen das Auto. Er wolle noch mal leben, also unterrichten.«

»Sah er besser aus? Hat er geraucht? Lässt er mich grüßen?«

»Er hat gehustet und stand gebeugt da. Ich denke, er hatte Rückenschmerzen. Hat sich aber nichts anmerken lassen. Geraucht hat er.«

»Sieht ihm ähnlich. Und wenn er mich nicht grüßen lässt, kommt er auch. Wenn der nicht mal nur wegen des Vortrags angereist ist.«

»Kann sein. So, jetzt bin ich fertig.« Senta nahm ihre Tasche und umarmte ihn an der Wohnungstür. »Wahrscheinlich kann ich nicht kommen, obwohl ich möchte.«

»Ich weiß«, sagte Richard.

»Ich bin gern in deiner Gegenwart«, sagte sie.

»Ich bin auch gern in deiner Gegenwart.«

Sie sah ihn an, als erwarte sie noch etwas, nickte aber wenig später, als sei alles geklärt, vielleicht auch nur, weil keine Zeit mehr blieb, und schloss die Tür hinter sich. Eine Weile noch horchte er, wie ihre Schritte auf der Treppe leiser wurden. Dann war er allein.

Wie immer hatte Senta recht. Wie auch die Iren: *It could be worse.* Er könnte im Rollstuhl sitzen oder Hunger haben oder mit einem Schulbus verunfallt sein und Schmerzen haben oder tot sein, statt hier in einer hellen Küche zum begrünten Innenhof raus zu stehen und Kaffee zu trinken. Er goss sich den Rest aus der Kanne in die Tasse und räumte den Tisch ab. Noch eine Erdbeere.

Die Kaffeetasse und die Damenpost nahm er mit, während er das *Spektrum der Wissenschaft* auf dem Tisch liegen ließ, gleich neben dem Lavendelhonig. Ein unauflösbares Gespann. Auch wenn der Honig nichts dafür konnte. Im Arbeitszimmer angekommen, beförderte er die volle Tasse vorsichtig an den Fitnessgeräten vorbei und stellte sie auf dem Schreibtisch ab. Natürlich hatte Senta recht: Es könnte schlimmer sein.

Und doch hatte sie auch unrecht. Es ging nicht schlimmer. Kaum auszuhalten: die Regalwand. Die Standardwerke der Physik, die die Minkowski-Raumzeit und die Feldgleichungen für Raumzeit-Krümmungen lehren konnten. Kosmische Eier, Seifenblasen und Membranen in der elfdimensionalen Raumzeit. Supersymmetrie und Wurmlöcher.

Senta irrte sich. Er hatte Schmerzen. Und er war tot. Nur auf andere Art.

Das Licht hatte sich jetzt gleichmäßig im Raum verteilt. Der Himmel war bedeckt. Da es draußen trotzdem schon heiß wurde, verschloss er das Fenster. Auf seinem Studentenwecker war es zwei nach halb elf, während die Illusion auf seiner Armbanduhr weiter fortgeschritten war: 10:34 Uhr. Sie hätte sich sicher mit der auf dem Solarfunkwecker gedeckt, hätte dieser nicht in seinem Übermut der British-Royal-Society-Expedition von Sir Arthur Eddington Konkurrenz gemacht. Was im Moment sogar bedauerlich war, weil es jetzt keine Temperaturanzeige mehr im Zimmer gab.

Was sagte der Brief? Ein sauber zusammengefalteter Zeitungsartikel vom Wochenende, der sich als eine ganzseitige Reportage über die revolutionäre Physik entpuppte. Von Einsteins Kreativitätsschub im Jahre 1905, der der naiven Vorstellung von der absoluten Zeit den Todesstoß versetzt und einen bis dato ungeahnten Charakter von Raum und Zeit offenbart habe, bis hin zum Siegeszug der Raumzeit aufgrund von empirischen Tests. Darunter die gravitative Zeitverzerrung, weil Uhren nahe einer Masse langsamer gingen als entfernt von ihr, die Lichtablenkung im Schwerefeld eines Himmelskörpers aufgrund der verzerrten Geometrie der Raumzeit (Eddingtons Musterexperiment), die klassische relativistische Periheldrehung des Merkurs und des Doppelsternsystems PSR, die Gravitationswellen als neues Fenster ins All, durch das bis an den Anfang des Universums geblickt werden konnte, als Zeit und Raum geboren wurden, und die Entdeckung der Higgs-Bosonen als Vollendung des Standardmodells der Elementarteilchenphysik.

Vollendung. Und das, obwohl die von Einstein postulierten Gravitonen mit Spin 2 weiterhin nicht nachweisbar waren, es weiterhin keine schlüssige Erklärung für die Dunkle Energie und die Dunkle Materie im Universum gab, das Standardmodell der Elementarteilchenphysik weiterhin zu viele Parameter aufwies, die in ewiger Flickschusterei angepasst werden mussten, und sich die vier Fundamentalkräfte auch zukünftig nicht vereinheitlicht darstellen ließen. Womit die beiden Grundpfeiler der heutigen Physik, die Quantentheorie und die Relativitätstheorie, nach wie vor zueinander passten wie zwei linke Schuhe, mit denen man nicht laufen konnte.

Es folgte ein Abschnitt zur kosmischen Inflation als der bisher besten Erklärung für die großräumige Struktur des Alls, da sich damit die gekrümmten Regionen der Raumzeit ausbügeln ließen, was ein flaches Universum bewirke. Und schließlich wurde die Hypothese geäußert, dass am Beginn der Zeit ein Schwarzes Loch stehe. Ein Schwarzes Loch in einem höherdimensionalen Universum als Ursprung der Zeit. Genial. Er las nach, ob er etwas übersehen hatte. Nein, die Zahl der Dimensionen war nicht näher benannt worden.

Anbei nur ein kleiner Klebezettel mit dem Kurzgruß einer radikal gewordenen Vierundachtzigjährigen: *Mach dem Unfug endlich ein Ende. Deine Eva.* Er musste lächeln und wusste, dass genau das ihre Absicht gewesen war. Sie wollte ihn zum Lachen bringen und ihm beistehen. Was sie von Anfang an getan hatte.

Schon als Fünfjährigen hatte sie ihn einmal aus gefühlt größter Not befreit, als er versehentlich in der Speisekammer des Bauernhauses seiner Großeltern eingesperrt worden war oder sich selbst eingesperrt hatte. Eine nach Wurst riechende, fensterlose Kammer, in der er nach dem Lichtschalter gesucht hatte.

Kaum ein Ereignis in seiner Kindheit hatte sich so in sein Gehirn eingebrannt wie dieses. Die nie gesehene Dunkelheit und seine Finger, die die kühlen Oberflächen der Einweckgläser abfuhren, langsam und achtsam, um nichts herabstürzen zu lassen. Die Holzpforte, die er wieder und wieder nach einem Riegel abgetastet hatte, den es auf der Innenseite aber gar nicht gab. Bevor er die erste klaustrophobische Attacke seines Lebens erlebt hatte. Dunkelheit auf kleinstem Raum, nur auf sich selbst zurückgeworfen. Als wäre man eingesperrt in sich selbst. Er hatte geschrien und war sofort gehört worden.

Von ihr. Womöglich hätte er heute noch größere Beklemmungen im Dunkeln, als er sowieso schon hatte, wenn sie ihn damals nicht erlöst hätte. Und es hätte nie zu einem Kompromiss mit Senta kommen können, was die hauchdünne Gardine im Schlafzimmer anging. Wenn man so wollte, hatte Großmutter nicht nur ihn, sondern auch seine Beziehungsfähigkeit gerettet.

Zu Befehl, dein Richard, schrieb er auf den Klebezettel, den er mit einem Magneten mit grünem Ausrufezeichen am Monitorrand befestigte, bevor der zerknüllte Zeitungsartikel in den Papierkorb wanderte.

Da der Stick mit dem fertigen Vortrag schon im Rucksack steckte, war es nicht nötig, den Rechner noch einmal hochzufahren. Das Foto seiner beiden Vorgartenbankfreunde, links Einstein, rechts Eddington, würde er noch früh genug wiedersehen.

Vorsichtig schlürfte er etwas Kaffee aus der Tasse ab. Was konnte erbaulicher sein, als in knapp viereinhalb Stunden über einen Gegenstand referieren zu dürfen, der real nicht existierte. Was noch nicht einmal etwas Besonderes war. Es gab Tausende von Referaten über Gegenstände, die nicht existierten. Man konnte über Fabelwesen sprechen, über Hexen, Gespenster, Götter, Aliens, Zombies oder Untote. Oder über Sinnestäuschungen, Einbildungen und Halluzinationen. Oder über Ziele, die irreal waren. Über ideale Kugeln, reversible Prozesse und Zustandsräume. Oder man sprach über Romanfiguren. Wie viele Referate wohl allein schon in der Schule über

Romanfiguren gehalten wurden, die keine realen Menschen waren. Niemand hatte Probleme damit.

Der winzige Unterschied war nur, dass diejenigen, die Vorträge über Gespenster oder Fabelwesen hielten, sicher auch sagen durften, dass es sich um Gespenster oder Fabelwesen handelte. Während er behaupten musste, dass sein Gespenst physikalische Realität sei und nicht nur ein mathematisches Hilfskonstrukt. Und das alles für einen Job, den er nicht wirklich wollte, weil er ihn von den wichtigen Dingen im Leben abhalten würde und nur einen Zweck hatte: den Lebensunterhalt zu verdienen.

Der Tod nach der Vortodesphase. Hatte er noch Zeit? Er stand noch einmal auf und ging ins Wohnzimmer, um nachzulesen.

Beruhigt kehrte er zurück und setzte sich wieder an den Schreibtisch. Erst mit vierzig. Wenn man Jung Glauben schenken durfte, begann die Vortodesphase eines Mannes erst, wenn dieser die markante Zahl von vierzig Jahren erreicht hatte, sodass ihn der Tod in Gestalt der dräuenden Stelle als Lehrkraft für besondere Aufgaben bereits vor seinem Eintritt in die C.-G.-Jungsche Vortodesphase ereilen würde. Der Tod noch vor dem Vortod.

Falls er die Stelle bekam.

Er nahm das oberste kleine WTB-Taschenbuch, das er in- und auswendig kannte, wieder vom vorderen Stapel auf der linken Tischseite: *Über spezielle und allgemeine Relativitätstheorie*. Als Einstein das Buch 1916 geschrieben hatte, war er siebenunddreißig Jahre alt, kaum älter als Richard heute. Beginnend mit der Erstausgabe von 1917, die im Titel noch den Zusatz *Gemeinverständlich* trug, hatten sich daran schon viele die Zähne ausgebissen. Auch Henri Bergson, der seinen wissenschaftlichen Ruf dadurch nachhaltig geschädigt hatte, was Richard noch heute in der Seele wehtat, wenn er an die kluge dreihundertseitige Schrift *Durée et simultanéité. À propos de la théorie d'Einstein* von 1922 dachte. Sie war nicht in der Absicht geschrieben zu kritisieren, sondern lediglich in dem Wunsch, die metaphysische und weltanschauliche Bedeutung der SRT zu hinterfragen, die Logik nicht aufzugeben und die absolute Zeit zu bewahren. Doch war es nicht ratsam gewesen, sich mit Einstein anzulegen, auch nicht als einer der bedeutendsten Philosophen des 20. Jahrhunderts.

Das Schöne an der vor ihm liegenden 21. Auflage von *Über spezielle und allgemeine Relativitätstheorie* von 1969, die er schon als Sechzehnjähriger gelesen hatte, war, dass im Anhang auch jene Bemerkungen von Einstein abgedruckt waren, die das Buch von Auflage zu Auflage erweitert hatten.

Was Brendel ihm in der letzten Diskussion nahegelegt hatte, lief darauf hinaus zu akzeptieren, dass die Relativitätstheorie experimentell bewiesen sei und dass es kompetente Leute gebe, die keine Schwierigkeiten mit dem darin vermittelten Zeitbegriff hätten. Diesen war zu vertrauen und die Beschränktheit des eigenen Verstandes anzuerkennen. Ganz im Gegensatz zu Kants Forderung nach dem *Muth, sich des eigenen Verstandes zu bedienen*.

Richard schlürfte weiter seinen Kaffee. Warum sollte man das tun: aufhören, selbst zu denken, und artig dem mathematischen Formalismus folgen? Im Fenster im dritten Stock gegenüber waren die Gardinen aufgezogen, nicht mehr geschlossen wie heute Nacht. Leben in der Wohnung. Falls die Scheiben nicht spiegelten, konnte sein Gegenüber ihn jetzt hier sitzen sehen. Und wenn schon. Offenheit. Sollte es sehen, was es wollte.

War etwas dran? War den großen Physikern, den *führenden Theoretikern* zu vertrauen? War das Vertrauen gerechtfertigt? *Gewiss hast auch du, lieber Leser, als Knabe oder Mädchen mit dem stolzen Gebäude der Geometrie Euklids Bekanntschaft gemacht …* Der Impuls, das Buch wieder zuzuklappen, das mit Bleistift-, Kugelschreiber- und Leuchtmarker-Anmerkungen übersät war, einige davon zwanzig Jahre alt und schon am Verblassen, war wie immer stark; er konnte ihn diesmal aber erfolgreich unterdrücken.

Als Sechzehnjähriger hatte Richard am *§ 9. Die Relativität der Gleichzeitigkeit* enttäuscht mit dem Bleistift notiert: *Das ist doch nur Wahrnehmung, Beobachtung von Licht. Wer sich auf ein Ereignis zubewegt, sieht es eher. Das Licht legt ja einen kürzeren Weg zurück. Er misst nicht dieselbe Zeit, aber es ist dieselbe.* Richard hatte die Sätze nie ausradiert. Nicht nur, um sich zu erinnern, was er damals gedacht hatte, sondern auch, um prüfen zu können, ob sich an seiner Einschätzung mit der Zeit etwas änderte. Wenn man ein lernfähiges Wesen war, musste sich etwas ändern.

Es hatte sich nichts geändert. Entweder war er auf dem geistigen Niveau eines Sechzehnjährigen stehengeblieben. Oder er hatte als Jugendlicher noch unvoreingenommen logisch denken können, während Erwachsene bereits in Vorurteilen gefangen waren.

Nicolai Hartmann hatte geschrieben: *Gleich bei den ersten Überlegungen der speziellen Relativitätstheorie begegnen wir der Verschiebung des Problems von der Realzeit auf die Konstatierbarkeit bestimmter Verhältnisse »in« der Zeit. … Daß etwas auch gleichzeitig »sein« könnte, wenn es nicht als gleichzeitig konstatierbar – und zwar aus objektiven Gründen nicht konstatierbar – ist, wird in der obigen Übertragung gar nicht in Betracht gezogen.*

Hinzugefügt hatte Hartmann: *Sieht man dieser Sichtweise genauer zu, so zeigt sich, daß ein solches Bestehen irgendwelcher Gleichzeitigkeit sogar die stillschweigende Voraussetzung ist, unter der man in sinnvoller Weise von einer bestimmten Dauer des Lichtweges im Raume, sowie von ihrer Zunahme und Abnahme je nach dem Bewegungszustande des Beobachters sprechen kann.*

Ein Satz, den Richard im Geiste schon mehrfach unterschrieben hatte. Gab jemand eine Dauer für eine Wegstrecke an und sagte »Das Licht braucht acht Minuten von der Sonne zur Erde«, hieß das, dass es vor acht Minuten auf der Sonne genauso spät gewesen sein musste wie auf der Erde. War es fünf Uhr auf der Erde, als das Licht von der Sonne abgestrahlt wurde, musste es auch fünf Uhr auf der Sonne sein. Und war es 5:08 Uhr auf der Erde, als das Licht hier ankam, musste es auch 5:08 Uhr auf der Sonne sein. Sonst machte die Aussage, das Licht benötige acht Minuten von dort nach hier, keinen Sinn.

Auch jeder Ort auf der Wegstrecke musste zu jedem Zeitpunkt gleichzeitig existieren, wenn man eine Dauer angab. Selbst minimalste Zeitwackler waren ausgeschlossen. Wäre es an irgendeinem durchquerten Ort, während es auf Sonne und Erde 5:04 Uhr war, etwa schon früher oder später, ließe sich eine Dauer für die gesamte Wegstrecke nicht mehr angeben. Die Zeit würde aufsplittern und das Licht würde bereits für *einen* Beobachter und *einen* Weg verschiedene Zeiten benötigen. Was offenkundig widersinnig war. Eine Dauer zu messen oder anzugeben, hieß, dass jeder durchquerte Ort zu jedem Zeitpunkt über ein gemeinsames Jetzt mit allen anderen Orten auf dem Weg verbunden war. Ohne vorausgesetzte Gleichzeitigkeit ging es nicht.

Um sich Mut zu machen und wie um den Zwischenstand noch einmal festzuhalten, auch wenn es nicht das erste Mal war, kritzelte Richard mit dem Bleistift auf den karierten Block in ein Koordinatensystem hinein: *Die Angabe einer Wegdauer zwischen zwei Objekten setzt voraus, dass diese gleichzeitig existieren. Auch alle Orte auf dem durchquerten Weg existieren gleichzeitig. Sie sind durch e i n e Gegenwart miteinander verbunden.*

So weit, so gut. Das stand nun fest oder war zumindest festgehalten. Auch wenn er bemerkte, dass er sich wieder dem Bücherstapel rechts von ihm zugewandt hatte, obwohl Einsteins Originalschrift fordernd aufgeschlagen vor ihm lag, las er noch schnell Hartmanns Einschätzung nach: *Die Zeit, deren Gleichfluss die Relativitätstheorie bestreitet, ist also nicht die Realzeit, sondern eine andere, wie wir sie nur in der Welt der Theorie antreffen … Über alle Raumdistanz und Bewegungszustände hinweg bleibt vielmehr, unabhängig von der Konstatierbarkeit, die kategoriale Voraussetzung einer Gleichzeitigkeit und eines Gleichflusses bestehen, unter der allein die Beschleunigung und Verlangsamung in der Beobachtungsfolge eine bestimmte Größe haben kann.*

Sicherlich war es physikalisch sinnvoll und angebracht gewesen, zu zeigen, dass es ungleich bewegten Beobachtern an verschiedenen Orten nicht möglich war zu entscheiden, ob zwei entfernte Ereignisse gleichzeitig abliefen. Es war eine Leistung, das verdeutlicht zu haben. Aber musste man deshalb gleich die Gleichzeitigkeit *an sich* leugnen, die man doch stillschweigend bei jeder Angabe einer Dauer voraussetzte?

Sodass es jetzt gleichzeitig viele Zeiten gab?

In seinem Essay *Neue Widerlegung der Zeit* hatte Borges den Idealisten George Berkeley zitiert, nach dem es die gewichtige Wahrheit gab, dass alle Körper und das Universum nicht außerhalb des Geistes existierten und auch kein anderes Sein hatten, als dass sie wahrgenommen würden. Im Grunde entsprach Einsteins Ansatz dem von Berkeley: Allein das Beobachtbare und Messbare galt. Nur ihm war Realität zuzuschreiben. Hinter dem Berkeley-Zitat hatte Borges in Klammern geschrieben: *Der Gott Berkeley ist ein allgegenwärtiger Beobachter, dessen Sinn es ist, der Welt Kohärenz zu geben.*

Oft waren es gerade diese kleinen Zusätze, die Richard an Borges' Texten gefielen. Auch Gott Einstein war ein allgegenwärtiger Beobachter, angetreten, der Welt Kohärenz zu geben – durch ein Knäuel aus Bezugsmollusken, die vom Beobachterstandpunkt abhingen. Während die allgegenwärtige Zeit zu einer Illusion wurde.

Was sicher auch eine Stärke war. Positiv gesehen gab es mit der Relativitätstheorie nun eine physikalisch abgesegnete Variante, der kompromisslosen Zeit ein Schnippchen zu schlagen. Nichts war geeigneter als ein mathematisches Konstrukt, das die Hoheit der Allgegenwart antastete, um die kollektive Illusion zu nähren, dass man auch ohne maßvolle Ernährung und Fitness jung bleiben oder in der Zeit zurückreisen könnte. Das hatte sicherlich mit zur Akzeptanz der Relativitätstheorie beigetragen, mal abgesehen von dem Spieltrieb einer mathematisierten Physik, die Spaß an spekulativen Denkschlaufen und -schleifen in x-dimensionalen Raumzeiten hatte.

In diesem Sinne war Einstein ein Künstler. Einer, der großartige Bilder gemalt hatte, die man mit Ehrfurcht vor dem Genial-Unverständlichen bestaunen konnte und die höher gehandelt wurden als van Goghs, Cézannes oder Picassos. Endlich mal jemand, der der Zeit die Zunge rausstreckte.

Da sollte noch mal einer behaupten, der gesellschaftliche Einfluss von Kunst sei gering, wenn sie doch große Teile der exakten Wissenschaften beherrschte. Jedes Künstlerherz musste höherschlagen: Kunst war wirkkräftig und etwas wert, und der als genialster Kopf gehandelte Erdenbürger war ein Künstler. Und Kunst war auch nicht zu teuer. Von wegen: brotlos. Selbst die Physik konnte sie sich leisten und bezahlte die Künstler gut. Sie erhielten sogar ihre eigenen Kunstforschungseinrichtungen, die von Steuergeldern finanziert wurden.

Und wenn er im Vortrag einfach von einem Gedankenkunstwerk sprach? Richard schob den Kaffee zur Seite. Unmöglich, das war es ja eben. Die RT war heute eben keine kreative Abweichung von der Realität, sondern galt als eine empirisch überprüfte Theorie, mit der sich der Natur auf den Zahn fühlen ließ. Der Zustand der Überzeugung war erreicht.

Wenn er ihn doch auch erreichen könnte. Oder noch besser: Wenn ihn der Zustand einfach ereilen würde. Das wäre ideal: Der ruhige und befriedete Zustand der Überzeugung könnte zu ihm kommen. Aber wer hatte schon unendlich viel Zeit zu warten?

Es war kurz nach elf. Jetzt musste Senta angekommen sein. Oder sie operierte schon. Dennoch war er seit ein paar Minuten nicht mehr allein. Wo auch immer seine Gesellschaft hergekommen war. Das Fenster war verschlossen, die Tür zum Arbeitszimmer nur angelehnt. Erst surrte der Neuankömmling an der Scheibe herum, dann kaprizierte er sich auf die Deckenlampe über der Fitnessstation und flog dort seine Kreise.

Wenn es denn Kreise waren. Es war nicht mal geklärt, ob Fliegen überhaupt Kurven fliegen konnten, obwohl schon Generationen von Fliegen unter Generationen von Lampen ihre Quasikreise gedreht hatten und schon Augusto Monterroso der Meinung gewesen war, dass es nur drei Themen gebe: die Liebe, den Tod und die Fliegen.

Immer so im Eck. Was sie wohl dazu trieb, erst in die eine Richtung zu fliegen, dann, zack, in die andere. Im Fünfeck, Viereck oder Dreieck. Im Dreieck eher nicht. Man müsste mal zählen, wie viele Ecken der Quasikreis einer Fliege hat. Das waren so Fragen.

Es half alles nichts. Unwillig räumte er Hartmann und Borges wieder auf die rechte Seite des Schreibtisches zurück und hätte beinahe dem Impuls nachgegeben, dafür Peter Janichs *Protophysik der Zeit* von 1980 vom rechten Stapel zu nehmen, ein kluges Buch zur theoretischen Begründung der Zeitmessung, ganz ohne logische Zirkelschlüsse und auf Grundlage der absoluten Zeit Newtons.

Nein, er musste sich der Sache stellen: *Über spezielle und allgemeine Relativitätstheorie (Gemeinverständlich)*. Von Albert Einstein. Mit Anmerkungen von Richard T. Weiß aus zwei Jahrzehnten.

Der idealistische Ansatz, nach dem das Beobachtbare als einziger Zugang zur Welt der Realität gleichzusetzen sei, Beobachtungseffekte also zu »realisieren« seien, war nur eine von zwei Grundprämissen, die der *Leser mit Maturitätsbildung*, an den sich Einstein in seinem Vorwort vom Dezember 1916 richtete, gleich zu Beginn der gemeinverständlichen Darstellung schlucken musste.

Die zweite Prämisse war eine Verschiebung von der gewöhnlichen Sichtweise weg, die wie ein unwichtiger Zusatz aussah: *Wenn wir nun, der Denkgewohnheit folgend, den Sätzen der euklidischen Geometrie den einzigen Satz zufügen, daß zwei Punkten eines praktisch starren Körpers stets die nämliche Entfernung (Strecke) entspreche, was für*

Lageänderungen wir auch mit dem Körper vornehmen mögen, so werden aus den Sätzen der euklidischen Geometrie Sätze über die mögliche relative Lagerung praktisch starrer Körper. Die so ergänzte Geometrie ist dann als ein Zweig der Physik zu behandeln.

Zwei Modifikationen, die nicht weiter ins Gewicht zu fallen schienen und die man wie nebenbei hinnehmen konnte, um sich der nachfolgenden Mathematik zu widmen, die Priorität hatte. Und doch genügte Richard bereits diese Passage in *§ 1. Physikalischer Inhalt geometrischer Sätze*, um wieder zu wissen, warum er sich stets so unwohl fühlte, sowie er dieses Buch zur Hand nahm: Von nun an befand man sich mitten im Sumpfgebiet und kam über stumpfsinniges Brüten nicht mehr hinaus. Diese zwei kleinen Nuancierungen, die man auch leicht überlesen konnte, änderten, miteinander kombiniert und konsequent weiterverfolgt, alles und stellten aus philosophischer Sicht Ungeheuerlichkeiten dar. Friss oder stirb. Richard war mehrfach gestorben.

Die Fliege saß jetzt in entspannter Haltung etwa zwanzig Zentimeter vom Schirm der Tischlampe entfernt auf Prigogines *Das Paradox der Zeit*, beschäftigte sich mit sich selbst und verhielt sich ausnahmsweise ruhig. Was sie sympathisch machte. Auch weil sie sich gerade diesen Sitzort ausgesucht hatte, um ihre Vorderbeine aneinander zu reiben. Zwei Lebewesen in einem Raum, die um das nahe Miteinander wussten und doch für sich sein konnten und der Einkehr bedurften.

Am Seitenrand hatte Richard mit Kugelschreiber notiert, ohne heute noch zu wissen, wann er das getan hatte:

Zwei Grundprämissen Einsteins:

1. Abstrakte Strecken werden körperlich gedacht.

2. Es gilt nur das Messbare, das Beobachtbare.

Während ein mathematisches Koordinatensystem normalerweise ein gedachter Raumabschnitt war, *in* dem Körper Lageänderungen vollführten, war das Koordinatensystem nun, indem Einstein den Abstand als physikalische Größe interpretierte, selbst Körper: *Dies erreicht die messende Physik durch Anwendung des kartesischen Koordinatensystems. Dieses besteht in drei zueinander senkrechten, zu einem starren Körper verbundenen starren, ebenen Wänden.*

Von hier bis zur Raumzeit war es nicht mehr weit. Nur noch ein paar Seiten. Man musste die Koordinatensysteme jetzt als starre, kräftefreie Bezugskörper gegeneinander bewegen, gleichförmig und geradlinig, was man *Inertialsysteme* nannte, und danach fragen, was man von dort aus beobachten könne.

Nahm man das Gesehene als real an, wie Einstein forderte, gelangte man unter Annahme einer absolut konstanten Lichtgeschwindigkeit mittels Lorentz-Transformation, also dem Satz des Pythagoras, zur Zeitdilatation und Längenkontraktion. Erweiterte man jetzt noch vom Koordinatensystem als Körper auf den *Raum als Körper*, indem man Dimension und Extension gleichsetzte, war ein vierdimensionales Raumzeit-Kontinuum kreiert – ungeachtet der Wesensfremdheit von Raum und Zeit, zumal es zwar einen Zeitpfeil, aber keinen Raumpfeil gab, und ebenso abgesehen davon, dass ein Koordinatensystem einen Nullpunkt hatte, während der Raum keinen Ursprung besaß und nach allen Seiten offen war und auch nur die Dimension darstellte, in der etwas ausgedehnt sein konnte.

Aber gemach, gemach.

Richard hatte den Bleistift wieder in der Hand und fügte der alten Randbemerkung *Starre Körper gibt es nicht* hinzu: *Wenn ein Körper nicht mehr starr ist, versagt er als*

Maßstab. Der Abstand zwischen zwei Punkten im Raum ist davon unberührt.

Die zwei Grundprämissen Einsteins stellten die Weichen. Züge über Züge fuhren von nun an in den akademischen Lehrwerken Geleise über Geleise entlang, und mitbewegte Beobachter in den Zügen und ruhende Beobachter auf den Bahndämmen konnten die Zeiten von Blitzeinschlägen *an zwei weit voneinander entfernten Stellen A und B unseres Bahndammes* messen und mehr oder minder tiefsinnige Betrachtungen zur Relativität der Gleichzeitigkeit anstellen.

Es gab Lehrbücher, wie etwa *Starthilfe Relativitätstheorie*, die Einsteins physikalische Definition des Abstandes wörtlich nahmen. Das Meter und die Sekunde wurden dann als *physikalische Eigenschaften von Atomen und Molekülen* definiert, woraus sich folgern ließ: *Also können und werden wir die Instrumente unserer Messungen selbst zu Gegenständen von Messungen machen.*

Aus Richards Sicht war hier nur ein unglaubliches Postulat (die absolute Konstanz der Lichtgeschwindigkeit) durch ein nicht minder unglaubliches ausgetauscht worden. Die Uhren waren physikalische Objekte, keine Frage. Man konnte sie ohne weiteres, wenn man Fragen an ihr Material zu stellen hatte, zu Gegenständen der Messung machen. Wenn aber konkrete Stoffe Auskunft über *Raum und Zeit* geben sollten, war das etwas vollkommen anderes. Gab es eine Schwingung mit einer halbwegs konstanten Periode, wie sie Louis Essen in der Cäsium-Atomuhr genutzt hatte, hatte man einen guten Zeitmesser. Nur blieb diese Schwingung stets an das Cäsiumisotop gekettet. Änderte sich die Schwingungsdauer der »Uhr«, dann wurde die Sekunde scheinbar verzerrt. In Wirklichkeit aber war es nur der *Zeitmesser*, die Uhr, die sich verändert hatte. Hätte man die Sekunde an einer anderen Uhr, an einem anderen Stoff festgemacht, wäre die Sekunde anders verzerrt oder womöglich auch nicht verzerrt worden. Jede Art von Stoff reagierte anders auf Stress.

Wenn es darum ging, die *Instrumente unserer Messungen selbst zu Gegenständen von Messungen* zu machen, maß man, wie stark sich die Maßstäbe änderten. Man maß, wie schlecht oder gut die jeweilige Uhr unter den jeweiligen Bedingungen ging. Ging sie nicht mehr, hatte man eine schlechte Uhr, wie den *Voice-Control*-Wecker auf dem Bürgersteig, falls er noch dort lag.

Arme Leser, die sich ein Buch kauften in der Absicht, sich die SRT verständlich erklären zu lassen, um als Vorspeise fragwürdige Definitionen und danach nahtlos Mathematik vorgesetzt zu bekommen, mit der sich nicht etwa das Verhalten konkreter Materie, sondern reale Zeitverzerrungen berechnen lassen sollten.

Womöglich langweilte sich die Stubenfliege und summte deshalb so hektisch durch die Gegend. Richard hoffte, nicht dafür verantwortlich zu sein: Ein Lebenstaumel, der sich gerade im oberen Drittel des Raumes abspielte, kreuz und quer unter der Lampe und über der Fitnessstation. Wobei sie es sich jetzt anders überlegt zu haben schien. Sie schwenkte im Bogen zum Fenster herüber und surrte gegen die Scheibe.

Warum sie nur so ruhelos war. Unfreiwillig sah man sich zum Zuschauer eines wirren Freiheitskampfes degradiert, und das Surren nervte nun doch. Weiter im Text: § 3. *Raum und Zeit in der klassischen Mechanik*: *Wenn ich ohne schwere Bedenken und eingehende Erläuterungen die Aufgabe der Mechanik so formuliere: »Die Mechanik hat zu beschreiben, wie die Körper mit der Zeit ihren Ort im Raume ändern«, so nehme ich einige Todsünden gegen den heiligen Geist der Klarheit auf mein Gewissen; diese Sünden sollen zunächst aufgedeckt werden.*

Richard öffnete beide Flügel des Fensters weit und wartete. Unfassbar: *Todsünden gegen den heiligen Geist der Klarheit.* Zum Glück handelte es sich um ein intelligentes Wesen, das erkannt hatte, wann es gefährlich für Leib und Leben wurde. Der Störenfried ließ sich nicht lange bitten, und Richard verfolgte noch, wie er schräg nach unten verschwand. Der Solarfunkwecker lag noch auf dem Bürgersteig. Niemand schien sich für den Ausgang eines der bahnbrechendsten Weckerexperimente der Weltgeschichte zu interessieren, durchgeführt in der Immanuel-Kant-Straße und weitaus aussagekräftiger als das Hafele-Keating-Experiment zur Bestätigung der Zeitdilatation. Er schloss das Fenster wieder.

Schönheit war bekanntlich Geschmackssache, aber sicher auch nicht nur. Borges' *Neue Widerlegung der Zeit* war schön. Der Autor sagte *ich glaube*, nahm sich zurück und vermied Behauptungen, von denen er anderswo geschrieben hatte, der menschliche Geist neige dazu, ihnen zu widersprechen. Außerdem ließ sich die *Neue Widerlegung der Zeit* genau genommen, gerade weil sie in dem existentiellen Bedürfnis geschrieben war, die Realität zu leugnen, als eine der tiefsinnigsten Widerlegungen der Raumzeit lesen, zeigte sie doch, dass sich die Zeit nur mit einem idealistischen Ansatz und unter trickreicher Aufreihung der fadenscheinigsten Argumente widerlegen ließ. Sich folglich nicht widerlegen ließ.

Richard entschuldigte sich vor sich selbst, dass er erneut zur falschen Seite gegriffen hatte, und legte den Essayband auf die rechte Schreibtischseite zurück.

Der Theorie in dem Taschenbuch vor ihm, die im Verständnis vieler Physiker zu dem Größten und Schönsten zählte, was je ein Mensch erschaffen hatte, hatte Richard ganz andere Attribute verliehen.

In § 3, der die *Todsünden gegen den heiligen Geist der Klarheit* aufdeckte, ging es um einen Stein, der vom fahrenden Zug herabfiel. Jeder Beobachter sah ihn, abhängig von seiner Bewegung, in einer anderen Bahnkurve herabfallen, in einer stärker oder schwächer gekrümmten Parabel oder auch geradlinig: *Man sieht an diesem Beispiel deutlich, dass es eine Bahnkurve an sich nicht gibt, sondern nur eine Bahnkurve in bezug auf einen bestimmten Bezugskörper.*

Keine Beobachtung war gegenüber einer anderen ausgezeichnet, das war richtig. Aber wollte Einstein damit sagen, dass ein- und dasselbe Objekt, weil das Beobachtbare der Realität entsprach, nun auf beliebig vielen *realen* Wegen vom Zug auf den Bahndamm gelangte, zumal es beliebig viele, unterschiedlich gegen den Zug bewegte Beobachter geben konnte?

Irgendeine Vorstufe des heutigen Richard T. Weiß hatte an den Rand geschrieben: *Es ist egal, was die Beobachter sehen. Es bleibt e i n Weg, der verschieden wahrgenommen wird. Ein- und dasselbe Objekt kann nicht zugleich unendlich viele reale Bahnkurven nehmen.*

Das Unheil nahm seinen Lauf. Denn jetzt kam die Zeit ins Spiel: *Eine vollständige Beschreibung der Bewegung kommt aber erst dadurch zustande, dass man angibt, wie der Körper seinen Ort mit der Zeit ändert, d. h. es muß für jeden Punkt der Bahnkurve angegeben werden, zu welcher Zeit der Körper sich dort befindet.*

Auf der Armbanduhr war es 11:24 Uhr, auf dem Studentenwecker wie erwartet zwei Minuten früher. Richard zeichnete mit dem Bleistift einen Singvogel auf die einzige freie Stelle des Seitenrandes und trank den abgekühlten Kaffee aus. *Nachtigall, ick hör dir trapsen*. Wenn jetzt noch unendlich viele reale Zeiten dazu kamen, in denen ein- und derselbe Stein auf x-beliebig vielen realen Bahnkurven den komplexen Weg vom Zug zum Bahndamm meisterte, war die Verwirrung komplett.

Sie ließ nicht lange auf sich warten.

Erst wurde das Relativitätsprinzip erläutert, nach welchem die Naturgesetze in jedem Inertialsystem die gleichen sind. Danach ließ sich, da Einstein auch die konstante Lichtgeschwindigkeit im Vakuum als Naturgesetz verstand, das in jedem Inertialsystem gleich zu sein hatte, ein Widerspruch konstruieren: *Die bahnbrechenden theoretischen Forschungen von H. A. Lorentz … zeigten nämlich, daß die Erfahrungen in diesen Gebieten mit zwingender Notwendigkeit zu einer Theorie der elektromagnetischen Vorgänge führen, welche das Gesetz der Konstanz der Lichtgeschwindigkeit im Vakuum zur unabweisbaren Konsequenz hat. Deshalb waren die führenden Theoretiker eher geneigt, das Relativitätsprinzip fallen zu lassen … Hier setzte die Relativitätstheorie ein. Durch eine Analyse der physikalischen Begriffe von Zeit und Raum zeigte sich, daß in Wahrheit eine Unvereinbarkeit des Relativitätsprinzips mit dem Ausbreitungsgesetz des Lichts gar nicht vorhanden sei, daß man vielmehr durch systematisches Festhalten an diesen beiden Gesetzen zu einer logisch einwandfreien Theorie gelange.*

Richard lief ein Schauer über den Rücken, der mit der Ehrfurcht vor dem Genial-Unverständlichen nichts zu tun hatte. Das gerade Gelesene enthielt so in etwa alles, was einen guten Text aus seiner Sicht nicht ausmachte: eine tendenziöse Darstellung von Physikgeschichte zur Aufwertung des eigenen Gedankenguts, Behauptungen von absoluter Wahrheit, kategorische Urteile im Sinne der eigenen Sache und die für Einstein typische Sprache: *mit zwingender Notwendigkeit, zur unabweisbaren Konsequenz, die führenden Theoretiker, in Wahrheit, systematisches Festhalten* und *logisch einwandfrei*.

Selbst wenn man die historische Situation von 1916 mit einrechnete und Einstein seine gemeinverständliche Darstellung sicherlich auch als Kampfschrift gegen die Gegner der RT gedacht hatte, die er in § 22 erwähnte, so war die Geisteshaltung des in Paragraphen gefassten Gesetzestextes nicht zu übersehen. Und jeder Behauptung des Gottes Einstein, dessen Sinn es war, der Welt Kohärenz zu geben, war zu widersprechen.

Nein, Gott Einstein. Die *bahnbrechenden theoretischen Forschungen von H. A. Lorentz* haben nicht zu Ihrem Postulat von der absoluten Konstanz der Lichtgeschwindigkeit im Vakuum geführt, das Sie *Gesetz* nennen. Hendrik Antoon Lorentz, der mit Ihrer SRT zeitlebens nichts anfangen konnte, hat bereits im 19. Jahrhundert seine eigene Theorie entwickelt, in welcher der Lichtäther die schneller bewegten Elektronen kontrahiert: keine Realeffekte in einem kräftefreien, leeren SRT-Vakuum, sondern Längenkontraktionen durch Kräfte in einem Nicht-Nichts. Eine Theorie, in der es absolute Gleichzeitigkeit und einen absoluten Raum gibt, sodass die Lichtgeschwindigkeit relativ ist.

Ein leerer Raum, der den Äther ersetzt, wurde erst von Ihnen im Aufsatz *Zur Elektrodynamik bewegter Körper* von 1905 postuliert, mit all den damit verbundenen gedanklichen Schwierigkeiten. Denn dieses in den Raum gestellte SRT-Nichts, zu dem Sie schreiben: *Dies vierdimensionale Gebilde (Minkowski-Raum) ist als Träger der Materie und des Feldes gedacht*, wird in der allgemeinen Relativitätstheorie durch eine volle Raumzeit ausgetauscht. Womit die vormals *mit zwingender Notwendigkeit* eingeführte absolut konstante Lichtgeschwindigkeit im leeren SRT-Vakuum obsolet wird.

Es gibt jetzt eine materiell zu denkende Raumzeit, wie Sie definieren: *Gemäß der allgemeinen Relativitätstheorie dagegen hat der Raum gegenüber dem »Raum-Erfüllenden« ... keine Sonderexistenz.* Die Füllung ist jetzt der Raum selbst, was Hartmann als eine *Verwechslung des extensums mit der conditio extensionis* und Carlo Rovelli als eine *Erleuchtung* bezeichnet hat: *Das Gravitationsfeld ist nicht im Raum ausgebreitet, sondern es ist der Raum.*

Womit sich die Frage stellt, warum man ein Gravitationsfeld, das man mit einer Gravitationstheorie beschreibt, *Raum* oder *Raumzeit* nennen muss und nicht einfach *Gravitationsfeld*? Und sei es nur der Eindeutigkeit wegen. Denn wenn das Gravitationsfeld der Raum ist, fragt sich, was mit den anderen Feldern ist, dem elektromagnetischen Feld oder dem Higgs-Bosonen-Feld. Sind sie nicht der Raum? Sind sie außerhalb? Gehört die Dunkle Energie dazu? Und tritt hinter der Vorstellung eines inhomogenen verformbaren Raums nicht sofort ein homogener euklidischer Raum auf, *in dem* sich der deformierbare Weltkörper krümmt?

Nein, Gott Einstein. Vom *führenden Theoretiker* wurde keine Analyse der physikalischen Begriffe von Zeit und Raum durchgeführt. Der führende Theoretiker von sechsundzwanzig Jahren hat im Jahre 1905 ad hoc – beeinflusst von den relationalen Vorstellungen Leibniz' und Machs, aber in seinen Thesen weit darüber hinausgehend – die altbewährten Konzepte von Zeit und Raum lediglich pragmatisch wegdefiniert, um eine absolut konstante Lichtgeschwindigkeit *c* im Vakuum festlegen zu können. Von der er glaubte, sie festlegen zu müssen.

Und ist damit nicht zu einer *logisch einwandfreien Theorie* gelangt, sondern zu einer, in der es von logischen Inkonsistenzen nur so wimmelt, weil sich eine absolute Geschwindigkeit nicht mit der Relativität jeder Bewegung verträgt. Ein Wimmelbuch, in dem die Gegenwart zersplittert, ohne ein verbindendes Jetzt.

Das Primat des Beobachters. Jeder, der nicht allein Experimente, also Beobachtungen, entscheiden ließ, gab sich nach Einstein einer Täuschung hin, wenn er glaubte, *mit der Aussage der Gleichzeitigkeit einen Sinn verbinden zu können. (Bevor du mir dies mit Überzeugung zugegeben hast, lieber Leser, lies nicht weiter.)*

Richard hatte dies nie zugegeben. Mit Überzeugung nie zugegeben. Niemals. Zwei Ereignisse konnten auch gut dann gleichzeitig sein, wenn man sie nicht als gleichzeitig beobachten konnte. Es gab sich einer Täuschung hin, wer dem täuschenden Anschein glaubte.

Als ein ungehorsamer *lieber Leser* hatte Richard dennoch seit Jahren stets weitergelesen: *Sind zwei Ereignisse (z. B. die beiden Blitzschläge A und B), welche in bezug auf den Bahndamm gleichzeitig sind, auch in bezug auf den Zug gleichzeitig? … Wir kommen also zu dem wichtigen Ergebnis: Die Ereignisse, welche in bezug auf den Bahndamm gleichzeitig sind, sind in bezug auf den Zug nicht gleichzeitig und umgekehrt (Relativität der Gleichzeitigkeit). Jeder Bezugskörper (Koordinatensystem) hat seine besondere Zeit …*

Das, was Richard jetzt dachte, stand schon am Rand: *Oje.* Diese Gleichsetzung von Wahrnehmung und Realität sollte der Tod der absoluten Zeit sein, das Ende der Auffassung, dass alles im Raum Lokalisierte zugleich besteht.

Richard sah erst auf den gelb markierten Satz in Noltings Grundkurs *Theoretische Physik 4*: *Die absolute Zeit gibt es nicht!* und danach auf den karierten Block, auf dem noch immer stand: *Die Angabe einer Wegdauer zwischen zwei Objekten setzt voraus, dass diese gleichzeitig existieren. … Sie sind durch e i n e Gegenwart miteinander verbunden.*

Womit jeder Beobachter, wie bewegt auch immer, der angab, wie lange das Licht vom Ereignis zu ihm brauchte, über eine Strecke der Gegenwart mit dem Ereignis verbunden war – und folglich auch mit jedem anderen Beobachter, der das Ereignis früher oder später wahrnahm. Absolute Gleichzeitigkeit als Voraussetzung der Messung, während das Fazit der SRT lautete, die Gleichzeitigkeit sei relativ. Wenn eine Theorie aber ihre eigenen Voraussetzungen als Folgerung aufhob, war sie absurd. Richard starrte auf den Block. Und war ohne jede weltanschauliche Relevanz. Und berührte den Zeitbegriff Kants und Newtons nicht im Geringsten.

Durch die Relativitätstheorie ist die vierdimensionale Betrachtungsweise der »Welt« geboten, da ja gemäß dieser Theorie die Zeit ihrer Selbständigkeit beraubt wird … Da es in diesem vierdimensionalen Gebilde keine Schnitte mehr gibt, welche das »Jetzt« objektiv repräsentieren, wird der Begriff des Geschehens und Werdens zwar nicht völlig aufgehoben, aber doch kompliziert.

Objektiv. Verdammt. Jetzt war die Bleistiftspitze wieder abgebrochen. Wie konnte man nur das Werden leugnen, die Prozesse? Auch die Natur erkannte man besser in ihren Taten als in ihrem Sein.

Wo war der Anspitzer? Ach ja, in der Lade. Richard breitete ein Tempotaschentuch neben dem Einsteinbuch aus und begann den Bleistift wieder anzuspitzen. Es hatte Zeiten gegeben, in denen er erschöpft gewesen war und einfach nur gezählt hatte, wie oft Einstein Worte wie *Wahrheit*, *natürlich* oder *objektiv* verwendete.

In der Bleistiftbestandsaufnahme auf der Umschlaginnenseite des WTB-Büchleins von knapp achtzig Seiten stand: *Wahrheit: 18, in Wahrheit: 9, natürlich/Natürlichkeit: 11, deutlich/Deutlichkeit: 7, logisch: 6, wirklich/Wirklichkeit: 13.*

Richard pustete die Spitze ab und betrachtete sein Werk. Saubere Arbeit. Das Taschentuch mit den Holzspänen und dem Graphitstaub kam zusammengefaltet in den Papierkorb.

Im Text gab es nicht wenige Beteuerungen, nach denen der Verfasser ein *konsequent denkender Mensch* war, der nicht nur die *Todsünden gegen den heiligen Geist der Klarheit* aufdeckte, sondern auch ein *gewissenhaft überlegender Physiker* war, welcher *im Lichte einer strengen Überlegung* zu seinen tiefen Erkenntnissen gelangt war.

Gab es denn keine Rhetoriker, die dieses Wunderwerk einer auf die Spitze getriebenen Überzeugungskunst näher untersucht hatten? Worüber forschten die Rhetoriker und Didaktiker von heute? Worüber die Linguisten? Das Büchlein war es wert. Wie hier mit Sprache gearbeitet wurde, wie geschickt der Autor den Leser manipulierte, und wie locker-flockig und gleichwohl streng hier ein führender Theoretiker *durch systematisches Festhalten* an der *Wahrheit* keinen Widerspruch duldete und *mit zwingender Notwendigkeit* revolutionär neue Gedankenwege beschreiten *musste*.

In der Bestandsaufnahme stand: *muß: 28*. Die mit Abstand auffälligste Häufung: *Der physikalische Sinn der Ortsangaben m u ß jedoch stets den vorstehenden Erörterun-*

gen gemäß gesucht werden, wenn die Ergebnisse der Physik und Astronomie nicht ins Unklare zerfließen sollen … Es m u ß auch dem Nichtmathematiker einleuchten, daß durch diese rein formale Erkenntnis die Theorie außerordentlich an Übersichtlichkeit gewinnen m u ß t e.

Der konsequent denkende Denker, der erkannt hatte, dass *die vierdimensionale Betrachtungsweise der »Welt«* durch die Relativitätstheorie geboten war, sah sich gleichsam gezwungen, aufgrund der empirischen Tatsachen und der Logik genau das zu denken, was er dachte, nicht ohne dabei zu implizieren, dass derjenige nicht konsequent dachte, der ihm auf seinem Denkweg nicht folgen konnte oder wollte.

Es gab keinen anderen Weg. Nur seinen. Und keinesfalls war zu erwägen, dass der *gewissenhaft überlegende Physiker* mit seinem Werk auch sein eigenes Gewissen mit einigen *Todsünden gegen den heiligen Geist der Klarheit* belastet haben könnte: Mit der Gleichsetzung von Zeit und Uhr. Mit der Gleichsetzung von Realität und Beobachteranschein. Mit der Gleichsetzung von Extension und Dimension. Mit der Kreation eines SRT-Vakuums, eines Nichts, und der Aufhebung desselben in der ART unter Beibehaltung der Minkowski-Raumzeit. Mit der Nichtunterscheidung zwischen einer geometrischen Bewegungslehre ohne wirkende Kräfte (der Kinematik) und einer Lehre von den Kräften und der Energie (der Dynamik), für welche die Physik zuständig ist. Mit der Behauptung, dass eine Theorie der gleichförmig bewegten Massepunkte, die es in der Realität nicht gab, in kräftefreien Räumen, die es nicht gab, die Realität adäquat beschreiben konnte. Eine Theorie, an der alles schief und krumm war und die sich selbst krümmte und beulte wie die Raumzeit. Ein Märchen für Erwachsene in einer gemeinverständlich genannten Darstellung, die nur einen Zweck hatte: armen interessierten Laien mit oder ohne Maturitätsbildung eine Lehre, die der Natur unterstellte, widersinnig zu sein, und die zermürbende Aporien zur unabweisbaren Konsequenz hatte, als verständlich unterzujubeln.

Was man nicht fassen kann, muss man glauben. Auf diesem schmalen Bändchen, das so unschuldig vor Richard lag, baute eine Gemeinschaft von Gläubigen und Glaubenswilligen auf; mit ihm begann eine Religion. Während Philosophie mit Zweifeln anfängt. Der Physiknobelpreisträger Richard Feynman, dessen Vorlesungen allein aus Sympathiegründen in den Ikea-Regalen standen, hatte einmal gesagt: *Wir müssen unbedingt Raum für Zweifel lassen*. Derselbe Feynman hatte geschrieben: *So einfach, dass auch ein Erstsemester es kapiert, konnte ich es nicht darstellen. Das heißt, wir verstehen es nicht wirklich.*

Die beiden Relativitätstheorien verstand kein Erstsemester, auch kein Zweitsemester, und es lohnte nicht, weiter hochzuzählen, um irgendwann auch die Zwölftsemester, Doktoranden oder Professoren zu erfassen. Um damit zu arbeiten, musste man logische Widersprüche entweder ignorieren oder bewusst in Kauf nehmen, aus dem schieren Willen, einer mathematischen Idee zu genügen.

1949, zu seinem siebzigsten Geburtstag, hatte Einstein an seinen Schulfreund Maurice Solovine geschrieben: *Sie stellen es sich so vor, daß ich mit stiller Befriedigung auf ein Lebenswerk zurückschaue. Aber es ist ganz anders von der Nähe gesehen. Da ist kein einziger Begriff, von dem ich überzeugt bin, daß er standhalten wird, und ich fühle mich unsicher, ob ich überhaupt auf dem rechten Weg bin.*

Einige Kritiker hatten vermutet, der Siebzigjährige habe die Fehler des Sechsundzwanzigjährigen eingesehen und zu zweifeln begonnen, nicht nur an seiner vereinheitlichten Feldtheorie, sondern auch an seinen Grundbegriffen. Richard hielt das für möglich, die Anhänger der Relativitätstheorie allerdings nicht. In der modernen Physik gab es nur Einsteins Jahrhundertwerk. Monumentale, in Stein gemeißelte Relativität und den Glanz des Genies, das die Macht des reinen Verstands personifizierte. Vielleicht war es wahr, dass eins der größten Leiden die Selbstüberschätzung ist. Oder wie Melchior Palágyi gesagt hatte: *Mathematik schützt vor Torheit nicht.*

Der Bleistift hatte endlich begonnen, das zu tun, was er schon lange hatte tun wollen und woran ihn nun niemand mehr hindern konnte. Zuweilen kam eben ein Punkt, an dem es nicht länger möglich war, sich gegen die Macht der Dinge zu wehren. Sie hatten ihren eigenen Willen, und dann musste man sie auch gewähren lassen und durfte nicht mehr dagegen opponieren. Richard sah dabei zu, wie der angespitzte Bleistift eine mit Randbemerkungen übersäte Seite nach der anderen, abwechselnd von links oben nach rechts unten und von rechts oben nach links unten, durchstrich und sich dabei sachgerecht vom Lineal unterstützen ließ.

Genug. Es gab keinen Grund, einem halbgebildeten jungen Mann mit ausgeprägtem Selbstbewusstsein zu vertrauen, der Willkür an Raum und Zeit hatte walten lassen. Es gab auch keinen Grund, den führenden Theoretikern von heute zu vertrauen, die den führenden Theoretikern von damals vertrauten, und erst recht keinen, die Relativitätstheorien schön zu finden.

Zum Glück war der Bleistift schnell. Man konnte nur staunen, in wie kurzer Zeit (auf der Armbanduhr war es jetzt 12:01 Uhr) sämtliche Kapitel zur SRT mit wie wenigen Strichen ad acta gelegt wurden. Die ART war zwar weniger falsch, da sie immerhin echte dynamische Gravitationskräfte beschrieb, stellte aber eine unnötige Konfusion dar, weil sie den Gedanken der Minkowski-Raumzeit nicht aufgegeben hatte und behauptete, dass Masse Raum und Zeit deformiere.

In seinem Lehrbuch *Gravitation and Cosmology: Principles and Applications of the General Theory of Relativity* von 1972, das in deutscher Sprache nicht erschienen war, hatte der Physiknobelpreisträger Steven Weinberg argumentiert, dass sich die Gleichungen der ART auch mit Hilfe der klassischen Geometrie interpretieren ließen. Ganz ohne eine Raumzeit, die sich krümmte, worauf sich das Licht mitkrümmen musste. Man beschrieb einfach *direkt* die physikalischen Effekte auf die Materie und das Licht in Raum und Zeit. Es war nicht nötig, dass das Gravitationsfeld die Raumzeit war. Es konnte das Gravitationsfeld bleiben.

Der Bleistift, eine Diva mit Ansprüchen, die nur dann aktiv wurde, wenn man sie angemessen hofierte, war zwar nicht abgebrochen, doch mittlerweile stumpf geworden. Er ließ sich erneut anspitzen, und Richard widmete sich seiner Aufgabe mit der nötigen Hingabe. Da zur Genugtuung aller Beteiligten bereits die Seiten 2 bis 58 durchgestrichen waren, kam es auf ein paar Minuten mehr oder weniger jetzt auch nicht mehr an.

Wie in allen dynamischen Theorien ging es direkt, ohne die Ohrfeige an Kant, Newton oder Hartmann. Kräfte als Ursachen zeitigten Wirkungen. Der metrische Tensor der einsteinschen Feldgleichungen war nichts als eine mathematische Beschreibung. Die nichteuklidischen, relativistischen riemannschen Mannigfaltigkeiten waren Hilfsmittel, um felddynamische Effekte und Umrechnungen zu beschreiben – eine Deutung, wie sie auch Protophysiker wie Paul Lorenzen vornahmen. Nicht die Raumzeit krümmte sich in Gravitationsfeldern, sondern das Licht. Schlicht das Licht. Wer hätte das gedacht.

In einem Interview hatte Weinberg gesagt: *Ich denke, dass ein enormer Schaden von der Religion angerichtet wurde – nicht nur im Namen der Religion, sondern tatsächlich von der Religion.*

Richard nickte und setzte den Bleistift wieder an.

Die ART war eine Mogelpackung. Mit ihr hatte sich Einstein der Newtonschen Sicht wieder angenähert, ohne dabei die Hinfälligkeit der SRT einzugestehen und Raum und Zeit und die absolute Gleichzeitigkeit alles Bestehenden im Raum wieder herzugeben.

Statt ein Grundpfeiler der modernen Physik zu sein, haftete die Relativitätstheorie wie ein Klotz am Bein der Physiker und ließ niemanden mehr so recht vorankommen. Wie viel Denkkapazität in mehr als einem Jahrhundert daran verschwendet worden war, durch Anhänger und Kritiker gleichermaßen. Wie viel gesunder Widerstand gebrochen worden war. Wie viel Verunsicherung erzeugt worden war. Und wie viel Dogmatismus sich ausgebreitet hatte.

Der Bleistift war fleißig. Akkordarbeit in enger Zusammenarbeit mit dem Lineal. Strich um Strich. Damit das Jahrhundertwerk kein Jahrtausendwerk wurde und die denkbaren Real-Universen nicht bald 200 Dimensionen aufwiesen, 196 davon eingerollt, waren die begrifflichen Grundlagen der modernen Physik zu klären. Sonst würde ein intern inkonsistentes Gedankenkonstrukt weiter die Erkenntnis behindern und die Allgemeinheit verwirren; und in Schwarzen Löchern endete weiter – zum ehrfürchtigen Erschauern oder traurigen Verzweifeln – die Zeit.

Geschafft. Richard atmete tief durch und stellte den Bleistift in den Becher zurück, bevor er das Lineal wieder auf die Papiere mit den wandernden Inertialsystemen legte und das Taschenbuch zuklappte. Klappe zu, Affe tot.

Blieb nur noch die Frage, wie sich die Naturphilosophie ihre jahrhundertealten Begriffe hatte wegnehmen lassen können. Wie war das möglich gewesen? Durch simple Streckenbetrachtungen. Quasi im Handstreich. Auch wenn das nur aus heutiger Sicht so schien, weil es wohl keine Theorie gab, die in ihren Anfangszeiten stärker umstritten gewesen war als die Relativitätstheorie. Dennoch war es Einstein und seinem Verteidigerring gelungen, die seinerzeit gültigen Anschauungen, stets unter Berufung auf empirische Beweise und einen Menschenverstand, der zum Verständnis der Natur nicht tauge, in die Schublade für abgelegte Sachen zu stecken. Und dies so nachdrücklich, dass der an sich schon unwahrscheinliche Ausnahmezustand der Herrschaft einer absurden Theorie zu einem Dauerzustand hatte werden können.

Solange man als Physiker nur das Verhalten von Körpern oder Lichtstrahlen *in* Raum und Zeit beschrieben hatte, nur Stöße, Beschleunigungen oder Flugbahnen von Flugzeugen oder Elementarteilchen, solange man nur Dampfmaschinen oder Strahltechnologien erfunden hatte, war man ein Physiker gewesen – einer, der sich schon lange nicht mehr Naturphilosoph genannt hatte.

Seit 1905 aber war man wieder mehr. Denn es gab nichts, was fundamentaler war als die Vorstellungen von Raum und Zeit. Berechnete man die Werte für die Zeitdilatation, lieferte man Zahlen und zugleich eine Weltanschauung mit. Waren Raum und Zeit keine Kategorien mit wesenseigenen Unterschieden mehr, hatte man sich das Grundlegendste vom Grundlegenden angeeignet.

Womit die Philosophie ihre ureigenste Domäne verloren hatte. Sie konnte zwar noch weiter über Gut und Böse sinnieren oder darüber, wie Bewusstsein entstand oder ob es einen freien Willen gab. Doch ansonsten stand sie auf dem Abstellgleis: genau neben jenen Schienen, auf denen von nun an ein Zug nach dem anderen durch die Lehrbücher brausen durfte, um die Relativität der Gleichzeitigkeit anhand von einschlagenden Blitzen zu illustrieren.

Einige der bekanntesten Vertreter der Naturphilosophie und Philosophie – wie Heraklit, Aristoteles, Kant, Bergson oder Newton – hatten, wie es schien, vor der Natur versagt, und kaum ein Philosoph fragte heute noch danach, ob die Neuschöpfung *Raumzeit* wirklich notwendig gewesen war oder ob es sich nicht nur um die Kopfgeburt eines Mathematikers handelte, der eine originelle, aber ungenaue Theorie euphorisch umgesetzt hatte.

Warum auch. *Raumzeit* klang gut. Raumzeit war Revolution. Raumzeit zementierte, indem sie die jahrtausendealten philosophischen Grundlagen kreativ und eigenwillig außer Kraft setzte, die Herrschaft der Physik über die Philosophie.

Ein modernes Machtmittel, um die Geisteswissenschaften als ein sekundäres Anhängsel begreifen zu können, als eine unbedeutende Kaste gegenüber der bedeutenderen der exakten Naturwissenschaften, welche Experimente, Fakten und knallharte Formeln lieferte, wo die weiche Philosophie nur schwafeln konnte.

Gab es keine Auflehnung? Waren die Philosophen, die einstigen Geistesriesen, so viel weniger wert als Mathematiker oder Physiker?

Auf dem Buchrücken des Essaybands *Philosophie der Physik*, den Richard aus einem Stapel linkerhand zog, stand: *Descartes und Leibniz sind ebenso Naturwissenschaftler wie Philosophen, und es gibt keinerlei sachlichen Grund, nicht auch Einstein und Bell zu den bedeutendsten Philosophen des 20. Jahrhunderts zu zählen.*

Das ließ wenig Auflehnung erwarten.

Richard schlug das Buch auf, in das er lange nicht mehr hineingesehen hatte, und las einen Satz der modernen Philosophen, der von ihm angestrichen worden war: *Aber die moderne Physik hat uns gelehrt, dem gesunden Menschenverstand nicht mehr viel Glauben zu schenken.*

Das stimmte, das lehrte die moderne Physik tatsächlich. Falls die Philosophie diese Lehre aber auch angenommen hatte, gab es hier ein mittelschweres Problem: Denn falls dem gesunden Menschenverstand nicht mehr zu glauben war, ließ sich die Welt über menschliche Interpretation und Logik nicht mehr erfassen. Womit die Physik die Philosophie vor allem eins gelehrt hatte: sich selbst abzuschaffen.

Eine Lehre, die nicht ganz angekommen zu sein schien, zumindest nicht in letzter Konsequenz. Sonst hätte dieses Buch, das Richard jetzt in der Hand wog, nicht existieren dürfen. Dreihundert Gramm Überforderung.

Immerhin stand da nicht, dass dem Menschenverstand *gar nicht mehr* zu glauben sei, sondern nur: *nicht mehr viel*. Den minimalen Spielraum zwischen *nichts* und *nicht mehr viel* hatte die Physik der Philosophie also noch gelassen. Anlass genug, ihn dankbar mit Versuchen zu füllen, die nun gesetzte Raumzeit zu interpretieren: *Es ist ja nicht die Aufgabe von Philosophen, Physikern vorzuschreiben, nach welchen Theorien … diese suchen dürfen. Vielmehr ist es die Aufgabe der analytischen Metaphysik, … danach zu streben, die entsprechenden physikalischen Theorien so gut wie möglich zu interpretieren. Genau dieser Versuch wurde von vielen Physik-Philosophen seit dem Aufkommen der allgemeinen Relativitätstheorie (ART) im Jahre 1915 unternommen.*

Da man als Philosoph allerdings auf seinen gesunden Menschenverstand angewiesen war – etwas anderes war nicht verfügbar, es sei denn, man griff auf den ungesunden Menschenverstand zurück –, hatte es die Interpretation der ART-Raumzeit in sich. Denn während es sich moderne theoretische Physiker wie Carlo Rovelli einfach machten und behaupteten, die Raumzeit sei das Gravitationsfeld, hatten die Philosophen weitaus größere Schwierigkeiten, die Frage nach dem Wesen der Raumzeit zu beantworten.

Auch nach jahrzehntelangem Grübeln gab es bisher keine schlüssige Antwort darauf, was denn nun die Essenz, das Substrat oder die Beschaffenheit der Raumzeit sein könne oder wer als Träger raumzeitlicher Eigenschaften in Frage komme: *Die anhaltenden Probleme, raumzeitliche Individuen zu spezifizieren, betreffen sowohl den klassisch substanzialistischen metrischen Essentialismus als auch den relationalistischen Strukturenrealismus.*

Fragen über Fragen, wenn es darum ging, die ART-Feldgleichungen im Sinne einer Raumzeit zu interpretieren. Es gab heute zwei grundlegende, sich widersprechende philosophische Sichtweisen auf die ART-Raumzeit: a) die substanzielle, nach der es gewisse eigenständige Raumzeit-Entitäten gab, und b) die relationale (oder anti-substanzielle), nach der es keine eigenständigen Raumzeit-Entitäten gab, sondern nur beobachterabhängige Beziehungen zwischen Körpern und Ereignissen. Und beide stützten sich auf bestimmte logische Argumente und ließen sich durch andere wieder logisch widerlegen: *Dadurch ergibt sich zunächst ein heterogenes Bild. Die*

Geometrisierung der Gravitation legt eine Wechselwirkung zwischen Raumzeit und Materie nahe, die Invarianz wichtiger geometrischer Größen und ihr Einfluss auf Bewegungen sprechen für die Selbständigkeit der Raumzeit gegenüber den Körpern.

Das Raumzeiträtsel. Was war die Raumzeit? Woraus bestand sie? Aus den geometrischen Größen, der Geodätenstruktur und der raumzeitlichen Metrik, die die Länge der vierdimensionalen Abstände, also der Raumzeitintervalle angab? Oder gehörten die geometrischen Größen und raumzeitlichen Erstreckungen (die berühmten *Weltlinien* von Einstein, Eddington oder Weyl) zur Materie, da sie Energie und Impuls übertragen konnten? War das metrische Feld mit seinen Schwingungen bereits ein physikalisches Feld und gehörte deshalb nicht zur Raumzeit, sondern *zum physikalischen Inhalt* der Raumzeit, zur Materie? War in diesem Falle nur die Raumzeitmannigfaltigkeit, also die Gesamtheit der Raumzeitpunkte, der Repräsentant der Raumzeit? Waren Raumzeitpunkte Kräfte? Wodurch unterschieden sich Raumzeit und Materie? Unterschieden sie sich überhaupt? Oder war die Raumzeit nicht lediglich eine Eigenschaft der Materie, also nicht gesondert von dieser zu denken?

Wenn man den Philosophen im Buch Glauben schenkte, durften heute alle Interpretationen nebeneinander existieren: Raumzeit als Beziehungsgeflecht. Raumzeit als Feld. Raumzeit als Materie. Raumzeit als Eigenschaft der Materie. Wechselwirkungen zwischen Raumzeit und Materie.

Statt darüber nachzusinnen, dass alles vergänglich war und *wie man zer welte solte leben*, konnte man als moderner Philosoph seine Jahre damit verbringen, Raumzeitmodelle gegeneinander abzuwägen: den Relationalismus, den Substanzialismus, den metrischen Realismus und Essentialismus, den moderaten ontologischen Strukturenrealismus oder den Mannigfaltigkeitssubstanzialismus. Wobei das jeweils noch keine Positionen waren, wie Richard auf der nächsten Seite nachlesen konnte, sondern *Familien von Positionen*.

Als ontologisch sparsamste und deshalb attraktive Variante wurde der Super-Substanzialismus vorgestellt. Die Grundidee dieser Familie war es, dass es *nur* die Raumzeit gab. Nichts weiter: *Alles, was wir wahrnehmen, sind nur Aspekte und Eigenschaften der Raumzeit.* Ging ein Substanzialist noch davon aus, dass die Raumzeit *eine* Substanz sei und daneben auch die Materie existierte, postulierte der Super-Substanzialist, dass die Raumzeit die einzige existierende Substanz wäre.

Endlich Klarheit: Die Raumzeit war alles. Es gab nur sie. Nur noch diese eine anthropomorphe Entität, über deren Evolution zu sprechen Richard in zweieinhalb Stunden das Glück haben würde. Der Mensch hatte die Welt verstanden: *Jene Eigenschaften, die wir normalerweise den in der Raumzeit existierenden Dingen zuschreiben – zum Beispiel die Eigenschaften Masse, Ladung, Feldstärke – sind tatsächlich Eigenschaften der Bestandteile der Raumzeit selbst. … Die Identifikation von raumzeitlichen Objekten und Raumzeitregionen schreit einfach danach, gemacht zu werden. … Alles, was es gibt, ist Raumzeit.*

Obwohl Richard das Buch schon gelesen hatte, war er sich beim Überfliegen der angestrichenen Zeilen immer wieder ungläubig durch die Haare gefahren. Die Super-Substanzialisten versuchten, alle Eigenschaften der Materie geometrisch zu fassen. Auch Geruch, Viskosität, Farbe, Temperatur, Druck, Ladung und so weiter mussten sich auf verschiedenartige Krümmungen der Raumzeit zurückführen lassen. Und da man mit diesem Ansatz in der vierdimensionalen Raumzeit scheiterte, ging man in den super-substanzialistischen Forschungsprogrammen eben zur fünfdimensionalen Raumzeit über. Und kam man auch hier nicht weiter: Was hinderte den modernen Philosophen daran, dem modernen Physiker nachzueifern und die Zahl der Dimensionen zu erhöhen? Zumal die Stringtheoretiker hier schon gute Vorarbeit geleistet hatten. Auf zehn oder elf, auf sechsundzwanzig Dimensionen.

Die Philosophie war auf den Hund gekommen. Der Hund war die Physik. Der Hund war die Raumzeit. Der Hund war Materie. Materie war die Raumzeit. – Wozu gab es eigentlich verschiedene Begriffe für die verschiedenen Dinge in der Welt?

Die Frage war, ob sich Newton, Kant oder Hartmann wohl unentwegt im Grabe umdrehten, weil ihre denknotwendige A-priori-Kategorie *Zeit* nun eine wabernde wollüstige Substanz war, die an der wabernden Substanz *Raum* festklebte. Eine Substanz, die nach dem Schweiß Tausender folgsamer Philosophen roch.

Relationale und substanzielle Sichtweisen zum Raum hatte es schon vor Einstein gegeben, auch super-substanzialistische Positionen. Jedoch auch die Zeit materiell zu denken, womit folglich jeder Zustand der Materie seine eigene Zeit hatte, war eine Lesart, die erst mit der Relativitätstheorie möglich geworden war.

Im Buch gab es, wenn auch nur in einer Fußnote, einen einzigen kritischen Satz zur Raumzeit, der allerdings weniger auf das Konto der Philosophie als auf das der Physik ging: *Es herrscht breite Einigkeit darüber, dass die allgemeine Relativitätstheorie nicht die finale Theorie von Raum und*

Zeit sein kann, besonders aufgrund ihrer Inkompatibilität mit der Quantentheorie.

Eine frühere Version von Richard hatte mit dem Bleistift *Hört!* an die Fußnote gekritzelt, eine Anmerkung, der Richard jetzt nur ein müdes Schulterzucken abgewinnen konnte. Er hob die drei obersten Bücher des mittleren linken Stapels an und legte die *Philosophie der Physik* nach erlittener Lektüre wieder darunter.

12:23 Uhr auf der Armbanduhr, und wenig überraschend: Auf dem Studentenwecker war es zwei Minuten früher. Bemerkenswert war, dass die Inkompatibilität mit der Quantentheorie ein Kriterium für die Fraglichkeit der ART zu sein schien, die Inkompatibilität mit der Logik hingegen nicht. Mehr als einhundert Jahre hatten die Raumzeit gleichsam einbetoniert. Sie stand fest. Wozu paradoxerweise auch die Dehn- und Streckbarkeit dieses gummiartigen Chamäleons beigetragen hatte, da es so viele Interpretationsvarianten wie Menschen gab.

Was untertrieben war. Es gab mehr Varianten, da man seine Meinung ändern konnte. Wie auch Einstein seine Auffassungen von der Raumzeit immer wieder revidiert hatte. Die Deutungsoffenheit eines Kunstwerks: *Wer vieles bringt, wird manchem etwas bringen … Gebt Ihr ein Stück, so gebt es gleich in Stücken! / Solch ein Ragout, es muß Euch glücken.*

Es war geglückt. Und das Paradoxeste war, dass gerade die vielen Paradoxien, vom Gartenzaun- bis zum Ehrenfest-Paradoxon, und die internen Unvereinbarkeiten die Theorie zu schützen schien. Es gab *zu viele* Widersprüche. Die Kritik zerstreute sich. Jeder bemängelte eine andere Unstimmigkeit in der SRT oder ART, um entweder keine Antwort zu erhalten (das war die häufigste Antwort) oder die empirischen »Beweise« vorgesetzt zu bekommen, obwohl es um Interpretationen ging. Die am schwersten zu greifende Lüge ist die mit Wahrheit vermischte Lüge.

Genau genommen fragte sich nicht mehr, ob die theoretische Physik ihr lieb gewonnenes Spielzeug, das Spekulationen in unendlich-dimensionalen realen Hyperräumen erlaubte, noch hergeben wollte. Es fragte sich eher, ob sie die Raumzeit noch hergeben konnte. Mehr als hundert Jahre Verehrung. Mehr als hundert Jahre Inkaufnahme von Widersprüchen, um einer Idee zu genügen. Mehr als hundert Jahre Abwehr der Kritik.

Die Physik von heute wirkte, als befinde sie sich am Ende eines Sudoku-Rätsels. Man hatte Zahlen eingetragen, noch eine und noch eine, und jeder Schritt, der ein Stück weitergeführt hatte, war mit einem Nobelpreis geadelt worden. Es war schwierig, noch eine passende Zahl zu finden, doch wer es schaffte, erhielt die Lorbeeren. Jetzt war man beim letzten Kästchen angekommen und suchte und suchte, ohne sich bisher einzugestehen, dass man die richtige Zahl nicht würde finden können. Denn ein solches Eingeständnis wäre fatal. Es würde bedeuten, dass auch die Eintragungen davor nicht richtig gewesen waren. Obwohl man so weit gekommen war.

Blieb das letzte Kästchen leer, weil irgendwo – womöglich ganz am Anfang – ein Fehler gemacht worden war, erwies es sich spätestens jetzt als angebracht, von vorne zu beginnen. Was aber dadurch erschwert wurde, dass man nicht im Bewusstsein der Vorläufigkeit mit Bleistift geschrieben hatte, sondern mit Honig, Plastilin und Druckerschwärze in unzähligen Lehrbüchern und Zeitschriften, mit neuen ergänzenden Parametern für das Standardmodell der Elementarteilchenphysik, mit experimentellen Beweisen und immer lauteren Einstein-Rufen in der Presse – zähflüssig und unverwüstlich hatte man das ganze Universum mit Zahlen vollgemalt. Nicht zuletzt mit Herzblut.

Nein, die Physik konnte nicht mehr zurück. Würde man jetzt zugeben müssen, dass man so lange einer falschen Fährte gefolgt war, entwertete man viele Forschungsarbeiten und verlöre sein Gesicht. Das Bild einer souveränen Physik, das es in der Gesellschaft gab, würde einer realistischeren Darstellung weichen müssen: einer, in der Glaubenskämpfe und Eitelkeiten eine Rolle spielten und in welcher der Wissenschaftsbetrieb wichtiger war als die Wissenschaft.

Zuweilen, wenn Richard in letzter Zeit Aufsätze oder Bücher gelesen hatte, war er den Eindruck nicht losgeworden, dass man gleichsam darauf hoffte, einen Ausweg aus der Relativitätstheorie zu finden, ohne das Genie Einsteins, Plancks und der vielen anderen, die ihnen gefolgt waren, zu gefährden.

Da nach der Quantentheorie alles in kleinste, aber endliche Energieportionen (Quanten) unterteilt werden konnte, war es der Wunsch vieler Physiker, auch die Gravitation zu quantisieren. Allerdings wusste ein Gravitationsfeld, das zugleich die Raumzeit war, sich diesen Bemühungen zu widersetzen. So ließ sich eine dehn- und stauchbare Raumzeit nicht als ein Netzwerk kleinster Quanten denken, wenn die Länge bewegter Objekte kontrahierte. Entweder man änderte die SRT oder man ließ kontrahierbare minimale Längen zu – eine *contradictio in adjecto*, die an und für sich, zumindest aus Richards Sicht, keine größeren logischen Widersprüche in sich trug als eine verbogene Raumzeit. Doch bei dieser logischen Inkonsistenz machte man einen Schnitt und sagte, nein, das ginge nicht. *Kontrahierbar* und *minimale Länge* schlössen sich aus.

Auch andere Theorien zur Versöhnung der Quantentheorie mit der Relativitätstheorie steckten in der Sackgasse: die String- und Superstringtheorien mit ihren hochdimensionalen Raumzeiten, die Theorie der kausalen Mengen, bei der die Raumzeit nicht kontinuierlich war, sondern aus vielen diskreten Punkten bestand, die kausale dynamische Triangulation, welche die Raumzeit auf ihrer untersten Ebene aus vierdimensionalen Dreiecken aufbaute, oder die emergente Gravitation mit einem quasi anti-supersubstanziellen Raumzeitbegriff, da hier die Krümmungen der Raumzeit erst durch Felder induziert wurden, womit die Raumzeit nicht mehr fundamental, geschweige denn alles war. – Es ergab sich ein ähnlich vielschichtiges Bild wie in der Philosophie, bei dem eine Theorie neben der anderen bestehen durfte.

Scheu und verschämt fasste man ins Auge, dass die Lichtgeschwindigkeit *c*, anders als von Einstein angenommen, auch nicht konstant sein könnte. Wenn sich die Raumzeit nämlich, bildlich gesehen, wie eine Flüssigkeit verhalte. Dann könne *c*, da es zur Dispersion von Licht komme, von der Frequenz im Farbenspektrum abhängen; nur ganz schwach, nur in den Nachkommastellen, sodass man diesen Unterschied bisher nicht habe feststellen können. Oder *c* sei zeitlich nicht konstant. Ihr Wert sei am Anfang des Universums ein anderer gewesen.

Derlei Möglichkeiten der Variabilität der Lichtgeschwindigkeit (neben dem Wissen, dass *c* vom Medium abhing) wurden erwogen, da sie Einsteins Genius nicht schmälerten. Sollte *c* wirklich frequenzabhängig oder zeitlich variabel sein, hatte Einstein das nicht wissen können. Man hatte die Gelegenheit, die Theorien zu korrigieren, ohne die Autorität ganzer Physikergenerationen zu gefährden.

Eine bestimmte Konstanz von *c* aber, die *absolute* Konstanz für jeden bewegten Beobachter als Voraussetzung für die SRT, wurde nicht mehr hinterfragt, und erst recht nicht, was einmal daraus abgeleitet worden war: die Relativität von Raum und Zeit.

Richard schob den Abreißzettel am Gehäuse des Monitors am Magneten weiter nach oben. *Mach dem Unfug endlich ein Ende. Deine Eva. – Zu Befehl. Dein Richard.*

Obwohl Rechner und Monitor ausgeschaltet waren, sah er den Mann auf der Vorgartenbank vor sich: eine fast schmerzliche körperliche Präsenz, die den Blick darauf versperrte, dass alles im Universum miteinander wechselwirkte und im Werden begriffen war. Einer, der der Welt und dem Zeitpfeil die Zunge rausstreckte. Um dann trotzdem zu sterben und die verführbare Menschheit mit einer Hinterlassenschaft allein zu lassen, die den gesunden Menschenverstand leugnete und ein Massensterben gesunder Zeitphilosophien eingeläutet hatte.

Zu Befehl. Es ging nicht anders, es musste sein. Jetzt kam es zum Schwure.

IM GERICHTSSAAL.

In der Mitte steht der Richtertisch, an dem rechts die Protokollführerin sitzt. Der Stuhl des Vorsitzenden ist besetzt durch einen Richter in schwarzer Robe, unparteiisch, so es das gibt.

Im Raum befinden sich weiter:

Rechts der Staatsanwalt, der Chor der Kläger, darunter unter anderem der gesunde Menschenverstand, Isaak Newton, Gottfried Wilhelm Leibniz, Jorge Louis Borges, der normale Menschenverstand, Immanuel Kant, Hendrik Antoon

Lorentz, Arthur Schopenhauer, der gemeine Menschenverstand, Nicolai Hartmann, Richard T. Weiß, Senta Weiß, geb. Morgenstern, der gewöhnliche Menschenverstand, Ernest Rutherford, Charles Édouard Guillaume, der übliche Menschenverstand, Rudolf Clausius, Ludwig Boltzmann, Ilya Prigogine, der allgemeine Menschenverstand, Henri Bergson, Hugo Dingler, Peter Janich, die erste Stufe der Blödheit, hundert Autoren gegen Einstein, die zweite Stufe der Blödheit, Verstockte, Versteckte, Herbert Dingle, Louis Essen, die dritte Stufe der Blödheit, Georg Galeczki, Peter Marquardt, Christian Jooß, G. O. Mueller, neunzig Prozent aller russischen theoretischen Physiker, die Logik, die Protophysik, der erste Hauptsatz der Thermodynamik, der zweite Hauptsatz der Thermodynamik, die Entropie, die Naturphilosophie, ein frisch gespitzter Bleistift, der früher bei Boesner an der Kasse gestanden hat und jetzt nur noch halb so lang ist, die Irreversibilität, die Alternden, die Sterbenden, der Sturm der Entrüstung, … (auf Nebenkläger wurde verzichtet)

Links der Verteidiger und der Chor der Verteidigung, darunter unter anderem die führenden Theoretiker Albert Einstein, Max Planck, Arthur Eddington, die führenden Mathematiker Hermann Minkowski, Marcel Grossmann, Georg Friedrich Bernhard Riemann, Gerald James Whitrow, die führenden Physiker Stephen Hawking, Roger Penrose, Karsten Danzmann, Carlo Rovelli, die führenden Köpfe des Verteidigerrings Hans Reichenbach, Hermann Weyl, Max von Laue, die führenden Physikhistoriker Prof. Dr. phil. habil. Dr. h. c. mult. Stefan Brendel, Prof. Dr. rer. nat. habil. Dipl. phys. Klaus Hentschel, die Max-Planck-Institute für Gravitationsforschung, das Albert-Einstein-Institut, das CERN, 1 001 Autoren des Papers »Observation of Gravitational Waves from a Binary Black Hole Merger«, die Riemannsche Geometrie, die moderne Physik, die Standardmodelle der

Teilchenphysik und der Kosmologie, einige Nobelpreise für Physik, tausende Lehrbücher zur SRT und ART, der Wissenschaftsbetrieb, die Zeitschrift ›Nature‹, die Zeitschrift ›Spektrum der Wissenschaft‹, die Presse und Vermarktung, Harald Fritzsch, Helmut Günther, Thomas Bührke, das Dogma, die Autorität, die Religion, die Stringtheorie, die Schleifenquantengravitation, der Sturm der Entrüstung … (allesamt unwillig erschienen, da ihnen der Prozess lästig ist – sie wollen das Sein beschreiben, nicht das Werden!).

Die Hauptangeklagte, die Raumzeit, hätte in einer Zelle neben dem Verteidiger sitzen müssen. Doch der Platz ist leer. Es ist den Anwesenden im Saal wie auch draußen, die dem Geschehen folgen dürfen (die Fenster des Saals sind unverhängt; jeder, der möchte, kann von außen hineinschauen), aus verschiedenen Gründen klar oder nicht klar, warum die Angeklagte nicht erschienen ist. Vielleicht ist sie gerade unpässlich. Vielleicht hat sie zu viel Raumzeitschaum vor dem Mund, der ein Geständnis behindern würde. Vielleicht ist sie verreist. Womöglich auch, falls logische Widersprüche bei der Verhandlung ins Gewicht fallen sollten, kann eine Raumzeit nicht im Raum sitzen. (Es gibt auch wahrscheinlichere Gründe für ihre Nichtanwesenheit, die die Kläger auf der rechten Seite in Betracht ziehen.)

Wahlweise nehmen die Mitangeklagten, die spezielle Relativitätstheorie und die allgemeine Relativitätstheorie Albert Einsteins, den Platz der Hauptangeklagten ein. Sie sind der Meinung, die Hauptangeklagte zu verstehen und ihr nahe genug zu stehen, um in ihrem Sinne aussagen zu können, falls dies nötig werden sollte. Der Vorsitzende ist mit der Vertretung einverstanden.

Vor dem Richtertisch stehen ein Stuhl und ein Tisch für die Zeugen. Der Wachtmeister sitzt auf einem Hocker neben der Tür. Der Wachtmeister trägt die Uniform der Justizbe-

amten des Landes Berlin. Der Staatsanwalt und der Verteidiger tragen keine Roben. Als der Vorsitzende sich erhebt, stehen alle Personen im Saal auf.

VORSITZENDER *(stehend)*: Ich eröffne die Sitzung der Großen Strafkammer, Schwurgericht. Bitte nehmen Sie Platz.

Der Vorsitzende setzt sich, alle anderen nehmen ebenfalls Platz. Der Vorsitzende wartet, bis es ruhig ist. Das dauert aufgrund der Bewegtheit der Anwesenden eine Weile.

VORSITZENDER: Für das Protokoll stelle ich fest: Als Angeklagte wurden die SRT und die ART aus der Untersuchungshaftanstalt vorgeführt. Das Gericht ist in der Besetzung zusammengetreten, die Ihnen mit der Ladung zu diesem Termin mitgeteilt wurde. Gibt es dazu Fragen oder Anträge?

Staatsanwalt und Verteidiger schütteln den Kopf.

VORSITZENDER *(zu den Angeklagten)*: Guten Tag, SRT und ART. Ich werde nun Ihre Personalien verlesen beziehungsweise aufnehmen. Geboren 1905 in Bern bzw. 1915 in Berlin. *(Er nickt anerkennend.)* – Sie haben sich lange gehalten.

SRT: Das kann man wohl sagen, Herr Vorsitzender. Der Grund dafür ist mein Realitätssinn. Außerdem altert man weniger, wenn man gebraucht wird.

VORSITZENDER: Das mag stimmen. Obwohl Sie in verschiedenen Städten geboren wurden, Sie, SRT, in Bern, und Sie, ART, in Berlin – hier in der schönen Stadt Berlin *(er weist um sich)* –, wurden Sie quasi am gleichen Ort geboren, wie öffentlich bekannt ist.

SRT: Sie meinen im selben Kopf? Das ist kein logischer Widerspruch!

ART: Es war nicht derselbe Kopf. In meinem Falle war er schon klüger.

VORSITZENDER: Aha, es gibt also zeitliche Entwicklung. Hätten Sie auch anderswo geboren werden können?

CHOR DER VERTEIDIGUNG *(vielstimmig)*: Versteht sich von selbst. Das liegt auf der Hand. Poincaré, Lorentz, Mach, Riemann, die Urväter der Relativität …

CHOR DER KLÄGER *(vielstimmig)*: Niemals! Unmöglich. So schräg kann niemand denken.

VERTEIDIGER: Herr Vorsitzender, Sie wollten die Personalien aufnehmen.

VORSITZENDER: Entschuldigung, Herr Verteidiger. Sie haben recht, rein interessehalber … Ruhe, bitte! *(Zu SRT und ART:)* – Haben Sie Kinder? Gemeinsame Kinder?

ART: Die Zahl meiner Abkömmlinge ist groß. Ich kann nicht klagen.

VORSITZENDER: Das freut mich für Sie. Und Sie, SRT?

Die SRT bleibt stumm.

VORSITZENDER: Sie dürfen schweigen. Zurzeit sind Sie in Untersuchungshaft und von der Arbeit freigestellt. Ist das so richtig?

VERTEIDIGER: Das entspricht nicht der Wahrheit. Die Dienstherrin meiner Mandantinnen, die moderne Physik, die ich mit vertrete, kann auf eine Zuarbeit der beiden Angeklagten nicht verzichten. Die ART und SRT sind essentiell. Sie werden gebraucht, wie die SRT bereits ausgesagt hat. Die Dienstherrin wartet mit der endgültigen Entscheidung den Ausgang dieses Verfahrens ab.

VORSITZENDER: Danke sehr. Das verkompliziert die Sachlage. *(Zur Protokollführerin:)* Personalien wie auf Blatt 139, Band I der Hauptakten.

Protokollführerin schreibt die Personalien mit.

VORSITZENDER: Gut. Wenn es sonst keine weiteren Anträge oder Fragen gibt … darf ich die Staatsanwaltschaft bitten, die Anklage zu verlesen.

VERTEIDIGER: Können wir die Fenster öffnen? Die Luft hier ist furchtbar.

VORSITZENDER: Stimmt. Das wäre sinnvoll. *(Zum Wachtmeister:)* Bitte lassen Sie alle Fenster und Türen weit öffnen. Die Welt draußen ist selten so laut wie die Welt drinnen. Danke … Nun kann jeder mithören, der will. Herr Staatsanwalt, bitte, die Anklage.

STAATSANWALT *(stehend)*: Der Hauptangeklagten und den Mitangeklagten, Personalien wie eben erhoben, wird Vergewaltigung nach § 177 des Strafgesetzbuches zur Last gelegt. In zwei schweren Fällen. Eine erzwungene gewaltsame Vereinigung auf Dauer. So die Hauptanklage. Daneben umfasst die mehr als hunderttausendseitige Klageschrift, die der Verteidigung mit der Forderung auf Stellungnahme in einer angemessenen Frist zugestellt wurde, Vorwürfe der Fehlerhaftigkeit, der Misshandlung des gesunden Menschenverstandes, der Willkür, der Unruhe- und Verwirrungsstiftung, des Amtsmissbrauchs, der Täuschung und bewussten Irreführung der Öffentlichkeit, um nur einiges zu nennen. Die Inhalte einer so langen und jährlich weiter anwachsenden Klageschrift lassen sich nicht in einer Verhandlung verlesen. Das Material liegt allen vor. Ihnen wird überdies zur Last gelegt, Steuergelder in Milliardenhöhe vergeudet zu haben.

VORSITZENDER: Danke sehr. Diese Anklage ist durch die Beschlüsse der Kammer vom August dieses Jahres seit mehr als einhundert Jahren quasi unverändert zugelassen, Blatt 2031 im Band XI der Hauptakten. Nur die Höhe der vergeudeten Steuergelder, die den Angeklagten zur Last gelegt werden, hat sich von Mal zu Mal erhöht.

CHOR DER VERTEIDIGUNG *(durcheinander und zeitgleich mit dem Vorsitzenden, erst noch verhalten, sich in der Lautstärke aber ständig steigernd)*: Frechheit, von wegen Vergeudung! Von wegen Vergewaltigung! Wer behauptet denn so was, sie sind unschuldig, seriöse Forschung …

VORSITZENDER *(scharf, in Richtung Verteidiger)*: Ich bitte den Chor, sich zu mäßigen. SRT und ART, Sie sind in diesem Strafverfahren der mehrfachen Schuld mitangeklagt. Ich muss Sie als Angeklagte darüber belehren, dass Sie sich redend oder schweigend verteidigen können. Falls Sie zu den gegen Sie erhobenen Vorwürfen schweigen, darf und wird das Gericht Ihr Schweigen nicht gegen Sie verwenden. Haben Sie die Anklage und diese Belehrung verstanden?

SRT UND ART *(gleichzeitig)*: Ja.

VORSITZENDER: Und wie möchten Sie es heute halten?

SRT *(steht auf)*: Zu gegebener Raumzeit werde ich …

VERTEIDIGER *(unterbricht die Angeklagte und steht selbst auf)*: Ich werde für die Angeklagten eine Erklärung abgeben. *(unwillig)* Gleichwohl ich dies schon oft getan habe und der Sache langsam müde bin. *(Kunstpause)* Es ist seit langem erwiesen, dass die gesamte armselige Anklageschrift zu Ihren Händen auf einem Irrtum beruht. Besser noch auf einem groben Unverständnis, das mit der Zeit immer peinlicher geworden ist. Wie oft unsere Mandanten dies dem Kläger nun bereits klargemacht haben, der ungeachtet dessen nicht von einer Klage absieht. Immer der gleiche Staatsanwalt, der die gleiche unfähige Klageschrift unfähig wiedergibt, immer der gleiche unfähige Chor der Kläger, die gleiche unfähige Protokollführerin, die gleichen schwarzen …

VORSITZENDER: Keine weiteren Beleidigungen, Herr Verteidiger!

VERTEIDIGER: Verzeihen Sie, Herr Vorsitzender. Es ist nicht Ihre Schuld. Ich sehe Sie hier zum ersten Mal. Aber Leute, deren Horizont beschränkt ist, sollten ihre Zunge im Zaum halten, wenn es um die Einschätzung gesunder realer Beziehungen geht. Und genau darum geht es hier. Unglaublich eigentlich, dass hier etwas Gegenstand einer Gerichtsverhandlung sein kann, das nicht einmal mehr diskussionswürdig ist. Die drei Angeklagten sind dem Verteidiger genau bekannt: die Raumzeit, die SRT, die ART. Ehrenhaft, unbescholten, gewissenhaft. Vom Strafbestand einer Vergewaltigung kann keine Rede sein.

Er holt tief Luft.

Das Gegenteil ist der Fall. Die Vereinigung von Raum und Zeit war zwingend. Sie war und ist ein Erfordernis der Zeit. Denn hier passten zwei auf das Organischste zusammen, seit Urzeiten, wofür die SRT und die ART die besten Zeugen sind. Die haben nur Pate gestanden. Raum und Zeit haben zueinander gefunden, weil sie zueinander finden mussten! Drei Dimensionen, die ohne die vierte unvollständig gewesen wären. Eine Dimension, die ohne die anderen drei weiter gelitten hätte. Und die Raumzeit hat nichts weiter getan, als sie in sich aufzuheben, wenn Sie wissen, was ich meine. In dreifachem Sinne. Aufgehoben! Und nun sind sie unzertrennlich. Ein Herz und eine Seele, in ewiger Liebe verbunden und zusammengeschweißt. Eine geniale Verbindung. Alles so elegant, so fein aufeinander abgestimmt, dass wir nun in einer Art Molluske eingebettet sind, in einem riesigen und verformbaren Weichkörper. Die Dinge fallen, weil der Raum sich krümmt, oder besser gesagt die Raumzeit! Ist das nicht wunderbar? Vor allem, weil die Theorie, hat man erst einmal verstanden, wie sie funktioniert, so einfach ist, dass es einem den Atem nimmt. Man muss sie nur verstehen! Spüren Sie ihn nicht auch, diesen Weichkörper, in dem wir alle aufgehoben sind und uns bewegen können, hin zu neuen Horizonten, zu ekstatischen Freuden der Schöpfung, zu … *(Er atmet schwer.)* Meine Mandantinnen werden jetzt keine weiteren Angaben machen.

VORSITZENDER: Und später?

VERTEIDIGER: Das wird sich zeigen. Kommt Zeit, kommt Rat.

VORSITZENDER: Gut, wie Sie meinen, Herr Verteidiger. Dann treten wir jetzt in die Beweisaufnahme ein. Herr Wachtmeister, würden Sie bitte nachsehen, ob die erste Zeugin eingetroffen ist.

Der Wachtmeister tritt ab. Kurz darauf treten der Wachtmeister und die Zeit ein. Pünktlich. Die Zeit geht zum Zeugenstuhl, auf den der Vorsitzende deutet. Sie bleibt nicht stehen, sondern setzt sich.

VORSITZENDER: Guten Tag. Sie sind die Zeit?

ZEIT: Guten Tag. Ja. Genau genommen die absolute Zeit. Aber Sie können mich einfach Zeit nennen. Die eine. Ich existiere.

VORSITZENDER: Wie, Sie existieren?

ZEIT: Es gibt mich, wie sie sehen. Ich bin Realität. Keine Illusion. Ich bin nicht das, was man auf einer Uhr abliest. Wenn die Uhr steht, gehe ich weiter. Eigenständig und allumfassend. Wer mich nicht sehen kann, wird mich spüren.

VORSITZENDER: Bitte keine Drohungen im Zeugenstand.

CHOR DER VERTEIDIGUNG *(murrend)*: Die ist ja von gestern, vorsintflutlich. Eine Moorleiche. Wo haben die denn die ausgegraben? Was hat die hier zu suchen? Das gibt's doch gar nicht. Wie kann man nur so was in den Gerichtssaal …

VORSITZENDER: Ruhe, bitte! Ich muss doch bitten. Ich muss Sie zunächst als Zeugin belehren, Zeit, dass Sie verpflichtet sind, hier die Wahrheit zu sagen. Sie dürfen nichts hinzufügen und nichts weglassen. Eine Falschaussage ist mit hohen Strafen bedroht. Sie können auch auf Ihre Aussage vereidigt werden. Haben Sie das verstanden?

ZEIT: Ja.

VORSITZENDER *(zur Protokollführerin)*: Belehrt.

Die Protokollführerin stempelt das Protokoll entsprechend.

VORSITZENDER: Geben Sie Ihre Personalien zu Protokoll.

ZEIT: Zeit, ich heiße Zeit. Die einzige ihrer Art.

VORSITZENDER: Ihr Alter bitte in vollen Jahren.

ZEIT: Ich habe kein Alter. Ich wurde nicht im Urknall geboren. Ich bin nicht zirka 13,8 Milliarden Jahre alt.

VERTEIDIGER: Einspruch, Euer Ehren, Sie lügt!

VORSITZENDER: Wenn nicht im Urknall, wann dann?

ZEIT: Ich wurde nicht geboren und ich ende nicht. Nicht im Schwarzen Loch. Nicht bei Lichtgeschwindigkeit. Ich existiere, solange das Werden beständig ist. Und da der Wandel das einzige Ewige ist, *panta rhei*, wie jeder weiß, es also immer Prozesse gibt, existiere ich immer. Vor einem Prozess gab es einen, der dazu hingeführt hat, und wieder davor einen, der zu diesem geführt hat. Ich existiere endlos in die Vergangenheit hinein.

VERTEIDIGER: Euer Ehren, sie lügt! Dann wäre das Hawking-Penrose-Theorem, nach dem ein expandierendes Universum einen ersten Moment der Zeit besitzt, falsch.

Die Zeit schaut den Vorsitzenden weiter aufmerksam an. Ihr Gleichmut ist erstaunlich. Sie scheint unbeeinflussbar zu sein.

VORSITZENDER: Sind Sie mit der SRT oder ART verwandt oder verschwägert? Sind Sie mit der Raumzeit verwandt?

ZEIT: Nicht entfernt.

VORSITZENDER: Danke sehr. Das genügt. Nun bitte ich

Sie, meine Fragen nach bestem Wissen und Gewissen zu beantworten. Es geht um das Jahr 1905. Bitte berichten Sie aus Ihrer persönlichen Sicht von den Ereignissen in diesem Jahr und den Folgejahren.

ZEIT: Ich bin eigenständig, universell und einzigartig. Das hat die Menschheit gewusst, seit sie denken und ahnen kann, auch Heraklit, Leibniz, Newton oder Kant, selbst wenn sie noch über Details gestritten haben. Die Welt besteht aus einer Folge sukzessiver Zustände. Oder lassen Sie es mich mit den Worten eines Menschen sagen: *Die Mannigfaltigkeit aller Raumpunkte schließt sich in dem Zeitpunkte zu einer einheitlichen Totalität zusammen. Oder umgekehrt ausgedrückt: Der Zeitpunkt entfaltet sich in allen Raumpunkten zu dem unendlichen Weltenraume.* Das ist eine Wahrheit. Während wir hier sitzen, gerade jetzt, explodiert zwei Galaxien weiter eine Supernova. Genau: jetzt.

Ich war gesund – und plötzlich, 1905, wurde ich auf das Schrecklichste vereinnahmt. Das ging alles so schnell, dass ich es nicht einmal richtig wahrnehmen konnte. Eine Molluske, schwer zu fassen. Sie hat mich verschlungen und den Raum gleich mit – in der Absicht, uns künstlich zu vereinigen, eine Tortur sondergleichen, bei der die SRT aktiv mitgewirkt hat. Ich wurde gezerrt, gestreckt, dilatiert, fragen Sie nicht nach Sonnenschein. Früher wurde man durch Strecken zu Tode gebracht. Sie kennen das sicher aus Erzählungen. Vier Pferde laufen in alle vier Himmelsrichtungen auseinander. Auch die Streckbank, ein Foltermittel … Doch ich habe es erlebt und erlebe es noch heute in vielen Lehrbüchern. Es war so schmerzhaft und zugleich so demütigend. Bedenken Sie, der Raum wollte nichts von mir, ich wollte nichts von ihm. Dann ist es doppelt demütigend, wenn man zur Vereinigung gezwungen wird. Hinzu kam die Ungleichbehandlung. Während die SRT *mich* real dehnte und streckte und in viele lokale Zeiten zerfallen ließ, Ortszeiten, Eigenzeiten, Systemzeiten und wie sie alle heißen, war die Längenkontraktion nur scheinbar. – Nur mir ging es real an den Kragen! Der reisende Zwilling kam jünger zurück, nicht aber kürzer oder schmaler, je nachdem, wie er in der Rakete gelagert war, weil man der Formel nach nur in Flugrichtung kontrahiert. Wenn das nicht ungerecht ist! Nur mir wurden alle meine Eigenschaften gestohlen! Was sich auch nicht gebessert hat, als sich zehn Jahre später die ART aktiv einmischte. – Sie gönnen mir meinen Zeitpfeil nicht! Aber wie Sie sehen, lasse ich mich nicht unterkriegen. Ich bin immer ich geblieben.

Die Zeit weist in Richtung des Chors der Verteidigung.

Müssen die denn wirklich alle erst aussterben, all diese Gläubigen und Follower, bevor der Raumzeitterror ein Ende hat? Muss es wirklich erst so viele frische Gräber geben, bevor wieder klar ist, dass nicht ich mich entwickle, nicht ich mich verändere oder eine Evolution durchmache, wie auch der Raum nicht – sondern nur das, was sich in uns erstreckt: die Pflanzen, die Steine, die Menschen, die Planetensysteme, die Elementarteilchen? Muss ich denn wirklich erst den Tod aktiv werden lassen, damit ich wieder frei sein kann? Damit ich wieder ich sein kann? Ich, die absolute Zeit?

Im Auditorium ist es bereits zu Beginn der Zeugenaussage unruhig geworden. Erst auf der Verteidigerseite, dann, in Reaktion darauf, auf der Klägerseite. Von Wort zu Wort hat sich die Stimmung weiter angeheizt. Jetzt aber bricht der Sturm der Entrüstung los. Man kann die Zeugin kaum noch verstehen.

STURM DER ENTRÜSTUNG *(auf der linken Seite)*: Frechheit. Wer hier aussterben muss, das sind die Kritiker der

RT! Kein anderer! Das hat Planck gemeint! Es gibt keinen Raumzeitterror! Die absolute Zeit ist überholt, erledigt. Die Raumzeit ist Gesetz. Physik! …

ZEIT: Vorhin, als ich wartete, draußen vor der Tür, saß ich zwischen den anderen Zeugen: die absolute Gleichzeitigkeit, die Irreversibilität, der Tod, die Materie, der Raum … Ich kann mein eigenes Wort nicht mehr verstehen. … Sie haben Sie alle geladen, gut. So wahr ich hier stehe, verehrter Vorsitzender, glauben Sie mir, die draußen Sitzenden werden mir beipflichten … Hören Sie mir noch zu, Herr Vorsitzender? … Hören Sie mich noch? … Auch wenn es den Raum nicht ganz so arg getroffen hat wie mich, wird er …

CHOR DER VERTEIDIGUNG: Sie lügt! Sie hat nichts verstanden! Raus mit ihr! Sie weiß nicht, was ihr guttut! Mittelalter! Raum und Zeit sind unzertrennlich! Vierdimensional! Oder höher. Das steht in jedem Lehrbuch. Das Gravitationsfeld ist die Raumzeit, vierdimensional! Oder höher. Das ist experimentell bewiesen. Die Zeit dilatiert!

VORSITZENDER: Herr Wachtmeister, bitte führen Sie die Zeugin hinaus.

Die Zahl der Ordnungshüter im Saal hat auf ein Handzeichen des Vorsitzenden hin zugenommen. Damit keine Handgreiflichkeiten entstehen, wird die Zeugin unter Schutz hinausgeführt.

VORSITZENDER: Ich bitte um Ruhe im Saal. Wir sind mitten in der Beweisaufnahme und erwarten den zweiten Zeugen. Ruhe, bitte! … Wir haben noch einige Zeugen geladen, von denen wir Aufschluss erwarten. Nicht nur die Gleichzeitigkeit und den Raum, auch die Masse, die Temperatur, die … Ruhe! Ich muss doch bitten!

Die Sicherheitskräfte bemühen sich umsonst, die Anwesenden auf ihren Plätzen zu halten. Mittlerweile haben die

Turbulenzen im Saal so zugenommen, dass der Vorsitzende nicht mehr dazu kommt zu sagen, was ihm im Grunde besonders wichtig ist: Dass er nämlich Hilfe von außen benötige und dass alle, wirklich alle, die dem Prozess zugesehen und -gehört hätten, ob nun im Saal oder außerhalb, die Geschworenen sein sollten. Dass sie dazu berufen seien, hier zu urteilen. Dass sie von nun an die Schöffen seien, die Richter, die über die Angeklagten zu Gericht säßen, da das Gesetz sie mit der Macht ausstatte, kraft ihres Verstandes über das Schicksal von Raumzeit, SRT und ART zu entscheiden. Und dass sie diese Verantwortung ernst nehmen und alles vergessen sollten, was sie über diesen Fall bisher gelesen oder gehört hätten. Wirklich alles. Dass sie ausschließlich über das urteilen sollten, was hier in der Verhandlung zu hören sei, ein Verfahren, das die Juristen »aus dem Inbegriff der Hauptverhandlung schöpfen« nennen würden. *Dass also nur das, was die Angeklagten, die Zeugen, die Kläger und Sachverständigen in diesem Verhandlungssaal sagten, nur die Beweise, die hier erhoben würden, Grundlage ihres Urteils sein sollten. Und dass am Ende des Prozesses jeder seine Stimme abgeben müsse, damit er dann als oberster Richter das Urteil verkünden* könne, *das man gemeinsam gefunden habe.*

CHOR DER KLÄGER: Schuldig! Hände weg von Raum und Zeit! Gebt sie frei! Nichts ist experimentell bewiesen. Wenn sich Taktmaße von Uhren verändern, ändert sich nicht die Zeit. Weg mit den Kopfgeburten Zeitdilatation und Raumbiegung!

CHOR DER VERTEIDIGUNG: Unschuldig! Ein Hoch auf die Schönheit! Ein Hoch auf die Eleganz! Ein Hoch auf das Genie Einstein! Ein Hoch auf Planck! Ein Hoch auf die Konsistenz! Ein Hoch auf die SRT! Ein dreifach Hoch auf die ART! Ein Hoch auf die mathematische Erfassbarkeit der Welt! Ein Hoch auf die Raumzeit!

Der Vorsitzende hat es aufgegeben, noch um Ruhe zu bitten. Es haben sich Gruppen und Grüppchen verschiedenster Ansicht gebildet, die Transparente hochhalten oder Losungen skandieren. Wellen von Tonfolgen brausen auf und ab, und abhängig davon, wohin man gerade hört, lassen sich Inhalte ausmachen, wenngleich man sich sehr konzentrieren muss, damit man den roten Faden nicht verliert.

CHOR DER KLÄGER *(linker, radikaler Flügel, absolut einig)*: Nieder mit der SRT! Nieder mit der Raumzeit! Eine Zumutung! Nieder mit den Raumzeitschwingungen! Es gibt keine Zeitdilatation! Uhren verändern sich, Objekte, ganz konkrete Eigenschaften …

VERTEIDIGER: Einspruch, Euer Ehren! Die Relativitätstheorie ist empirisch bewiesen.

CHOR DER VERTEIDIGUNG *(jüngere Fraktion, Bührke & Co.)*: Entscheidend ist, dass die Verlangsamung der Zeit nicht etwa durch eine Beeinflussung der Uhren zustande kommt. Die Zeit *an sich* vergeht unterschiedlich schnell. Und das wirkt sich auf alle Vorgänge aus, auch auf biologische. Die schnelle Fahrt hält jung! Die verlängerte Lebensdauer der Myonen, das Experiment von Rossi und Hall – eine beeindruckende Bestätigung der einsteinschen Lebensverlängerung! Das ist alles bewiesen. Tausende Experimente seit der ersten Messung der Zeitdilatation durch Ives und Stilwell 1938!

KLÄGERSEITE *(Einwurf)*: Ives war ein Gegner der Relativitätstheorie und ist es bis zu seinem Tode geblieben. Er war ein Anhänger der modifizierten Äthertheorie nach Lorentz. Er hat seine Messergebnisse richtig interpretiert.

CHOR DER VERTEIDIGUNG *(weiter relativ einig)*: Das Michelson-Morley-Experiment. Das Kennedy-Thorndike-Experiment. Das Hammar-Experiment. Das Fizeau-Experiment. Eins beweiskräftiger als das andere. Die hätte man als Zeugen laden sollen! Die Ives-Stilwell-ähnlichen Experimente von heute. Die sind hochgenau! Lithium Ionen als optische Atomuhren. Man beschleunigt sie in Schwerionenspeicherringen auf drei bis sechs Prozent der Lichtgeschwindigkeit und wertet den auftretenden Dopplereffekt aus. Zeitdilatation! Klare Sache. Das lässt sich heute schon bei gewöhnlichen Geschwindigkeiten nachweisen, bei Aluminium-Ionen, die in phasenstabilisierten Lichtwellenleitern hin- und herbewegt werden. Für Phänomene in der flachen Raumzeit stimmt die SRT immer! Nur wenn es Gravitation gibt, braucht man zusätzlich die ART. Die Raumzeit verzerrt sich.

CHOR DER KLÄGER *(linker, radikaler Flügel)*: Die Lithium- und Aluminium-Ionen verändern sich. Das ist normal, wenn sie Kräften ausgesetzt sind. Bis heute gibt es kein einziges Experiment, das die Gültigkeit der Relativitätstheorie erhärten würde. Das sind alles einseitige Interpretationen, die heruntergebetet werden, aus einer Beweisnot heraus, schon der öffentlich finanzierten Forschung wegen. Im Gegenteil, es gibt Beobachtungsdaten, die relativistische Auffassungen wie das Postulat der absoluten Konstanz der Lichtgeschwindigkeit widerlegen. Das Sagnac-Experiment von 1913 zum Beispiel oder der Michelson-Gale-Großversuch. Bei einer ringförmigen Anordnung des Lichtweges tritt eine Verschiebung der Interferenzstreifen bei Rotation auf, im Unterschied zum Michelson-Morley-Experiment.

SRT *(entgeistert)*: Für krumme Bewegungen bin ich nicht gemacht!

CHOR DER VERTEIDIGUNG: Es gibt keine Widerlegung! Unsinn. Die SRT gilt nur für *Inertialsysteme*, und die sind geradlinig und gleichförmig bewegt. Das Gesetz der absoluten Konstanz von *c* gilt!

CHOR DER KLÄGER *(linker, radikaler Flügel)*: Würde man das Sagnac-Experiment relativistisch interpretieren, folgte nach der SRT eine Lorentz-Kontraktion der rotierenden Scheibe, da die Geschwindigkeit im Zentrum geringer ist als am Rand. Das Ehrenfest-Paradoxon: eine im Umfang $U = 2\pi r$ schrumpfende Scheibe, während ihr Radius r konstant bleibt. Ein logischer Widerspruch – oder ist π nicht konstant?

SRT *(entgeistert)*: Für Rotationen bin ich nicht gemacht!

CHOR DER KLÄGER *(rechter, sanfter Flügel, Hartmann & Co.)*: Da das Zentrum weniger bewegt ist als der Rand, müsste die Zeit am Rand stärker dilatieren als im Inneren. Dann lässt sich der Radius einer rotierenden Scheibe nicht bestimmen, da Gleichzeitigkeit eine elementare Voraussetzung für eine Längenmessung ist. Der Radius einer nicht-rotierenden Scheibe dagegen lässt sich bestimmen. Obwohl es sich um dieselbe Scheibe handelt.

SRT *(entgeistert)*: Für Beschleunigungen bin ich nicht gemacht!

CHOR DER VERTEIDIGUNG: Hier sind lauter *scientific cranks* am Start! Krawallmacher, Krawallblogger! Ihr habt rotierende Scheiben vorm Kopf! Bei einer rotierenden Scheibe sind Beschleunigungen im Spiel, die mit der SRT nicht beschrieben werden können. Für Beschleunigungen ist die ART zuständig!

CHOR DER KLÄGER: Das Einzige, was hier im Spiel ist, sind Ausflüchte und artistische Erklärungsversuche. Nicht die Zeit dilatiert, sondern bewegte Objekte verändern sich in einem – eben nicht leeren – Raum, weil sie Kräften ausgesetzt sind. Keines der Experimente beweist eine Zeitdilatation.

VERTEIDIGER *(mit lauter Stimme)*: Welches denn nicht? Beweisen Sie es!

STAATSANWALT *(noch immer stehend)*: Müssten nicht Sie beweisen, dass jedes einzelne Experiment nur so und nicht auch anders interpretiert werden kann? Ist nicht genau das Ihre Pflicht?

VORSITZENDER *(bereits müde wirkend)*: Den Beweis hat grundsätzlich die Partei zu erbringen, für welche die zu beweisende Tatsache günstig ist. Sie hat die Beweislast. Als Beweismittel kommen Experimente, logische Argumente, Urkunden, Zeugen, Sachverständige, Augenschein und so weiter in Betracht. Nur müssen sie eindeutig sein, um das Gericht zu überzeugen. *Necessitas probandi incumbit ei qui agit.* Die Beweispflicht liegt beim Ankläger.

CHOR DER KLÄGER: Jeder ist hier der Ankläger. Die Logik ist ausgehebelt! Die philosophischen Grundlagen der RT sind unhaltbar und begrifflich ungeklärt.

CHOR DER VERTEIDIGUNG *(ältere Fraktion, Hermann Weyl & Co.)*: Die philosophische Klärung bleibt eine große Aufgabe völlig anderer Art, als sie den Einzelwissenschaften zufällt; da sehe nun der Philosoph zu; mit den Kettengewichten der in jener Aufgabe liegenden Schwierigkeiten behänge und behindere man aber nicht das Vorwärtsschreiten der konkreten Gegenstandsgebieten zugewandten Wissenschaften.

CHOR DER KLÄGER *(rechter, sanfter Flügel, Janich & Co.)*: Ein gelegentliches Verweilen der von den Kettengewichten der Begründungsbemühungen befreiten und so ohne Zweifel schneller vorwärtsschreitenden empirischen Wissenschaften möchte dennoch von Vorteil sein. Die Effektivität des Voranschreitens bemisst sich nämlich nicht nur an der Eile, sondern auch an der Richtigkeit des eingeschlagenen Weges … Über die Hintertür großartiger formaler Lehrgebäude gelangen doch wieder »metaphysische« Prämissen in den Aufbau der Physik, und diese unterhöhlen zuallererst den Anspruch auf die empirische Bestätigung einiger gegenwärtig anerkannter Theorien.

CHOR DER VERTEIDIGUNG *(ältere Fraktion, Einstein wiederholend)*: Eine der verderblichsten Taten der Philosophen ist es, dass sie gewisse begriffliche Grundlagen der Naturwissenschaft aus dem der Kontrolle zugänglichen Gebiet des Empirisch-Zweckmäßigen in die unangreifbare Höhe des Denknotwendigen (Apriorischen) versetzt haben. Dies gilt vor allem für die Begriffe von Zeit und Raum, welche die Physiker – von Tatsachen gezwungen – aus dem Olymp des Apriori herunterholen mussten, um sie zu reparieren und wieder in einen brauchbaren Zustand setzen zu können.

CHOR DER KLÄGER *(absolut einig)*: Verderblichste Taten der Philosophen, brauchbarer Zustand, von wegen! Die Physiker wollen alles messen. Vermessenheit!

CHOR DER KLÄGER *(linker, radikaler Flügel, Dingle & Co.)*: Die Mathematik in ihrer Rolle als Diener zum Herrn der Physik zu machen, hat mehr falsche Ideen in die Sache gebracht als irgendetwas anderes. Allem voran die völlig irrelevante Idee des Zeitbegriffes! Es ist Minkowski zuzuschreiben, dass wir heute die Idee der *Raumzeit* als eine objektive Realität ansehen – was vielleicht als der wesentliche Katalysator für die Transformation eines solchen Gedankengebäudes von den Grundfesten verständlicher Physik in den Himmel (oder die Hölle) der Metaphysik zu betrachten ist, wo es kein Objekt intelligenter Hinterfragung mehr, sondern ein Objekt blinder Verehrung ist.

CHOR DER VERTEIDIGUNG *(aufgebracht, gemeinsam, sehr laut)*: Blinde Verehrung, von wegen! Die Hölle der Metaphysik gab es vor Einstein! SRT und ART sind die Grundlage für erfolgreiche Theorien wie die Standardmodelle der Elementarteilchenphysik und Kosmologie, die Stringtheorie, die Schleifenquantengravitation ...

STRINGTHEORETIKER *(ein lautes Grüppchen, unterstützt von der Presse)*: Die besten Kandidaten für eine Theorie von Allem sind zurzeit die Superstringtheorien mit ihrer weiterentwickelten Raumzeit. Eine zeitliche und neun räumliche Dimensionen, sechs davon kompaktifiziert. Es zeigt sich, dass wir in einem Googol von Universen leben: 10^{500} verschiedene gigantische Universen, die jeweils eine andere Vakuumenergie und andere Arten von Materie beherbergen. Wunderbar! Wie groß die Welt ist!

ZWISCHENRUFER *(wahrscheinlich von draußen)*: Warum denn nur eine zeitliche Dimension? Wie langweilig. Das haut heute niemanden mehr vom Hocker. Stellt euch mal vor: neun Raumdimensionen, sechs davon kompaktifiziert, und neun Zeitdimensionen, acht davon kompaktifiziert! Genial. Was denkbar ist, ist auch real! Eine achtzehndimensionale Raumzeit. Wenn das nicht eine mathematische Herausforderung ist.

CHOR DER KLÄGER *(rechter, sanfter Flügel, darunter Poincaré, Dingler und Janich)*: Sollte man nicht wirklich die euklidische Geometrie, elementar, wie sie ist, allen anderen Geometrien zur Beschreibung der Realität vorziehen? Einfach Ockhams Rasiermesser wieder ansetzen und die einfachste der Erklärungen mit der geringsten Anzahl von Hypothesen den anderen vorziehen? Sollte man nicht dem klassischen Erkenntnisideal der Euklidizität und Galilei-Invarianz wieder eine Chance geben?

CHOR DER VERTEIDIGUNG *(diesmal relativ uneinig)*: Die Stringtheorie, naja. Ein möglicher Weg. Das muss sich erst zeigen. Wir räumen ein, dass nicht jede großartige Vision die Realität beschreiben muss. Reine Mathematik ist eben keine Physik. Mathematisch lässt sich ja jedes beliebige

Universum erschaffen und jedes beliebige Spiel damit spielen.

STRINGTHEORETIKER *(murrend)*: Frechheit. Von wegen Spiel! Jetzt wird man schon in den eigenen Reihen diskriminiert!

CHOR DER VERTEIDIGUNG *(Einzelstimmen)*: Die Idee einer Weltformel, nach der die Stringtheorie sucht, ist attraktiv, doch hat sie ein Geschmäckle von Naivität. Hier wird zu viel gewollt, scheint es. Die Idee, alle vier Naturkräfte, die Gravitation, die elektromagnetische Kraft und die schwache und starke Kernkraft, vereinigen zu wollen, könnte zu reduktionistisch sein.

CHOR DER KLÄGER *(linker, radikaler Flügel)*: Ist sie nicht. Man schafft es nur nicht, solange man an der Raumzeit festhält. Schickt sie endlich in den Ruhestand! Und die Stringtheorie gleich mit. Spinnereien, abgelöst von der Wirklichkeit.

DER KLUGE AUTOR IAN MCEWAN *(Einwurf von außen)*: Vorsicht vor Arroganz! Nichts in den Ruhestand schicken! Jede kleinste ernste und systematische Spekulation über die Welt verdient es, bewahrt zu werden.

CHOR DER KLÄGER *(mittlere Fraktion, Weiß & Co.)*: Wenn es denn sein muss, bleibt bei der ART. Aber als Gravitationslehre. Interpretieren wir sie klassisch und lassen Zeit und Raum aus dem Spiel. Das sind Dimensionen, keine Extensionen. Sie lassen sich nicht stauchen oder dehnen. Undenkbar. Sonst staucht sich der Raum im Raume, dehnt sich die Zeit in der Zeit.

CHOR DER VERTEIDIGUNG *(ältere Fraktion, Einstein wiederholend)*: Da es in diesem vierdimensionalen Gebilde keine Schnitte mehr gibt, welche das »Jetzt« objektiv repräsentieren, wird der Begriff des Geschehens und Werdens zwar nicht völlig aufgehoben, aber doch kompliziert.

Es erscheint deshalb natürlicher, das physikalisch Reale als ein vierdimensionales Sein zu denken statt wie bisher als das Werden eines dreidimensionalen Seins.

CHOR DER VERTEIDIGUNG *(jüngere Fraktion)*: Wozu die alten Kamellen von vor über hundert Jahren!? – Die Struktur der Raumzeit ist gekörnt!

CHOR DER KLÄGER *(mittlerer Flügel, Hartmann & Co.)*: Letzte Quanten von Raum und Zeit sind undenkbar; Raum und Zeit sind stetig. Nur so ist die Kontinuität von Bewegung gewährt. Ein Raum ist nach allen Seiten offen. Er hat keine Struktur. Nur Körper im Raum haben Struktur und Volumen. Ein Raum, der Realraum hat dies nicht. Ihr beschreibt ein Sein im Raum, nicht den Raum!

CHOR DER VERTEIDIGUNG *(verzückt, fast singend)*: Wir haben Gravitationswellen gemessen. Das Gravitationsfeld ist die Raumzeit. Sie dellt und krümmt sich! Das ist alles bewiesen. Gravitationswellen sind Schwingungen der Raumzeit …

CHOR DER KLÄGER *(linker, radikaler Flügel, Marquardt & Co.)*: Transformationen wie in der SRT sind mathematische Prozeduren, die keine fundamentale Bedeutung in der Physik haben können. Sie dienen der bequemeren Beschreibung von Eindrücken und rechnen Beobachterimpressionen ineinander um. Als kinematische Werkzeuge haben sie prinzipiell nichts mit Energie zu tun. In der Physik aber geht es um Energie! In der Kinematik ist eine Relativbewegung von zwei Körpern zwingend symmetrisch. – Aber physikalisch, in der Realität, ist sie es nicht.

Es ist zu spät. Der Vorsitzende hat es aufgegeben, noch zu schlichten, zumal nun die Zeugen in den Saal stürmen, womöglich aufgehetzt durch die Zeit draußen, allen voran der Energieerhaltungssatz, dem es gelingt, sich noch vor der Gleichzeitigkeit in den Zeugenstand zu drängen. Selbst die

Temperatur, die Masse und die Lichtgeschwindigkeit hat er abgehängt.

ENERGIEERHALTUNGSSATZ: Ich werde verletzt. Ich blute! Die Natur hat schon immer unabhängig vom Beobachter gewirkt. Glauben Sie mir, jeder Naturvorgang ist eindeutig, weil er sich in einem und nur einem System ereignet. Was soll das denn sein, die Wirkung einer Beobachterimpression, einer rein kinematischen Relativbewegung wie in der SRT? Es gibt keine Wirkungen!

VERTEIDIGER *(laut, pikiert)*: Herr Vorsitzender, Verfahrensfehler! Das ist kein Zeuge, sondern ein Kläger.

Inzwischen ist der Zeugenstand hart umkämpft. Erstaunlicherweise ist es der Temperatur gelungen, wahrscheinlich weil sie so heißblütig ist, sich neben den Energieerhaltungssatz zu schieben und dabei der Masse und Materie zuvorzukommen, die allerdings weiter massiv hineindrängen. Da sich auch die Lichtgeschwindigkeit nicht zurückhalten kann und zusätzlich von weiteren Zeugen ruckweise nach vorn geschoben wird, ist der Zeugenstand bald überfüllt.

TEMPERATUR: In der heutigen Physik hat sich die Thermodynamik den Vorgaben der SRT unterzuordnen. Um die Thermodynamik relativistisch zu formulieren, werde ich Lorentz-Transformationen unterworfen, auch die Wärme. Mal erscheint ein bewegtes System dem Beobachter kälter und die Wärme sinkt, wie von Planck vorgeschlagen, mal erscheint es wärmer und die Wärme wächst, wie von Ott vorgeschlagen, dann wieder bleibe ich lorentz-invariant, wie von Landsberg …

LICHTGESCHWINDIGKEIT *(ungeduldig)*: Nicht so lang und umständlich! Das ist zu viel, das will keiner hören. Mach es kurz!

TEMPERATUR: Ich hänge nicht von einer relativen Bewegtheit ab! Nicht von einem Beobachtereindruck. Das verletzt die Energieerhaltung. Ich bin eindeutig. Was geht mich der Beobachter an?

ENERGIEERHALTUNGSSATZ: Endlich mal jemand, der mich ernst nimmt.

CHOR DER VERTEIDIGUNG *(Günther & Co.)*: Niemand transformiert die Temperatur heute noch. Halten Sie Ihren Mund! Das ist verjährt. Die Lehrbücher zur relativistischen Thermodynamik von vor 2009 sind alle zu verwerfen. Es hat über hundert Jahre gedauert, bis nach endlosen kontroversen Diskussionen auch die Thermodynamik in das theoretische Konzept der SRT eingebettet werden konnte. Aber jetzt ist sie es. Nämlich durch eine Arbeit der Physiker Dunkel, Hänggi und Hilbert in *Nature Physics* von 2009.

TEMPERATUR *(aufgeregt, die anderen nicht zu Wort lassend)*: Mir ist heiß! Glauben Sie das nur nicht, Herr Vorsitzender! So unmöglich, wie es ist, die Relativitätstheorie mit der Quantentheorie zu versöhnen, so unmöglich ist es auch, sie mit der Thermodynamik zu vereinen. Die Thermodynamik lässt sich nicht ins Korsett der SRT hineinzwängen! Die beiden sind inkompatibel. Die eine, die Thermodynamik, kennt einen Zeitpfeil und irreversible Prozesse. Die andere, die SRT, kennt eine reversible, dehnbare Zeit. Die eine kennt Kräfte und Dynamik. Die andere nicht, nur Kinematik. Die eine kennt reale Materie mit Wechselwirkungen, die andere Massepunkte ohne …

VERTEIDIGER: Verfahrensfehler! Verfahrensfehler! Das sind keine Zeugen!

CHOR DER VERTEIDIGUNG *(verzückt)*: Wir haben Gravitationswellen gemessen. Rippel in der Raumzeit!

MASSE: Weg da! Platz! *(die Temperatur zur Seite schiebend, während sich der Energieerhaltungssatz tapfer auf seinem Platz behauptet)* Was ihr nur habt! Ich finde die SRT gelungen. Sie sagt, was ich bin: das gleiche wie die Energie. Ich bin alles! Wenn das nicht wahr ist.

INNERE ENERGIE: Frechheit!

CHOR DER VERTEIDIGUNG *(ältere Fraktion, Einsteins Worte singend)*: Masse und Energie sind wesensgleich, das heißt nur verschiedene Äußerungsformen derselben Sache.

MATERIE *(die es endlich geschafft hat, die Masse zur Seite zu schieben und sich Gehör zu verschaffen)*: Ich kann es nicht mehr hören! Was soll dieses sinnlose Gerede? Die Masse ist nur eine meiner Eigenschaften! Ich habe auch ein Volumen, Grenzfläche, einen Entropieinhalt und vieles mehr – und jede meiner Eigenschaften ist energetisch. Nicht nur kinetische Energien zählen, auch die potentiellen! Die aber gibt es nicht in der SRT. Schlichtweg nicht, so wahr ich hier stehe.

INNERE ENERGIE *(sich dicht an die Materie drängend, den Energieerhaltungssatz dabei stützend)*: Ganz meine Meinung.

CHOR DER VERTEIDIGUNG *(ältere Fraktion, Einstein auf einem Podest tragend und seine Worte singend)*: Die Masse eines Körpers ist keine Konstante, sondern mit dessen Energieveränderungen veränderlich.

CHOR DER KLÄGER *(mittlerer Flügel, Weiß & Co.)*: Der Hang zur Abstraktion mag das Rechnen erleichtern. Das Denken aber bleibt auf der Strecke, wenn Materie, wie in der SRT, auf Masse reduziert wird. Die Gleichung $E = mc^2$ war bereits vor Einstein bekannt. Sein Verdienst war es, sie falsch interpretiert zu haben.

CHOR DER VERTEIDIGUNG *(ältere Fraktion, weiter singend)*: Inzwischen ist der Massendefekt (Bindungsenergie) der Atomkerne und die daraus gezogene Folgerung (Möglichkeit der Gewinnung von Kernenergie) eines der eindrucksvollsten Beispiele für die von der Relativitätstheorie vorausgesagte Äquivalenz von Masse und Energie geworden.

MATERIE *(leidend)*: Von wegen Masse! Im Atomkraftwerk erleide ich einen Massenverlust, das stimmt. Doch das ist nicht alles. Auch meine Grenzfläche, Ladung, Dichte, mein Volumen und so weiter verändern sich, wenn ich in kleine Stücke zerbreche und in mir gebundene Photonen freigesetzt werden. – Nicht Masse und Energie sind wesensgleich, sondern wir: Materie und Strahlung. Teilchen mit Wellencharakter und Wellen mit Teilchencharakter, die man Quantonen nennen könnte.

VERTEIDIGER: Quantonen. Hahaha! Was für ein unsinniger Begriff! – Herr Vorsitzender, Verfahrensfehler! Das sind keine Zeugen, sondern Kläger, die einfach neue Begriffe in die Diskussion bringen!

RUF AUS DER KLÄGERSCHAR: Bei den Begriffen der SRT bekomme ich Bauchschmerzen!

Auf einen Wink des Vorsitzenden hin wird ein Mann von Sanitätern auf einer Bahre aus dem Saal getragen.

TEMPERATUR *(sich abkühlend und zurückziehend)*: Was heute geschieht, ist keine Klärung von Begriffen. Stets nur ein Verteidigen des Gegebenen und zahllose, oft wenig durchsichtige mathematische Manipulationen, um, wie schon Schrödinger gesagt hat, die schönste physikalische Theorie aller Zeiten zu stabilisieren: die ART.

ART *(verzückt)*: Ich bin die Schönste! Hörst du, Schwester? Ich bin die Schönste!

SRT *(beleidigt)*: Schönheit liegt im Betrachter. Das Goldene Zeitalter der Physik hat 1905 begonnen – mit meiner Erschaffung. Das weißt du so gut wie ich. Ich bin die Ältere, die einen spektakulären Umbruch in den Wissenschaften eingeläutet hat. Ich bin die Raum-Zeit-Revolution! Ich bin die kopernikanische Wende, die Planck ausgerufen hat! Noch heute bin ich in der Teilchenphysik unverzichtbar.

ART *(weiter verzückt, in den Spiegel schauend)*: Erzähl nicht! Kein Mensch spricht heute noch von dir. Nur ich bin gemeint! Schönheit, Eleganz, Harmonie – das alles trifft nur auf mich zu. Meine Glieder sind von unvergleichlicher Anmut. Vor meiner Schönheit erschauern die größten theoretischen Physiker. Und die Mathematiker wollen mir alle dienen.

LICHTGESCHWINDIGKEIT, GLEICHZEITIGKEIT *(die Temperatur verdrängend)*: Raus hier! Du bringst es nicht! Die Thermodynamik ist keine echte Naturwissenschaft – sie gehört in die Ingenieurswissenschaft. Raus aus dem Zeugenstand! Wir sind dran!

GLEICHZEITIGKEIT: Ich existiere! Ich …

CHOR DER KLÄGER *(linker, radikaler Flügel, C. É. Guillaume & Co., sehr laut und die Zeugen übertönend, auch wenn sich mittlerweile alles überlagert)*: Alle aus der SRT gefolgerten Paradoxa folgen aus der Verwechslung der reversiblen und irreversiblen Zeit. *Il reposent sur la confusion constante entre le temps réversible et le temps irréversible.* Das Zwillingsparadoxon lässt sich nicht durch Beschleunigungen zu Beginn und Ende einer Reise erklären, weil jede Kinematik nur Relativbewegungen kennt. Das steckt in den Voraussetzungen der Theorie. Man kann also Beschleunigungen nicht plötzlich absolut setzen, denn für die Kinematik ist es gleichwertig, ob man von der Erde aus die Bewegung der Sonne beschreibt oder von der Sonne aus die Bewegung der Erde.

SRT *(entgeistert)*: Für Beschleunigungen bin ich nicht gemacht!

GLEICHZEITIGKEIT: Ich existiere! Ich bin …

CHOR DER KLÄGER *(radikaler Flügel, Lang & Co., noch lauter)*: Die reale Zeitdilatation, die Realisation eines Beobachtungseffektes, ist der wohl größte Unsinn, den Einstein verzapft hat. Das ist, als würde man behaupten, entfernte Gegenstände, die man kleiner sieht, seien auch kleiner, wenn man sie heranholt. Nun hat aber beispielsweise die Lebensdauer von Teilchen nichts mit der Zeit zu tun, rein gar nichts …

SRT *(fast weinerlich)*: Die Zeitdilatation ist real, ich schwöre!

CHOR DER KLÄGER *(mittlerer Flügel)*: Das Unverständliche ist dem Unverständigen verwandt. In der Klarheit liegt die Wahrheit.

VERTEIDIGER *(endgültig verstimmt)*: So, jetzt reicht es! Allgemeinplätze und falsche Anschuldigungen. Nicht anders als in den Vorjahren. Das lasse ich mir nicht länger bieten. Ich verschwende hier nur meine Zeit. Wie schon gesagt und wie sich wieder gezeigt hat, Herr Vorsitzender: Leuten, deren Horizont beschränkt ist, sollte man nicht die Gelegenheit geben, sich zu produzieren – nicht in einer seriösen Gerichtsverhandlung. Das hat die moderne Physik, die ich mit vertrete, nicht nötig. Das Einzige, was hilft, ist Schweigen. Die Kritiker ignorieren. Durch Nichtbeachtung besiegen! Das ist es, was sie verdient haben. Ende der Diskussion. Wir drehen uns im Kreise, Herr Vorsitzender!

Unter dem tosenden Beifall seines Chores verlässt der Verteidiger den Saal, und man dreht sich tatsächlich im Kreise. Vor allem wohl deshalb, weil es die Hauptangeklagte, die Raumzeit, nicht für nötig befunden hat zu erscheinen. Ein heilloses Durcheinander hat eingesetzt; die gesamte, ursprünglich so wohlgeordnete Versammlung ist in Auflösung begriffen. Auch der Ton lässt mittlerweile zu wünschen übrig.

KLÄGERSEITE: Blender! Mehr Schein als Sein!

VERTEIDIGERSEITE *(dem Verteidiger folgend, um die Kläger bewusst mit Nichtachtung zu strafen)*: Stümper! So viel Dummheit geht auf keine Kuhhaut!

Der Vorsitzende ist nicht mehr zu sehen. Auch der Chor der Verteidigung verschwindet nach und nach, obwohl noch längst nicht alle Zeugen angehört wurden und sich Gleichzeitigkeit, Lichtgeschwindigkeit, Raum und Äther gerade den Platz im Zeugenstand streitig machen. Was bleibt, ist ein Stimmengewirr, ein vielstimmiger Kanon auf der Klägerseite, von dem sich bisweilen noch einzelne Worte, Wortgruppen oder auch Sätze verstehen lassen (abhängig davon, worauf man sich gerade konzentriert).

(schrill:) Personenkult! … *(besonnene Stimme:)* Wo Lorentz annimmt, ein Körper werde durch den Äther zusammengedrückt, ist es bei Einstein der Raum an sich – ohne physikalische Begründung. *(keifende Stimmen:)* Dogmatismus! … Ideologie! … *(besonnene Stimme:)* Wo Lorentz annimmt, ein physikalischer Prozess werde durch den Äther verlangsamt, ist es bei Einstein die Zeit an sich – ohne physikalische Begründung. … *(von ganz links:)* Immer dieselben Ausflüchte. Mag sein, das erscheint unlogisch, aber nehmen Sie es so hin. Die Natur ist nun einmal so, das Experiment zeigt es. … *(aus derselben Ecke:)* Experimente lassen sich verschieden … *(angenehme Stimme:)* In diesem Sinne soll dann die Protophysik eine kritische Beurteilung der Physik erlauben: Lässt sich unsere heutige Physik als ein adäquates Mittel zur Erreichung unserer heutigen Absichten verstehen, oder ist sie nur noch eine Weiterführung mittlerweile nicht mehr verstandener, alter Intentionen, möglicherweise nach fremden, zum Beispiel durch Institutionalisierung von Wissenschaft erzeugten Zwecken. … *(aus der rechten Ecke:)* Es gibt wachsende Evidenz dafür, dass eine Physik jenseits des Stan-

dardmodells der Elementarteilchenphysik nottut. Nicht nur, dass dieses Modell viel zu viele anpassbare Parameter enthält; auch die Experimente decken mehr und mehr Probleme auf ... *(aufgebracht, aus der Mitte:)* Die Physiker geben heute die Philosophen. Nur, das ist es ja eben: die Zeit ist eben keine physikalische Größe ... *(warm tönende Stimme:)* Überdies ist unsere Sprache so sehr von Zeit gesättigt und beseelt, dass möglicherweise auf diesen Blättern kein einziger Satz steht, der sie nicht postulierte oder beschwörte ...

Verdammt, schon kurz vor zwei!

Ungläubig starrte Richard abwechselnd auf seine Armbanduhr und den Studentenwecker und stand auf. Nichts zu machen. Wenn er noch wie geplant eine halbe Stunde vor dem Vortrag im Institut sein wollte, war es Zeit, sich umzuziehen. Er griff nach der leeren Kaffeetasse zwischen den Papieren und brachte sie in die Küche. Bevor er ins Schlafzimmer ging, aß er noch schnell einen Pfirsich und nahm einen Zug aus der Mineralwasserflasche aus dem Kühlschrank. Hoher Magnesiumgehalt. Möge es nützen, gegen den ganzen Krampf.

Wie er den Vorsitzenden der Kommission kannte, würde dieser es sich nicht nehmen lassen, zur Feier des Tages im schwarzen Anzug und weißen Hemd zu erscheinen. Untersetzt und bestens betucht, Institutsdirektor und Verfasser einer preisgekrönten Habilitationsschrift, mit jenem kühl-überlegenen Lächeln, das einem Mann in seiner Position anstand. Richard legte den Schlips wieder in den Schrank zurück. Nein, keine Krawatte. Nicht für diese Farce. Das war zu viel verlangt.

Als Richard die Wohnungstür von außen zuzog, war es 14:09 Uhr. Nachdem er abgeschlossen hatte, prüfte er, ob der USB-Stick noch in der Seitentasche des Rucksacks steckte. Unverändert, das harte Metall ließ sich ertasten. Auch der Ersatz-Stick in der Jackett-Innenseite war da. Wie es aussah, gab es keinen Grund, noch einmal in die Wohnung zurückzukehren. Leider nicht.

Er fröstelte, was daran liegen konnte, dass es im Treppenhaus wegen der meterdicken Mauern kühler war als in der Wohnung. Wenn es nur schon vorbei wäre. Sorgsam verstaute er den Schlüsselbund im Rucksack, bevor er bis zur Schwingtür zwei bis drei Holzstufen auf einmal nahm und die Stufenzahl auf der Treppe zum Fahrradkeller sogar noch einmal steigerte. Halsbrecherisch genug, um sich auf den dräuenden Vortrag einzustimmen. Na also, geschafft. Bereits anderthalb Minuten später schob er das Fahrrad vor das Haus und trat in die Pedale.

Es war schwülwarm. Die Sonne, mit der der Tag begonnen hatte, war seit dem späten Vormittag Geschichte. Dafür gab es jetzt eine gleichmäßig graue Wolkendecke, die danach aussah, als wolle sie gleich abregnen. Er wählte die kürzere Strecke über die Straße, obwohl der Weg durch den Park am Fluss entlang angenehmer war. Auch wenn er der Letzte war, der große Stücke auf die Uhrzeit gab, musste er sich sputen.

Weshalb wohl die Relativitätstheorien noch immer eine solche Faszination auf die Menschen ausübten? Und stets ausgeübt hatten, bei aller Kritik. Es konnte unmöglich nur daran liegen, dass ihr Formelsystem so elegant und erhaben war oder, wie Einstein es ausgedrückt hatte, so frei von allen *Todsünden gegen den heiligen Geist der Klarheit*, dass sich einige theoretische Physiker gar nicht wieder einkriegten, wenn sie davon schwärmten. Die Faszination machte ja vor Physikern nicht halt, sondern ging durch alle Bevölkerungsschichten.

Richard trat stärker in die Pedale.

Immerhin waren Zeit und Raum mit der Relativitätstheorie anschaulicher geworden. Es gab jetzt Begrenzungen, Biegungen und Krümmungen. Massen konnten Raumzeit-Trampoline eindellen, und ein Harald Lesch konnte Schnellhefter verbiegen, um damit die Krümmung der Raumzeit zu veranschaulichen. Nichts mehr mit unendlichen Dimensionen, die nicht vorstellbar waren. Er verließ die Immanuel-Kant-Straße und bog in die Hauptstraße ein, die einen Radweg besaß.

Ja, vielleicht war es das. Das konkrete Bild, was viele brauchten. Und nebenbei wurde man noch durch witzige Einstein-Sprüche darin bestärkt, dass die Relativität der Zeit genau so gemeint war, wie man sie verstand: *Wenn man zwei Stunden lang mit einem Mädchen zusammensitzt, meint man, es wäre eine Minute. Sitzt man jedoch eine Minute auf einem heißen Ofen, meint man, es wären zwei Stunden. Das ist Relativität.* Obwohl es bei der relativen Zeit der RT gerade nicht um subjektive Wahrnehmungen ging.

Lieber nahm man logische Widersprüche in Kauf, als Unendliches denken zu müssen. Vorsicht, Gullydeckel. Wieso gab es Radwege mit Gullydeckeln? Von wegen Radweg; nur mit weißer, bereits verblasster Farbe von der Fahrbahn getrennt.

Vielleicht waren unendliche Weiten zu abgründig: ein Sturz in die Tiefe, ohne je wieder aufkommen zu können. Dinge, die herabfielen, ohne ein schützendes Dach über dem Kopf. Auf das man als Höhlenmensch aber konditioniert war. Wie die Wohnungskatze seiner Nachbarin. Als das arme Tier zum ersten Mal draußen gewesen war, war es mit eingezogenem Kopf durch die Gegend gelaufen, jeden Blick zum hochgezogenen Himmel vermeidend. Aus Angst vor der Weite. Ja, warum nicht: eine greifbare

Raumzeit als Dach über dem Kopf, damit niemand mehr im Regen stehen musste.

Der jetzt tatsächlich einsetzte.

Solange es bei den wenigen Tropfen blieb, lohnte es sich nicht anzuhalten, um die Regenjacke aus dem Rucksack zu kramen. Er beschleunigte auf 42 km/h und hielt das Tempo. Wenn man zügig fuhr, brauchte man keine zehn Minuten bis ins Institut. Außerdem war der unentwegt tretende Körper auf dem Rad gerade dem Bestreben eines jeden Körpers verpflichtet, in seinem Zustand zu verharren. Nur keine Müdigkeit vortäuschen, auch wenn es bergan ging. Das Trägheitsgesetz war uneingeschränkt gültig. Weiter 42 km/h auf dem Tacho. – Ein Inertialsystem, ein geradlinig und gleichförmig bewegter Beobachter auf dem Rad, den man auch *Held der Geschichte* nennen konnte (wenngleich sich erst zeigen würde, wie heldenhaft er war), das sich auf ein zweites Inertialsystem, genannt Brendel, zubewegte, das womöglich gerade in der ersten Reihe im Hörsaal III des Instituts für Physikgeschichte saß und gleichförmig bewegt oder unbewegt der PowerPoint-Präsentation eines Mitbewerbers lauschte.

In der Bewegung verharren. Ein erhellender Zustand. Deutlicher konnte nicht werden, wie irreversibel alles war. Flüchtige Blicke und Passanten, flüchtiger Straßenbelag, Grasbüschel, ein bunter wippender Rock, flüchtige, gerade grüne Fahrrad-Ampellichter, Gründerzeithäuser und Jugendstil-Fassaden, flüchtende Autos jeder Couleur, mit Diesel- oder Benzinfahnen, und er als bewegter Beobachter mittendrin. Wenn es gelang, vom Straßenlärm zu abstrahieren und die Gedanken daran zu verdrängen, dass man gerade Verbrennungsprodukte von Fraktionen der Erdöldestillation einatmete und auf Rückständen der

Erdöldestillation fuhr, konnte man sich auf dem Weg zum Institut geradezu wohlfühlen.

Die Beine traten, den Kopf erfüllte eine angenehme Trittlehre; links, rechts, wieder links. Die Augen waren auf den Radweg gerichtet. Kaum Hindernisse. Wieder ein Gully, dem er auswich, was er besser nicht hätte tun sollen, denn im gleichen Moment donnerte ein Lastwagen an ihm vorbei. Es hätte nicht viel gefehlt, und er wäre durch die Druckwelle ins Schleudern gekommen.

Wenn schon die Lage der Welt nicht erfreulich war, so wenigstens die Wetterlage. Der Nieselregen auf der Haut wirkte besänftigend. Der Himmel ließ Gnade walten. Kein Gewitter. Der leise Regen dämmte die Geräusche und der Teer sonderte nicht jenen tiefschweren Geruch ab, den eine gleißende Sonne ihm entlockt hätte.

Noch drei Minuten. Endspurt. Konzentration auf den Augenblick, der einzige, in dem man direkt mit dem Leben in Berührung kam, was man als Historiker gern vergaß. Ich fahre, ich trete, ich gelange nicht in den Strudel der Zerstreuung. Ich bin fokussiert, auf das Hier und Jetzt. Ich lasse mich nicht an die Bordsteinkante pressen, ich halte die Geschwindigkeit, 42 km/h: achtsam und fokussiert – die Formel, mit der man es nicht nur vermied, den Notarzt in Gestalt eines Engelchens zu erblicken, sondern mit der man gewinnen konnte. Auch den Posten einer Lehrkraft für besondere Aufgaben, wenn es denn sein musste.

Was Senta wohl gerade machte. Er war sich sicher, dass sie noch operierte und sah sie förmlich vor sich: ihr gerötetes Gesicht unter der Haube, die fieberhaft wirkenden, doch ruhigen Bewegungen der Hände. Auch wenn er auf dem Rad weder so laut schreien konnte, dass sie ihn würde hören können, noch skypen, simsen, whatsappen oder was immer, war er sich sicher, dass auch sie seine

Nähe gerade spürte. Zumal ein Körper bei all den weitreichenden De-Broglie-Materiewellen und verschränkten Elementarteilchen quasi grenzenlos war. Was der Mensch zwar noch nicht gelernt hatte, bewusst zur Kommunikation zu nutzen, doch woraus sich seit Urzeiten seine Ahnungen speisten.

Achtung! Fußgänger. Unerlaubterweise auf der Straße und zeigt trotzdem einen Vogel. Sollte sich mal an die eigene Nase fassen. 50 km/h waren erlaubt, und schneller war Richard keineswegs. Nicht wegen seiner Geschwindigkeit auf den letzten Metern wurde ihm schwindlig, sondern bei der Idee, ihn könnte jemand damit behelligen, die Geschwindigkeit angeben zu müssen. Herr Dr. Weiß, wie schnell fahren Sie gerade? Bitte auf die Nachkommastelle genau. Die richtige Antwort bringt Ihnen eine unbefristete LbA-Stelle ein. Was denn, Sie zögern? Sie wissen es nicht?

Tja, wie schnell? Nahm er den Erdboden als ruhend an, konnte er der Anzeige auf dem Tacho vertrauen: 43,2 km/h, jetzt 46,5 km/h. Aber wie schnell war er für jemanden, der von einem Punkt im All auf die Erde schaute? Er bewegte sich auf der Erde, die um sich selbst rotierte und außerdem noch mit ca. 30 km/s um die Sonne, wenn man die Sonne als ruhend annahm. Die Sonne aber ruhte nicht, sondern rotierte mit etwa 220 km/s um das Zentrum der Galaxie, das man als ruhend annehmen konnte, was aber nicht so war, wobei auch der Jemand im All bewegt … Aufpassen! Das war knapp. Ein Stein.

Ließen sich Bewegungen nicht doch absolut vergleichen? Der hier ist schneller, der langsamer. Immerhin waren auch gleichförmige Bewegungen unterscheidbar, und wenn nur am Fahrtwind, solange man sich nicht in kräftefreien Räumen aufhielt. Waren die Wirkungen unwichtig, nur weil ein Mensch kinematische Gedankenspielchen mit Massepunkten in einem leeren SRT-Vakuum gespielt hatte? War es nicht geradezu sträflich, die Wechselwirkungen mit der Umgebung zu vernachlässigen? War das nicht hanebüchener Unsinn? – Fragen, die, wie er wusste, einer inneren Zensur zum Opfer hätten fallen müssen. Wie im Grunde alles, was er heute gedacht hatte, nicht hätte gedacht werden dürfen. Zu ändern war es nicht. Es konnte nur besser werden. Von nun an würde die Zensur ihre Wirksamkeit beweisen. Kopernikusstraße 34. Fahrrad anschließen.

14:18 Uhr. Er war da.

Er nahm die Seitentreppe zur zweiten Etage, vorbei an den Vitrinen mit Lehrwerken aus dem späten 19. und frühen 20. Jahrhundert über die damals bekannten Lichterscheinungen, schaute kurz auf eine Darstellung zum Tyndall-Effekt mit bläulichen Lichtkegeln und stellte sich, oben angekommen, hinter jungen Leuten an, die Kaffee aus den beiden Automaten zogen. Dass sie zum Auditorium der Lehrproben gehörten, war nicht wahrscheinlich. Die jetzige Lehrprobe im Hörsaal III lief noch bis fünfzehn Uhr, und es waren auch keine Studenten, die er kannte. Eher Besucher des Hausmuseums, die sich von den Lochkarten oder den Rosettenbahnen des Foucaultschen Pendels im Erdgeschoss erholen mussten. Entwarnung.

Während die schwarzbraune Brühe dünnstrahlig in zwei Pappbecher rieselte, ging es um die Frage, wie man den Kaffee mit Hilfe von Eiswürfeln am schnellsten abkühlen könne. Ob es wohl schneller gehe, wenn man die Eiswürfel gleich hinzugebe, oder schneller, wenn man den Kaffee zunächst etwas abkühlen lasse und dann die Eiswürfel zugebe. Oder ob der Zeitpunkt der Zugabe womöglich keinen Einfluss auf die Temperatur nach zehn

Minuten habe. Drei Leute, drei Meinungen. – Wollten sie Eiskaffee herstellen?

Wobei sich zwei mittlerweile darüber stritten, ob der Zusatz von Eiswürfeln nur 66-prozentigen Whisky trübe oder auch 40-prozentigen. Bei 40-prozentigem Whisky, meinte der korpulente Typ direkt vor Richard, passiere nichts. Der bleibe klar. Keine Mischungslücke. Seltsam, meinte der andere, während er seinen Kaffeebecher unter dem Automaten wegzog, denn Anisschnaps habe nur 40 Prozent und trübe sich. Der Pernod-Effekt …

Nicht zu fassen. Richard starrte auf die Haupttreppe, auf der langsam und hinkend ein Mann heraufkam. Tatsächlich, er war es. Achim Kahler, sein Doktorvater, bei dem er studiert und gern studiert hatte – und mit dem man im Unterschied zu Brendel auf Augenhöhe diskutieren konnte. Er war abgemagert, doch seine Bewegungen hatten die Behäbigkeit eines Übergewichtigen behalten. Sein Gang war so typisch, dass Richard ihn erkannte, obwohl er seine Brille nicht aufhatte.

Siedend heiß durchzuckte es ihn, dass er die Brille nicht nur nicht aufgesetzt, sondern vergessen hatte. Sie lag noch auf dem Frühstückstisch. Da lag sie gut. Unwillkürlich tastete er nach dem Stick in der Jackett-Innenseite und war beruhigt, als er das Metall in der Herzgegend spürte. Gut, dann musste es ohne Brille gehen. Die PowerPoint-Folien kannte er auswendig, jede Achsenbeschriftung, und so groß war der Hörsaal III nun auch wieder nicht, dass sich die hinteren Reihen gar nicht mehr würden erkennen lassen.

40 Prozent, 60 Prozent. Trübung, ja, nein. »Vielleicht lasst ihr einfach das Experiment entscheiden«, sagte Richard. »Typische Verfahrensweise in der Physik. Oder ihr studiert Thermodynamik und Kinetik.«

Der korpulente Typ lachte, wobei nicht klar wurde, ob das Richard galt oder dem abwegigen Gedanken, Thermodynamik zu studieren.

»Am besten bei Kahler«, fügte Richard hinzu, bevor er sich aus seiner Beobachterposition hinter den Eiswürfelforschern löste und Achim entgegenging. Obwohl er die Begegnung erwartet und, wenn er ehrlich war, auch erhofft hatte, spürte er, wie bewegt er war. Im Gesicht seines Gegenübers war zu erkennen, dass es nicht nur ihm so ging. Immerhin waren Jahre vergangen. Nachdem die schon nicht mehr glimmende Havanna in Achims linke Hand gewechselt war, drückten sie sich die Hand. Fest und einen Moment zu lang.

»Was machst du hier?«, fragte Richard verlegen.

Achim sah ihn prüfend an, die Brauen dabei wie immer hochziehend: »Ich treibe die Besucherzahlen in die Höhe.«

Seine Augen waren gerötet, und das Gesicht wirkte aufgedunsen, während die Gliedmaßen dürr geworden waren.

»Niedrige Besucherzahlen wären mir lieber.«

»Kann ich mir vorstellen. Du hast dir ja ein blendendes Thema für die Probevorlesung ausgesucht. Willst du Lehrkraft für besondere Aufgaben werden? Lehrknecht? Erinnerst du dich an meine Rechnung? Oder willst du zur Relativitätstheorie konvertieren?«

»Nicht ohne meinen Koffer«, sagte Richard dumpf. »Komm, darauf lass uns einen trinken. Die Kaffee-Automaten sind gerade frei.«

Bis zum Automaten waren es nur zwanzig Schritte, die allerdings schon viel waren. Betreten registrierte Richard, wie Achim sich alle Mühe gab, sein Humpeln zu überspielen. Während Richard die beiden Automaten mit Münzgeld fütterte, stellte Achim Pappbecher unter die Düsen und wählte für sich einen Cappuccino. Richard entschied sich für einen doppelten Espresso. Zur Feier des Tages. Wach sein. Fokussiert. Die Zauberformel.

Eine Weile standen sie stumm nebeneinander, einer, der mal körperlich mächtig gewesen war, jetzt aber, gekrümmt und hüstelnd, kleiner war als sein Nebenmann, und einer, der zwar hochgewachsen, aber innerlich gekrümmt war, und sahen dem langsamen Herabrinnen ihrer Wunschgetränke in die Pappbecher zu. Als ein Schlürfen und einzelne Klickgeräusche das Ende der anscheinend hochkomplexen Zubereitung ankündigten, sagte Richard: »Senta ist schwanger. Sie freut sich auf das Kind. Irgendwie muss man sein Geld verdienen.«

»Na, herzlichen Glückwunsch.«

Ironie war nicht im Tonfall. Zumindest war sie nicht herauszuhören. Achim hustete und steckte die Zigarre in ein Etui, bevor er seinen Becher und einen Plastiklöffel nahm: »Wir sollten uns setzen, dann redet es sich besser.«

Er steuerte langsam auf die Sitzecke an den Fenstern zu, vorbei an der Flügeltür vom Hörsaal III, an der ein Zettel angebracht war: *Lehrproben. 9:00–12:00 Uhr & 13:00–16:00 Uhr. Bitte nicht stören!*

Richard folgte ihm, ohne ihn zu überholen. Nachdem sie bequem in den Ledersesseln saßen, mit Blick auf die Wanduhr über der Hörsaaltür, fragte Richard: »Wie geht es dir? Senta hat erzählt, du willst mit dem Auto nach Osteuropa.«

»Nach Bulgarien. Für ein Jahr. Ich halte dort Vorlesungen. Irreversible Thermodynamik. In Sofia. In Englisch. Endlich wieder Kreuzprozesse und Entropieproduktionsdichte. DAAD immerhin. Dazu muss man unterschreiben, dass man gesund und dem Klima gewachsen ist.«

»Und? Hast du unterschrieben?«

Achim starrte aus dem Fenster und kostete vom Cappuccino. »Das hätte man früher nicht mal als Abwaschwasser bezeichnet.«

»Hast du unterschrieben?«

Achim schüttelte den Kopf. »Warum sollte man dem Klima nicht gewachsen sein? Es ist kaum anders als hier. Bulgarien ist nicht Hinterindien. – Du scheinst die Ruhe wegzuhaben. Noch dreißig Minuten bis zu deinem Vortrag.«

»Heute Nacht habe ich von der Hörsaaluhr geträumt. Es war gerade sechs Uhr, und die Zeit war hinter mir her. Genauer gesagt die Raumzeit. Ein Albtraum.«

Es war das erste Mal, dass Achim lächelte. »Kann ich mir gut vorstellen.«

Er pustete den Schaum auf seinem Cappuccino zur Seite: »Die Zeit ist immer hinter uns her. Man sagt, sie vergeht, aber in Wirklichkeit begeht sie ein Vergehen. Einmal geboren, geht es unaufhaltsam in Richtung Zerfall. Alles, was bleibt, ist Zerstörung.«

»Du übertreibst. Es gibt auch die Selbstorganisation, die du immer so hochgehalten hast. Emergenz, Fulguration. Wachstum und Aufbau. Wir konstruieren uns unser eigenes Gehirn, mit den eigenen Gedanken. Ist das nichts? Und das alles während deines Zerfalls. – Du hast nicht unterschrieben, stimmt's?«

»Erst hatte ich.« Achim rührte mit dem Plastiklöffel in dem Pappbecher herum und starrte auf den Milchschaum, der sich langsam auflöste. »Wir müssen das düstere Szenarium akzeptieren. Nur weil die Zeit vergeht, verkalken die Arterien des Möglichen. Raucherbein, sagen die Ärzte. Der Diabetes tut sein Übriges. Der Organismus spielt dem Geist einen Streich.«

»Weißt du noch, wie wir die Luft aus der Raumzeitblase lassen wollten?«, fragte Richard.

Achims Gesicht zeigte einen Anflug von Unmut. »Hör zu«, sagte er so eindringlich, wie Richard ihn selten erlebt hatte. »Wenn du den Rat eines Freundes hören willst, dann lass die Kritik diesmal weg. Ganz. Es nützt niemandem. Du hast dir bereits dauerhaft geschadet, dein Ruf ist hin.«

»Wie meinst du das?«

Achim starrte auf den Inhalt seines Pappbechers. »Das Manuskript, das du bei NJP eingereicht hast.«

»Du hast es gelesen?«, fragte Richard überrascht.

»Meinst du, nur Brendel kriegt davon zu hören?« Achim schaute weiterhin auf seinen Cappuccino, als lese er in dem wenigen noch verbliebenen hellbraunen Schaum seinen Text ab. »Die wissenschaftliche Welt ist ein Dorf. Sie wissen doch, aus welchem Stall du kommst und wo du promoviert hast. Der Editor hat mir das Manuskript geschickt, mein Gutachten dann aber nicht akzeptiert. Wegen zu großer Nähe.«

»Und was hältst du davon?«

»Lass es dir schnell patentieren. Sonst nimmt es dir jemand weg.« Achims Miene war unbewegt, bevor er wieder hustete.

»Du scherzt. Niemand wird das je veröffentlichen.«

»Natürlich nicht. Solange die Relativitätstheorie als experimentell bewiesen gilt, hast du keine Chance. Wir ahnen, was die Stunde geschlagen hat, aber niemand in diesem Hörsaal dort, der auf dich wartet, wird es hören wollen. Was man nicht hören will, hört man auch nicht. Die Leute heute haben weder die Zeit noch irgendein Interesse daran, die begrifflichen Grundlagen der Physik zu überdenken oder gar zu klären. Sie haben ganz andere

Sorgen. Im CERN geht es darum, eine Großforschungseinrichtung mit über dreitausend Angestellten und elftausend Gastwissenschaftlern und einem Milliarden-Jahresetat zu betreiben und seine Bedeutung zu rechtfertigen und zu erhöhen. Es geht um Geld, um Legitimation. Deshalb die vielen vagen, spektakulären Entdeckungen. Die Leute leben davon, ernähren ihre Kinder.«

Achim sah Richard noch immer nicht an und fügte bestimmt hinzu: »Tu es auch, sorge für Weib und Kind.«

Richard lehnte sich enttäuscht zurück. »Da spricht nicht der Achim, den ich kenne.«

»Wieso nicht? Nachdem ich beim DAAD abgesagt hatte, haben sie einen Physiker nach Sofia geschickt, der relativistische Quantenfeldtheorie unterrichtet. Sie waren sogar erleichtert, glaube ich, die Thermodynamik abwählen zu können, und hatten mich nur meines Renommees wegen angefragt. Thermodynamik ist out. Natürlich wirst du bei deiner Lehrbelastung als LbA nur noch wenig Zeit für Forschung haben, aber ein bisschen was kannst du als Historiker auch tun. Es muss ja nicht gleich ein neues Konzept von Materie und Zeit sein, das heute niemand anerkennen kann, weil niemand aus seiner Haut kann.«

Achim machte eine Pause, um zu husten, doch es konnte auch einer dieser rhetorischen Tricks sein, die er oft in den Vorlesungen angewandt und die Richard stets bewundert hatte. Wenn es einem Professor gelungen war, die Studenten im Hörsaal anderthalb Stunden lang bei der Stange zu halten, indem er sie erst neugierig machte und dann geschickt Informationen oder Antworten hinauszögerte, dann war es Kahler gewesen.

Endlich sah Achim Richard an. Die aufgedunsenen Wangen hatten sich gerötet und die Augen hatten Glanz, während er so emphatisch wie früher weiterredete: »Du kannst zeigen, dass die heutige Physik zu großen Teilen Ideologie ist. Abendländische Ideologie, um genau zu sein. Eine Religion, deren Anhänger die anderen Religionen, wie die morgenländische etwa, und auch die Philosophie, Ethik und so weiter unterdrücken. Missionarisch, mit Patina und Pathos. Der physikalische Glauben unterscheidet sich hier in nichts von dem christlichen. Die Raumzeit und die heilige Dreifaltigkeit – wo ist der Unterschied? Weil es absurd ist, ist es wahr. Es ist immer dasselbe: ein Dogma, eine womöglich absurde und unsinnige Tradition, verbindet und schafft den Zusammenhalt in der Gruppe. Das Einzelindividuum stellt sich unter den Gruppengedanken, und im Konsens werden die herrschenden Lehren unduldsam verteidigt. Das wissenschaftliche Arbeiten ist oft alles andere als nüchtern und objektiv oder der reinen Wahrheit verpflichtet: Eitelkeiten, Rivalitäten, Machtspiele, politischer und religiöser Eifer. Und als Historiker kannst du zeigen, wie all diese menschlichen Schwächen zu einer ideologisch verbrämten Wissenschaft geführt haben, in der festgelegte Überzeugungen herrschen, Täuschung und Selbsttäuschung.«

»Peirce, ja. Jetzt erkenne ich dich wieder«, sagte Richard.

»Ich bin der Alte«, sagte Achim, der wieder begonnen hatte, in seinem Getränk zu rühren, auf dem es keinen Schaum mehr gab. »Dass Physik heute oft ahistorisch unterrichtet wird, hilft enorm, die ideologischen Grundlagen der RT zu festigen. Als Historiker kannst du dafür sorgen, dass die Physik wieder mit Geschichtsbezug unterrichtet wird. Das wäre schon etwas, das wäre sogar viel.«

Nach der Lustlosigkeit des Rührens beurteilt, sah es nicht so aus, als würde der Cappuccino je seiner Bestimmung zugeführt werden, während Richard seinen doppelten Espresso bereits ausgetrunken hatte und sich gern einen zweiten geholt hätte, um sich wach zu halten.

»Leider bin ich auch alt«, sagte Achim. »Sonst würde ich dir helfen können. Denn die einmalige Chance, mit der Thermodynamik ein Verfahren zu entwickeln, mit dem sich die Natur ganzheitlich beschreiben lässt, wird seit über hundert Jahren nicht genutzt. Du hast recht: Wenn man Moleküle als Billardkugeln durch den Raum schießt, *hard spheres*, die nur ihre Lage im Raum ändern, ist es kein Wunder, dass die Irreversibilität zu einem Problem der mathematischen Wahrscheinlichkeit degradiert. Stets nur Lageänderungen. Daran sind schon Boltzmann und Maxwell gescheitert und zerbrochen. Solange man nicht ganz unten, auf der untersten Ebene der Quantenprozesse anfängt, wird es auch immer so bleiben. Die Irreversibilität deshalb aber grundsätzlich zu missachten, wie es zurzeit in der QT und RT geschieht, und alle Prozesse, ob nun mikroskopisch oder makroskopisch, als reversibel anzusehen, widerspricht jeder physikalischen Erfahrung. Deine Quantonen-Theorie ist der richtige Weg, und die Entropie ist unentbehrlich, auch in der Quantentheorie.«

Richard lächelte verkrampft. »Ganz meine Meinung … Nein, ehrlich, ich bin mir nicht mehr sicher.« Verunsichert sah er auf die Wanduhr, dann auf seine Armbanduhr. Noch dreizehn Minuten. Die Hörsaaltür musste sich gleich öffnen.

»Das kannst du auch nicht. Wie solltest du, wenn alle Naturgesetze, die mit der Dissipation der Energie zusammenhängen, heute faktisch missachtet werden. Du schwimmst gegen den Strom.« Achim wirkte erschöpft und hustete, diesmal so angestrengt, dass es kein didaktischer Trick mehr sein konnte. »Aber ich sage dir, das kommt dir nur so vor. Es gibt viele, die zweifeln. Von den bulgarischen Physikern akzeptieren mehr als 60 Prozent die Erklärungen zum Zwillingsparadoxon nicht.« Er atmete schwer: »Ein Grund mehr übrigens, nach Bulgarien auszuwandern.«

»Wenn es nur darum geht, dann auf nach Russland«, sagte Richard. »Neulich habe ich gelesen, dass mehr als 90 Prozent der russischen theoretischen Physiker die SRT für falsch halten. Die Paradoxien, die Ratlosigkeit gegenüber krummlinigen Bewegungen, die irreale Reduktion der Materie auf Masse, der leere Raum, die Beobachteransichten, die zur Realität werden, all diese Unmöglichkeiten. Wer endlich schafft denn diese Theorie ab, die die Leute verdummt. Die Widersprüche zur Energieerhaltung …«

Achim unterbrach ihn: »Ich werde alt. Es ist zu blöde, was ich gerade gesagt habe.« Er stand mühsam auf. »Nein, das ist nicht der richtige Weg. Richard, auf dich wartet Brendel. Kritik ist nicht erwünscht.«

»Ich weiß. Es gibt Konferenzen, die anti-relativistische Beiträge von vornherein ablehnen. Nicht gestattet, steht in der Ankündigung. Um teilzunehmen, muss man anerkennen, dass SRT und ART richtig sind.«

»Dann halt dich dran.« Achim hatte seinen Beutel genommen und war schon am Gehen. »Ich geh schon rein. Sie scheinen zu überziehen. Hör ich mir eben noch ein Stück Diskussion deiner Vorgängerin an, kann dir ja dann berichten.« Sein Blick blieb an seinem Cappuccino-Becher hängen.

»Lass ihn stehen, Achim, ich bringe ihn weg. Hol mir sowieso noch einen Espresso.«

»Versprich es. Nur so kannst du etwas tun. Historische Studien gehören zur naturwissenschaftlichen Erziehung dazu, wie Mach schon 1896 im Vorwort zu den *Principien der Wärmelehre* geschrieben hat.«

»Klar«, sagte Richard, ohne zu nicken, und sah Achim nach, der langsam auf die Hörsaaltür zusteuerte. Noch sieben Minuten. Die Art, wie sein Doktorvater nach dem Öffnen der Tür im Hörsaal verschwand, ließ darauf schließen, dass die Lehrprobe noch lief.

Da Achim so gut informiert war, hatte er sicher wie Richard gegoogelt, wer seine Mitbewerber waren und was sie aufzuweisen hatten. Promoviert waren alle fünf, jedoch in Geschichte, nicht in Physik, und es gab sicher keinen Bewerber, der eine maulige Angestellte des Arbeitsamtes dazu gebracht hätte, in das Vermittlungsfeld *Naturphil.* einzutragen. Was bei Lichte besehen wohl eher kein Nachteil für die anderen war.

Richard tastete erst nach dem USB-Stick in der Rucksackseitentasche, dann nach dem im Jackett. Dass er die Brille nicht mithatte, war unangenehm. In letzter Zeit hatte er Gesichter in fünfzehn Metern Entfernung ohne Brille nicht mehr scharf erkennen können und nur noch auf gut Glück gegrüßt. Auch wer die Personen am Kaffee-Automaten waren, ließ sich nicht sagen. Nur dass sie die Automaten blockierten, sodass der Espresso warten musste.

Andererseits, wenn man es genau nahm (oder sich schönredete), hatte ein eingeschränkter Blick auch Vorteile. Da man nicht von der Ferne abgelenkt war, konnte man sich besser auf die Nähe und sich selbst konzentrieren. *Warum in die Ferne schweifen? Sieh, das Gute liegt so nah.* So viele Dinge wie in der letzten Zeit hatte Richard noch nie gefunden. Sogar eine Geldbörse hatte er auf dem Gehweg entdeckt, als er daran vorbeigeradelt war. Hätte er links und rechts in die Gegend geschaut, statt ständig auf den Weg zu sehen, wäre ihm das nicht passiert. Der Nachteil war, dass man die Leute nicht sehen konnte. Der Vorteil war, dass man sie nicht sehen musste.

Wie schon Parmenides gesagt hatte: *Die meisten Sterblichen haben nichts in ihrem irrenden Verstand, was nicht durch ihre irrenden Sinne hineingekommen ist.* Die irrenden Sinne, genau … Die des Beobachters … des allgegenwärtigen, der der Welt Kohärenz gibt … Als wären die Augen die einzigen Sinne, die ein Mensch besitzt. Dabei spürt man die Zeit mit ganz anderen Sinnen … – Na endlich, es war so weit. Die Flügeltür unter der Wanduhr öffnete sich.

Wir befinden uns mitten in einem Hörsaal. Konkret im altehrwürdigen Hörsaal III im zweiten Stockwerk des Instituts für Physikgeschichte in der Kopernikusstraße 34, dem ehemaligen Naturwissenschaftlichen Institut, derzeitig unter der Leitung des renommierten Ordinarius für Physiktheorie und -philosophie des 21. Jahrhunderts, Stefan Brendel, seines Zeichens Kenner der Relativitätstheorie (im Speziellen wie im Allgemeinen), der Zeitdilation, Längenkontraktion und Raumzeit, Sachverständiger und Wissender.

Vorn, mit Blick auf das Auditorium, das in den erhöhten Sitzreihen sitzt und weder zu zahlreich noch zu dürftig erschienen ist, steht der in wenigen Sekunden Vortragende in Hemd und Jackett, aber ohne Krawatte. Auch ohne Brille. Dafür mit gewaschenem Haar und rasiert. Die Kommission in Gestalt einer Studentin und eines Studenten, den Richard aus seinen Seminaren kennt, und dreier Professoren mit fester Stelle, darunter der Vorsitzende, Stefan Brendel, sitzt in der dritten Reihe des Auditoriums. Die erste und die zweite Reihe sind nicht besetzt. Sicher, weil es auf die Dauer ermüdend ist, den Kopf so weit zur Leinwand erheben zu müssen, noch dazu beim sechsten Lehrvortrag in Folge zum gleichen Thema. Die Gesichter der studentischen und professoralen Mitglieder der Kommission, letztere allesamt Sachverständige in Sachen RT, lassen sich klar erkennen. Was ebenso auf die zwei, drei Reihen dahinter zutrifft. Achim ist nicht zu finden; er muss weiter hinten sitzen.

Der Kandidat für die LbA-Stelle hat den USB-Stick bereits aus der Brusttasche seines Jacketts geholt und in den Port des PCs gesteckt. Über den Videoprojektor wird der Inhalt seiner PowerPoint-Präsentation an die Leinwand geworfen. Der vordere Teil des Saals ist etwas abgedunkelt, damit die Leinwand kontrastreicher wird. In dunkelblauer Schrift steht auf der Formatvorlage des Instituts das Thema, darunter der Name des Vortragenden. Alles wirkt gespannt; das unbelebte Interieur im holzgetäfelten Saal wirkt gediegen.

Der Vortrag hat begonnen. Der Vortragende hinter dem mit rotem Stoff umspannten Pult hat schon etwas gesagt. Danach ist er hinter dem Pult hervorgetreten und steht jetzt unverdeckt vor seinen Zuhörern. Die Muskeln lassen sich unter dem Anzugstoff nur erahnen, sind aber vorhanden. Er ist ganz bei sich und steht doch zugleich neben sich.

Bisher wurden nur folgende Worte gesprochen: »Sehr geehrte Anwesende, liebe Studentinnen und Studenten.« Der Vortragende hat auf Begrüßungsformeln für die Lehrkommission verzichtet. Insbesondere hat er kein spezielles Grußwort an den Vorsitzenden der Kommission und Institutsdirektor gerichtet. Ebenso hat er sich nicht dafür bedankt, eingeladen worden zu sein und sich im Rahmen der Lehrprobe heute hier präsentieren zu dürfen. Anwesenheit wurde als das alleinige und umfassende Kriterium dafür aufgefasst, begrüßt zu werden. Es fragt sich, ob das schon Unterlassungssünden sind.

Die Einzigen, die extra angesprochen wurden, sind die Studenten. Wertschätzt er sie besonders oder impliziert seine Anrede, dass sie abwesend sind? Die gewöhnliche Daseinsform in Vorlesungen: Abwesenheit.

Sie sind da, auch wenn sie, bis auf die zwei in der Lehrkommission, in den hinteren Reihen sitzen und nicht zu erkennen sind. Der Redner kann nur staunen, was er gerade von sich gibt und wie er es tut, um die Hörer der Physikgeschichte bei der Stange zu halten. Flüssig, ohne Räuspern oder Versprecher, nur mit den typischen kahlerschen Kunstpausen und Auslassungen, um Neugierde zu schüren und die Aufmerksamkeit nicht erlahmen zu lassen. Mit offenem Blick ins Auditorium. Der Titel des Vortrags steht bereits auf der Folie. Das ist gut, denn so erübrigt es sich, ihn noch einmal zu nennen und das Unwort gleich auf den ersten Metern in den Mund zu nehmen.

Nach kurzer Erläuterung der Gliederung hört der Redner seinen einführenden Worten zu und ist (als neben sich Stehender) sprachlos: »Es gibt nur eine objektive Realität, doch unzählige Vorstellungen davon, die nicht unwesentlich auf den Begriffen beruhen, die wir ihnen zugrunde legen. Dies betrifft auch die Beschreibung des Verhaltens von Materie und Strahlung in Raum und Zeit, ein Grundanliegen der Physik, die historisch aus der Naturphilosophie hervorgegangen ist.

Die moderne Physik hat mit der Anerkennung der speziellen Relativitätstheorie, genannt SRT, von 1905 und der allgemeinen Relativitätstheorie, genannt ART, von 1915, beide auf Albert Einstein zurückgehend, ein Begriffsgefüge übernommen, in dem der Terminus der Raumzeit zentral ist. Heute spricht man davon, dass die bahnbrechenden Erkenntnisse in den Relativitätstheorien zu einer neuen Weltordnung geführt hätten, in der es keine absolute Gleichzeitigkeit mehr gebe und die Zeit nicht mehr absolut sei, sondern abhängig vom Bewegungszustand eines Objektes und seiner Lage im Gravitationsfeld.«

Didaktische Pause, in der die dritte Folie eingeblendet wird, auf der einige wichtige Postulate und Begriffsneuschöpfungen der SRT und ART aufgeführt und kurz erklärt sind, wenn nötig mit Formel: die vierdimensionale Raumzeit, die Weltlinien, die absolute Konstanz der Lichtgeschwindigkeit im Vakuum, die Relativität der Gleichzeitigkeit, die Zeitdilatation, der Lorentz-Faktor Gamma, die Längenkontraktion, die relativistische Masse. Noch ist nichts verloren. Noch lässt sich ein innerlicher Schwenk um einhundertachtzig Grad machen und das Gegenteil behaupten.

Leider geht der Vortrag anders weiter:

»Stellen Sie sich einmal vor, lassen Sie nur einmal den Gedanken an sich heran, auch wenn Ihnen das als abwegig erscheinen mag – gerade auch angesichts der Gewissheit der modernen Physik und der vielen physikalischen Theorien, die auf dem Raumzeitbegriff aufbauen, wie etwa das Standardmodell der Teilchenphysik, die Schleifenquantengravitation oder die Stringtheorien – stellen Sie sich einmal vor, dass Einstein recht hat.«

Kurze Pause, um Luft zu holen, vielleicht auch, um Mut zu schöpfen. »Recht mit seinen Zweifeln. Recht damit, dass da kein einziger Begriff sei, von dem man überzeugt sein könne, dass er Bestand habe, wie Einstein siebzigjährig an seinen ehemaligen Schulfreund Solovine geschrieben hat. Stellen Sie sich das vor, oder weisen Sie den Gedanken zumindest nicht ganz von sich. Einstein hat recht; er hat wieder einmal recht.«

Per Knopfdruck auf den Presenter, den der Vortragende locker in der rechten Hand hält, wird neben einem Foto von Richard Feynman das bekannte Feynman-Zitat *Wir müssen unbedingt Raum für Zweifel lassen, sonst gibt es keinen Fortschritt, kein Dazulernen* … eingeblendet, worauf auf der nächsten Folie ein noch unvollständiges Schema zur Evolution des Raumzeitbegriffs erscheint.

»Wenn es um die Evolution der Raumzeit geht, um ihren postulierten Beginn im Urknall und ihre Weiterentwicklung, ihre Dehnung, Kräuselung und so weiter, so auch um die Evolution des Raumzeitbegriffes, der seit seiner Erschaffung viele Modifikationen erlebt hat. Am Anfang steht die vierdimensionale minkowskische SRT-Raumzeit, die Wurzel des Ganzen sozusagen.«

Der Vortragende weist mit dem Laserpointer auf die erste Raumzeit der Geschichte, die eingerahmt ganz unten mittig auf der Folie steht: »Hierbei handelt es sich gemäß Einstein um eine leere Raumzeit, die als Träger des Feldes und der Materie gedacht ist. Hier ist das Vakuum noch leer.«

Danach weist der Vortragende mit dem Laserpointer auf die zweite klassische Raumzeit, die ART-Raumzeit, die dick eingerahmt über der SRT-Raumzeit steht: »Etwa zehn Jahre später folgte mit der ART eine weitere Raumzeit, die nach Einstein nicht mehr leer ist: eine volle Raumzeit.«

Hier verweilt der rote Laserpunkt kurz und umkreist die ART-Raumzeit. Per Knopfdruck wird jetzt eine Schar von Raumzeiten eingeblendet, in welche sich die ART-Raumzeit nach oben hin verzweigt. Es sind die Raumzeiten des Relationalismus, des raffinierten Substanzialismus, des Essentialismus, des ontologischen Strukturenrealismus, des Super-Substanzialismus und so weiter: »Diese und unzählig viele andere Raumzeittypen und Familien von Raumzeittypen existieren heute nebeneinander, da es schwer ist, sich das Wesen der Raumzeit oder Raumzeit-Entitäten vorzustellen. Insbesondere scheiden sich die Geister darin, wie voll die ART-Raumzeit zu denken ist, wie substanziell oder materiell. Ist sie lediglich ein Beziehungsgeflecht, das sich über die sogenannten Weltlinien offenbart? Ist sie das Gravitationsfeld? Oder ist sie eine Substanz, vielleicht sogar die einzig existierende? Dabei geht man in den Raumzeitbegriffen, die Sie hier im Schema wie die Verzweigungen in einer Baumkrone sehen, noch davon aus, dass es sich um eine glatte Raumzeit handelt.«

Klick auf den Presenter, und in der Baumkrone erscheinen weitere Raumzeit-Typen: »Neuere physikalische Theorien versuchen nun, den klassischen Raumzeitbegriff zu modifizieren, um die Relativitätstheorie mit der Quantentheorie zu vereinen, in der alles gequantelt ist. So verheißen Ansätze der Schleifenquantengravitation, eine fluktuierende Raumzeit zu erschaffen. Oft auch modifiziert man das klassische Raumzeitkontinuum, indem man die Zahl der Dimensionen erhöht, wie in den Stringtheorien oder den Superstringtheorien.«

Der rote Laserpunkt wandert von der fluktuierenden Raumzeit über die Diskrete-Punkt-Raumzeit, die induzierte Raumzeit und die Triangulation-Raumzeit zur sechsundzwanzigdimensionalen Raumzeit der bosonischen Stringtheorie, der historischen monstersymmetrischen Urform, und zur zehndimensionalen Raumzeit mit sechs eingerollten Raumdimensionen, die in der obersten rechten Ecke der jetzt gut gefüllten Leinwand steht.

»Nach diesem allgemeinen Überblick möchte ich auf eine weitere mögliche zeitgenössische Sichtweise auf die Raumzeit eingehen.«

Kunstpause. Brendel wirkt erstaunlich ruhig. Fast apathisch. Er sieht zwar auf die Leinwand, doch scheint er den Ausführungen ohne besonderes Interesse zu folgen. Vielleicht haben ihn bereits die ersten Bemerkungen zum Zweifel an den Begriffen der RT paralysiert. Oder er ist durch den heutigen Lehrproben-Marathon so abgestumpft, dass er kaum noch zuhört. Auch die anderen Mitglieder der Lehrkommission wirken eher indifferent. Sie kreuzen etwas an oder haken etwas ab, wahrscheinlich auf Formularen, in denen Gliederung, Stoffauswahl, wissenschaftlicher Ausdruck, Lautstärke, didaktische Gestaltung und so weiter bepunktet werden, um später als Erinnerungsstütze zu dienen und den Vergleich mit den anderen Lehrproben zu ermöglichen. Ansonsten gibt es keine Bewegung im Auditorium. Vielleicht ist es auch nur die Ruhe vor dem Sturm.

Jetzt Gleichmut bewahren und weiter mit offenem Blick in die Zuhörerschaft sprechen, während die nächste Folie eingeblendet wird, auf der nur eine Wortgruppe steht: *Die absolute Zeit*.

»Eine Altersangabe des Universums von 13,8 Milliarden Jahren impliziert eine universelle Zeit, in der jeder Ort über ein gemeinsames Jetzt mit allen anderen Orten im Universum verbunden ist – die absolute Zeit. Nur dann lässt sich postulieren, dass sich das Universum ausdehnt, was gleichwohl noch fraglich ist. Eine Ausdehnung wäre ein Prozess, ebenso irreversibel, wie wenn in diesem Moment eine Handtasche von der Hörsaalbank fiele, in der ein Stift zerbrechen würde.«

An und für sich hätte jetzt eine Handtasche von der Hörsaalbank fallen können. Das geschieht nicht. Im Auditorium bleibt es ruhig, auch wenn es in der verschwommenen Menge hinter der sechsten Reihe raunt. Wahrscheinlich erbittet nur jemand ein Taschentuch oder ein Bonbon von seinem Nachbarn.

»In vielen Lehrbüchern der modernen Physik steht: *Die absolute Zeit gibt es nicht!*« Die Wortgruppe *Die absolute Zeit* wird ausgeblendet. »Das haben Sie alle gelernt. Und doch gibt es hier ein Problem. Genau genommen mehrere.«

Die Wortgruppe wird per Klick auf den Presenter wieder eingeblendet. Im Auditorium rumort es nun doch, nicht wenig sogar. Der Vortragende macht unbeirrt weiter: »Die absolute Zeit, also eine gemeinsame Gegenwart, wird stets vorausgesetzt, wenn wir eine Dauer für einen Weg angeben.«

Es wird eine Strecke eingeblendet, auf der die Erde und der Stern Wega markiert sind. Der rote Laserpunkt wandert ruhig die Strecke ab, hin und zurück: »Auf der Erde leben Zwillingsbrüder, 18 Jahre alt. Einer fliegt mit 98-prozentiger Lichtgeschwindigkeit zum Stern Wega und wieder zurück. Für ihn vergehen zehn Jahre, auf der Erde indes fünfzig. 28-jährig begrüßt der Weitgereiste seinen 68-jährigen Bruder und lebt von nun an in der Zukunft. Aufgaben wie diese, auch für bewegte Elektronen, haben Sie im Studium gelöst.«

Per Klick erscheint die Formel für die Zeitdilatation mit eingesetzten Zahlen. »Doch Sie wissen nicht, wie viele angesehene Wissenschaftler, darunter Louis Essen, der Erfinder der Atomuhr, solchen Berechnungen nicht geglaubt haben. Die Formel ist das eine, ihre Interpretation das andere. Geglaubt wurde einer ganz anderen Interpretation. Allerdings steht das heute in keinem Lehrbuch.«

Der rote Laserpunkt wandert weiter die Strecke der Gegenwart ab, in der kein Ort aus der Reihe tanzen und eine andere Zeit haben kann.

»Viele Kritiker haben das sogenannte Zwillingsparadoxon genutzt, um die Absurdität der SRT zu zeigen. Die moderne Physik hat sich darauf geeinigt, das Paradoxon als *scheinbar* zu bezeichnen, indem den Zwillingen keine Gleichwertigkeit zugestanden wird. Doch sind im leeren Raum auch Beschleunigungen symmetrisch, sodass es sich um einen echten logischen Widerspruch handelt. – Man kann auch früher ansetzen, bei den Annahmen: Die Brüder gaben sich zum Abschied die Hand; sie lebten also zeitgleich. Legt nun einer eine Wegstrecke zurück, müssen alle Orte auf der Strecke gleichzeitig existieren, wenn man die Dauer für den Weg angibt – egal, ob nun 10 oder 50 Jahre.«

Der rote Laserpunkt tänzelt weiter über die Strecke Erde–Wega.

»Ohne eine gemeinsame Gegenwart keine Dauer. Mit Hilfe von Streckenbetrachtungen unter Angabe der Dauer von Lichtwegen nun folgerte Einstein 1905, dass jeder bewegte Beobachter seine eigene Zeit habe, womit die Zeit relativ sei. Die Folgerung negiert die Annahme. Lässt man gelten, dass es Dinge gibt, die sich logisch ausschließen, ist man etwa dem Argument zugänglich, dass man nicht *gleichzeitig* in der Gegenwart und in der Zukunft eines anderen leben kann oder dass ein singuläres Ereignis wie eine Ankunft auch nur einmal stattfindet und nicht zweimal, können die Zwillinge keine unterschiedlichen Zeitspannen erlebt haben. Ihre Gleichzeitigkeit ist absolut.«

Der Vortragende, der sich über die anhaltende Ruhe im Saal wundert, scrollt zurück zur Folie mit dem Raumzeitbaum.

»Die Relativität der Gleichzeitigkeit aber bildet das Fundament der Minkowski-Raumzeit, der ersten Raumzeit der Geschichte, aus der alle weiteren Raumzeitbegriffe abgeleitet wurden. Heute gilt die SRT als empirisch bewiesen. Gleichwohl sollten wir uns fragen, was genau bewiesen wurde und ob die Formeln richtig interpretiert wurden. Denn eines ist sicher: Keiner der heutigen Raumzeitbegriffe ersetzt die absolute Zeit und den absoluten Raum. Es wird nichts ersetzt, sondern lediglich etwas daneben gesetzt, das *auch* beansprucht, Raum und Zeit zu sein. *Raumzeit* klingt gut, aber denken, das heißt eindeutige Begriffe widerspruchsfrei miteinander in Beziehung setzen, nein, denken kann man damit nicht. Deshalb sehen Sie auf dieser Folie auch so viele inhaltlich divergierende Raumzeit-Typen.«

Spätestens jetzt müsste eine Handtasche oder ein Schlüsselbund von der Hörsaalbank fallen. Das ist nicht der Fall. Es ist nur bei den letzten Sätzen hörbar unruhig im Publikum geworden. Der Redner spricht unbeirrt weiter. Wenn er nun so weit gekommen ist, will er die Sache auch zu Ende bringen, solange ihm noch die Gelegenheit dazu gegeben wird:

»Die neue Sichtweise auf die Raumzeit, die ich Ihnen jetzt vorstellen will, ist zugleich eine klassische: Es gibt keine Raumzeit.«

Ist sich der Redner der Ungeheuerlichkeit seiner öffentlichen Aussage bewusst? Ein roter Strich streicht den Raumzeitbaum auf der Leinwand durch, erst von rechts oben, beginnend bei der zehndimensionalen Raumzeit der Superstringtheorie, nach links unten und danach von links oben, beginnend bei der fluktuierenden Raumzeit, nach rechts unten. In der Folge verblassen die Raumzeiten nach und nach, ein Animationseffekt, den der Vortragende am Vorabend auf fünf Sekunden begrenzt hat. Auf der Folie bleiben nur die beiden roten, sich kreuzenden Striche.

»Es gibt keine Raumzeit. Keine leere. Keine volle. Keine vierdimensionale, keine fünfdimensionale. Keine elfdimensionale. Keine sechsundzwanzigdimensionale. Keine gekrümmte, keine Schwingungen der Raumzeit. Keine Evolution der Raumzeit. Was eine Entwicklung durchmacht, sind Elementarteilchen, Atome und Körper, die sich unter dem Einfluss von Kräften verändern. So auch die Materialien, aus denen unsere Uhren bestehen. Eine Uhr ist veränderlich. Wenn eine Uhr etwas anderes anzeigt, dann nur, weil sie sich verändert hat, zum Beispiel unter starker Gravitation oder einer Kraftwirkung des eben nicht-leeren Raumes. – Liebe Studentinnen und Studenten, lassen Sie sich nicht ins Bockshorn jagen!«

Der Redner macht eine Pause, um durchzuatmen, sich zu besinnen und zu verstehen, was er zuletzt gesagt hat, viel zu schnell und erhitzt leider. Welcher Student will davon gewarnt werden, ins Bockshorn gejagt zu werden? Und welcher Dozent will hören, dass er seine Schützlinge ins Bockshorn jagt? Womit ihm implizit gesagt wird, dass er früher einmal selbst dorthin gejagt wurde. Was bedeutet die Redensart überhaupt, und warum hat der Vortragende sie gerade benutzt? Kurzer Blickkontakt mit dem Studenten aus Richards Seminar, der ihn aufmerksam ansieht.

Irritierenderweise hat der Vorsitzende der Lehrkommission bisher kein Zeichen gegeben, die Lehrprobe abzubrechen. Noch immer sitzt er wie paralysiert da, mittlerweile allerdings mit gerunzelter Stirn.

Von nun an ruhiger, weiter mit offenem Blick in die Zuhörerschaft:

»Es gäbe einen einzigen Grund, den Begriff der Raumzeit zu akzeptieren: die Demut vor der öffentlichen Geschichte der Physik seit 1905.«

Brendel notiert etwas auf einem Zettel. Bestimmt die endgültige Entlassung.

»Doch wäre es auch möglich, eine andere Art von Demut zu entwickeln: Demut vor der jahrtausendealten Geschichte vor 1905. Demut vor der Natur selbst, das Wichtigste. Und schließlich Demut vor der nicht-öffentlichen Physikgeschichte seit 1905, in der es viele Zweifler an der Raumzeit und der SRT gegeben hat und weiter gibt. Geben wir ihnen und uns etwas zurück, was so alt ist wie die Menschheit.«

Dass er noch immer sprechen darf, verunsichert den Vortragenden, zumal er sich in der Kürze der Zeit im Ton vergreift und pathetisch wird. Was ist mit Brendel? Die anderen Mitglieder der Lehrkommission sehen den Redner verhalten ungläubig und großäugig an, während Brendel den Kopf gesenkt hält. Er scheint zu kochen.

»Geben wir ihnen und uns den gesunden Menschenverstand zurück: das Vertrauen, dass sich die Natur logisch erkennen lässt. Die spezielle Relativitätstheorie wird heute verteidigt, doch enthält sie viele Logikbrüche und Absurditäten. Lichtzeichen und Massepunkte bewegen sich durch einen leeren Raum, was dazu geführt hat, dass noch heute Teilchen aus dem Nichts entstehen müssen und wieder darin vergehen, Verletzungen der Energieerhaltung. Den Photonen wird eine absolut konstante Geschwindigkeit zugeschrieben, wenngleich sie wie alle anderen Elementarteilchen auch Welle-Teilchen-Dualismen sind, die, wie alle anderen auch, miteinander wechselwirken. Wie nun soll sich das verbindende Prinzip erkennen lassen, wenn für *eine* Spezies im Universum Sondereigenschaften gegenüber anderen festgelegt werden? Viele Kritiker haben einzelne logische Inkonsistenzen der SRT bemängelt und andere Aspekte anerkannt. Es kommt aber darauf an, *alle* Aspekte der SRT zu verwerfen. Erst dann gelingt es, eine Theorie zu entwickeln, die die experimentellen Tatsachen ohne logische Widersprüche zu beschreiben vermag.«

Brendel ist aufgestanden. Sein Gesicht ist verfärbt. Es wird deutlich, dass es gefährlich ist, jetzt weiterzureden. Doch kann sich der Redner, der sowieso seit Beginn des Vortrags neben sich steht, davon jetzt nicht mehr aus der Bahn werfen lassen:

»Weil man glaubte, es gebe keine Alternative, wurde die SRT akzeptiert. Heute darf niemand mehr daran zweifeln, da die Masse-Energie-Äquivalenz der SRT weit unten im Standardmodell der Teilchenphysik eingebaut worden ist. Und doch gibt es eine Alternative, wenn man den Raum nicht leer denkt, was er real ja auch nicht ist, und wenn man Materie energetisch nicht auf Masse reduziert. Dann lässt sich die täglich erfahrbare Irreversibilität, der Unterschied zwischen Vergangenheit und Zukunft, den die moderne Physik leugnet, auch auf Quantenebene beschreiben. Im euklidischen Raum. Die Quantonen-Thermodynamik …«

»Schluss jetzt! Es geht um die Raumzeit. Thema verfehlt!«

Brendel hat endlich die Beherrschung verloren.

Noch aber steht der Vortragende aufrecht vorn und wird seinem Anliegen gerecht, ein Redner zu sein. Einer mit didaktischem Anspruch sogar, der seine studentische Zuhörerschaft interaktiv einbindet, indem er auch Fragen ins Auditorium stellt. Auf der Leinwand erscheint die Gleichung $E = mc^2$: »Diese Gleichung kennen Sie. Sie ist berühmt. Sie ziert Briefmarken, T-Shirts und Skulpturen. Sie war bereits lange vor 1905 bekannt. Einstein hat sie nur neu gedeutet.«

Unter der Formel werden Einstein-Zitate eingeblendet: *Masse und Energie sind also wesensgleich … Die Masse eines Körpers ist keine Konstante, sondern mit dessen Energieänderungen veränderlich. … Da Masse und Energie nach den Ergebnissen der speziellen Relativitätstheorie das Gleiche sind …*

»Zu dieser Interpretation gelangte Einstein in einer Theorie, die nur bewegte Massepunkte kennt, also Masse und Impuls, keine potentiellen Energien. Seine Folgerung indes schließt potentielle Energien mit ein. Angesichts einer Methodik, die die Annahmen in den Folgerungen negiert, muss es gestattet sein, die Frage zu stellen, ob potentielle Energien wirklich masserelevant sind.«

Hämmernde Frage, ohne Brendel anzusehen: »Wächst die Masse eines Körpers, den man anhebt?« Der Redner ist zum Pult gegangen, hat dahinter gegriffen und hebt ein kleines WTB-Taschenbuch hoch: *Über spezielle und allgemeine Relativitätstheorie*.

Die Gesichter in den hinteren Reihen sind nicht zu erkennen, doch einige Studenten aus den vorderen Reihen schütteln den Kopf. Jemand in den hinteren Reihen steht auf: »Die Masse wächst. Im Studium haben wir berechnet, um wie viel die Masse eines Eimers anwächst, den man 70 Meter in die Höhe hebt.«

Der Vortragende nickt. »Eine Formel ist das eine. Ihre Deutung das andere. Was sich verändert hat, ist die Lageenergie des Körpers. – Wächst die Masse dieses Büchleins, wenn ich es zerreiße? Seine Grenzfläche wächst, sodass auch die Energie des Buches wächst. Doch wächst damit zugleich die Masse bei gleicher Materiemenge?«

Der Redner legt das Taschenbuch auf das Pult zurück. So weit ist es noch nicht gekommen. Er zerreißt keine Bücher.

»Tatsache ist, dass heute keine einzige Massenänderung infolge einer reinen Änderung der potentiellen Energie eines Körpers empirisch belegt ist. Stattdessen lässt sich zeigen, dass auch andere Eigenschaften eines Körpers wie seine Grenzfläche, Lage oder sein Volumen eine eigene energetische Qualität besitzen. Materie ist energetisch mehr als Masse. Ein Körper *hat* eine Masse, aber *ist* keine. Thermodynamisch gesehen …«

Der Redner sieht Brendel unweigerlich an, gefasst auf den Abbruch des Vortrags, zumal er erneut die Wärmelehre erwähnt hat. Doch einer der Professoren, der neben Brendel sitzt, hat diesen gerade am Ärmel berührt und anscheinend beschwichtigend darauf hingewiesen, dass die Vortragszeit sowieso gleich um sei. Brendel sieht nicht gut aus, eher als würde er gleich platzen. Aber es kann noch weitergehen.

Jetzt schnell sein: »… gibt es keine vollständige Masse-Energie-Äquivalenz. Spielt die Thermodynamik seit Einsteins Relativitätstheorie auch keine Rolle mehr, so zeigt doch gerade sie, die am meisten unterschätzte physikalische Theorie, dass nur eins empirisch belegt ist: eine *unvollständige* Masse-Energie-Äquivalenz.«

Kurz durchatmen. Immerhin, das ist gesagt: »Es mag unwahrscheinlich klingen, dass dies nach über einhundert Jahren Akzeptanz der Masse-Energie-Äquivalenz noch festgestellt werden kann. Und doch ist es so: Man kann jahrzehntelang an der Wahrheit vorbeiforschen. Die vollkommene Äquivalenz von Masse und Energie, die zur Grundlage des Theoriegebäudes der modernen Physik gemacht wurde, ist bereits empirisch widerlegt. Sie widerspricht der Energieerhaltung. Einen leeren Raum wie in der SRT gibt es nicht. Was es gibt, ist nicht-wägbare, nicht quantisierbare potentielle Energie im Raum, die man vor und neben Einstein *Äther* genannt hat. Was es gibt, ist eine Materie-Energie-Äquivalenz.«

Blickkontakt mit Brendel, der ihn verächtlich ansieht. Spätestens seit das Wort *Äther* gefallen ist, hat Brendel seine herablassende Art zurückgewonnen. Die Lautstärke im Saal ist enorm. Kaum noch möglich, dagegen anzukommen.

»Wenn wir die Materie-Energie-Äquivalenz und die Irreversibilität von allem und jedem anerkennen würden – unter Aufgabe der Idee, Dinge isoliert und als Punktteilchen betrachten zu können –, würden wir beginnen, mit der Physik die Realität zu beschreiben. Und nicht eine Welt aus mathematischen Konstrukten. Die heutigen Standardmodelle der Kosmologie und Teilchenphysik können nur mit Notlösungen wie der Dunklen Energie, der kosmologischen Konstante, dem Higgs-Bosonen-Feld oder fiktiven Austauschteilchen aufrechterhalten werden. Wenn wir die Raumzeit aufgeben würden ...«

Jetzt ist es vorbei. Endgültig. Hat es sich bisher vor und über dem Redner nur böse zusammengebraut, so schwappt jetzt eine Welle, eine Monsterwelle aus Skepsis und Hohn gegen einen, der nach Planck eigentlich hätte ausgestorben sein müssen: ein Kritiker der Raumzeit und Relativität. Er wehrt sich mit Händen und Füßen, weil er genau genommen nicht gegen etwas kämpft, sondern für etwas.

Für eine Theorie. Eine, die ohne logische Widersprüche auskommt. Eine, mit der man denken kann. Eine, die den täglichen Erfahrungen gerecht wird. Eine, in der nicht eine dehnbare reversible Zeit, sondern die irreversible Zeit zentral ist, und die auch auf Quantenebene erfassen kann, dass Prozesse eine Richtung haben. Eine Physik des Werdens, nicht des Seins. Eine, die beschreiben kann, dass Entropieänderungen schon bei Photonen oder Elektronen beginnen, die sich mit jedem Prozess verändern, auch bei ihrer Bewegung im eben nicht-leeren Raum: eine Quantonen-Thermodynamik, die auf der untersten Ebene ansetzt, um mehr zu erfassen als reversible Lageänderungen. Nämlich auch Wachstum und Vergehen, Tod und Zerfall.

Doch der Gegner ist übermächtig. Er hat die Wahrheit auf seiner Seite. Auch wenn nichts experimentell bewiesen ist: Es ist alles experimentell bewiesen. Die Raumzeit, die absolute Konstanz der Lichtgeschwindigkeit, die Relativität der Gleichzeitigkeit, die Zeitdilatation. Nichts ist besser empirisch bestätigt als die Zeitdilatation! Es wurden Rippel in der Raumzeit gemessen!

Der Gegner sagt auf Deutsch, dass die Relativitätstheorie sich nicht umsonst durchgesetzt habe und dass es keinen Grund gebe, eine experimentell bewiesene Theorie durch eine andere auszutauschen. Er fragt auf Englisch: *Is the new theory in full agreement with all experimental evidence? Can the new theory predict observable effects, which can distinguish it from other theories, including the currently established theory?*

Ja doch, die neue Theorie kann es. Sie stimmt mit den experimentellen Tatsachen überein. Und sie kann Dinge *erklären*, nicht nur beschreiben. Sie zeigt, dass sich die Masse von Teilchen logisch auf ein Prinzip zurückführen lässt. Sie erklärt, warum träge und schwere Masse gleich sein müssen, warum das Proton so schwer ist, warum die Masse der Neutrinos oszillieren kann, warum wir altern müssen, warum es die Quantenverschränkung gibt und so weiter. Und sie beweist, dass die Realität nicht gespalten ist in die Welt des Großen und des Kleinen. Auch wenn jahrzehntelang vergeblich danach gesucht wurde, lassen sich die vier Fundamentalkräfte vereinen.

Doch der Gegner ist vielgesichtig und unbarmherzig in seiner Überzeugung. Er hat die Standardmodelle der

Teilchenphysik und Kosmologie entwickelt. Er kann jetzt nicht mehr zurück. Er lässt die Argumente des historisch Zurückgebliebenen, die Argumente der ersten, zweiten und dritten Stufe der Blödheit nicht gelten. Er hört sie sich gar nicht erst an. Richard T. Weiß, der sechste der heute Probevorlesenden am Institut für Physikgeschichte, ein Loser, der es bisher nicht geschafft hat, eine feste Stelle zu ergattern, hat die revolutionären Theorien Einsteins nicht verstanden. Er ist einer derjenigen, denen Brendel in seiner Habilitationsschrift Unvermögen bescheinigt.

Es gibt nur einen, der hier verlieren kann.

Das weißsche Kartenhaus, das so wohlgeordnete Bücher-Universum, in dem es, zumindest hinter Richards Rücken, eine absolute Zeit gibt, eine newtonsche, eine kantsche, eine hartmannsche, eine prigoginesche, eine weißsche Zeit, nur eine, eine irreversible, fällt in sich zusammen. Beschleunigt, denn es gibt die Kraft der anderen Zeiten, der reversiblen, veränderlichen, die verändert werden von dem Geschehen darin: im Moment durch einen Sog aus der Zukunft, die immer leerer wird, immer jobloser, trostloser. Und zugleich durch einen Druck aus der Vergangenheit: den Druck des Gewesenen, Gedachten, den Druck auf die Schläfen, der alles beschleunigt im alternden, müden, in sich zusammenstürzenden Universum, das immer kleiner wird; es schrumpft zum Spielball; es kollabiert, es quetscht, es rollt seine Dimensionen zusammen bis hin zum Massepunkt; alle Materie des Universums verdichtet sich in diesem Punkt, End- oder Ausgangspunkt, eingerollte Leiber und Schreie, die den Zeitstrahl in immer nur eine Richtung herabstürzen; eine Punktmasse im fallenden Schwarz, die nie aufkommen, nie ankommen wird, die sich niemals in die komplexe Materie einarbeiten kann; denn die Zeit ist die Substanz, aus der alles gemacht ist. Die Zeit ist der Fluss, der alles davonreißt, aber alles ist der Fluss; sie ist ein Tiger, der alles zerfleischt, aber alles ist der Tiger; sie ist ein Feuer, das alles verzehrt, aber alles ist das Feuer.

Richard blinzelte nach der Wanduhr über der Hörsaaltür, die gerade geöffnet wurde. Es war sechs Minuten nach drei. Noch gab es einen anderen, den vorgezeichneten Weg. Noch saß er hier in dem Ledersessel, in dem er für ein paar Minuten eingenickt war. Er stand langsam auf und nahm seinen Rucksack, und es soll nicht verschwiegen werden, dass er dabei kurz nach dem USB-Stick tastete. Nicht nach dem in der Innentasche des Jacketts, sondern nach dem in der Seitentasche des Rucksacks. Ein gesunder Opportunismus ist oft lebenserhaltend. Noch stand die Welt ihm offen wie die Hörsaaltür. Offen für Richard T. Weiß, der seinem Namen alle Ehre machte.

»In der letzten der heutigen Lehrproben zum Thema *Die Evolution der Raumzeit – historische und zeitgenössische Sichtweisen* spricht Dr. Richard Tammo Weiß. Im Anschluss an sein Physik- und Geschichtsstudium in Stuttgart und seine Promotion zur Thermodynamik in Göttingen hat Dr. Weiß sechs Jahre am hiesigen Institut im Forschungsprogramm *Parallelen und Kontradiktionen zwischen den eigenständigen physikalischen Theorien des 20. und 21. Jahrhunderts* geforscht und verfügt bereits über umfangreiche Lehrerfahrung. Er hat Seminare zur Physikgeschichte gehalten und Abschlussarbeiten betreut.«

Der Vortragende dankt dem Vorsitzenden der Lehrkommission vielmals für die einführenden Worte. Er bedankt sich für die freundliche Einladung zum Vortrag am renommierten Institut für Physikgeschichte. Begrüßung der Kommission, Verbeugung. Grußwort an den Vorsitzenden der Kommission, der zu gewinnen ist, wiederzugewinnen. Verbeugung vor ihm. Erläuterung der Gliederung. Kurze Einleitung zur SRT für geradlinig gleichförmige Bewegungen, die Einstein 1905 veröffentlicht hat. Die Masse-Energie-Äquivalenz. Die bewegten Beobachter. Die Zeitdilatation, die Längenkontraktion. Danach der berühmte Satz von Hermann Minkowski auf der 80. Naturforscherversammlung zu Köln am 21. September 1908: *Von Stund' an sollen Raum für sich und Zeit für sich völlig zu Schatten herabsinken, und nur noch eine Art Union der beiden soll Selbständigkeit bewahren.* Jetzt die ART für beschleunigte Bewegungen von 1915 mit der Idee von der Schwerkraft als einer geometrischen Eigenschaft der Raumzeit und Einsteins ästhetischen Feldgleichungen.

In der Folge der historische und zeitgenössische Blick auf die Raumzeit in ihrer Evolution, *die wogende, sich biegende, sich krümmende, sich verformende Entität*, und die Bezugsmollusken. Noch schnell die Experimente, die alles beweisen: Michelson-Morley, Fizeau, Hafele-Keating, Gravitationswellen & Co.

Lächeln, Verneigung vor dem geneigten Auditorium.

Und anschließend (Jubilate) die Abschlussfolie auf der Leinwand: das Foto von Einstein und Eddington, einmütig und entspannt auf der Vorgartenbank in Princeton.

Denn Einstein hat wieder einmal recht. Auch Eddington, Minkowski und die moderne theoretische Physik haben recht: Raum und Zeit sind zu einer untrennbaren Einheit verschmolzen, die sich niemals wieder auflösen lässt.

Schon gar nicht von einem Hüter der Gedanken.

Die Raumzeit hat unser fundamentales Verständnis von Raum und Zeit revolutioniert. Und das Verständnis wächst. Das kommt schon noch. Das wird schon noch kommen. Mit der Zeit.

Grit Kalies,

1968 in Altentreptow/Mecklenburg-Vorpommern geboren, studierte Physikalische Chemie und Literatur an der Universität Leipzig. Seit 2012 ist sie Professorin an der HTW Dresden. Kürzlich erschien ihre Monografie »Vom Energieinhalt ruhender Körper. Ein thermodynamisches Konzept von Materie und Zeit« (De Gruyter, 2019). Im Mitteldeutschen Verlag erschienen der Gedichtband »Auf Zeit« (2008) sowie der Roman »Lamort« (2010). Die Autorin lebt in Leipzig und Dresden.

Wolfgang Bauernfeind

JACOB BÖHME

Auf der Suche nach seiner Weltformel

Roman

216 Seiten, gebunden, 130 × 200 mm
ISBN 978-3-96311-114-3

MYSTERIEN, EINE WELTFORMEL UND EINE PROPHEZEIUNG

Es hat sich schnell herumgesprochen. Schriften des 1624 in Görlitz verstorbenen Mystikers und Philosophen Jacob Böhme sind aufgetaucht, von denen bisher niemand etwas wusste. Der Überraschungsfund wurde bei Restaurierungsarbeiten in einem alten Hallenhaus in Görlitz gemacht. Böhme-Gelehrte aus Bamberg, Amsterdam, Verona und Akron begeben sich in die sächsische Stadt, um die Bögen zu studieren. Und ein seltsamer Kauz taucht auf, der in Böhme einen Bruder im Geiste im Kampf gegen die Amtskirche sieht.

Der Ich-Erzähler in Bauernfeinds Roman erlebt, wie die internationale Gelehrtenschar dem Gerücht nachgeht, die »Weltformel« sei in den jetzt entdeckten Schriften verborgen. Görlitz wird so zum Schauplatz eines großen Welttheaters, in dem sich Philosophen, Naturwissenschaftler und Religionseiferer Anfang des 17. Jahrhunderts begegnen und wie Jacob Böhme selbst auch ungewollt Zeitzeugen des Dreißigjährigen Krieges in der Lausitz und in Schlesien werden.

> **»Wolfgang Bauernfeind hat mit seinem leichthändig geschriebenen Roman einen erfrischend unkonventionellen – man möchte fast sagen ›unterhaltsamen‹ – Zugang zum Philosophus Teutonicus, seinem Werk und seiner Zeit eröffnet.«**
>
> Internationale Jacob-Böhme-Gesellschaft e.V.

Ebenfalls im
Mitteldeutschen Verlag
erschienen

Dietrich Schulze/Viola Zetzsche

BILDERBUCH DER WÜSTE

Maria Reiche und die Bodenzeichnungen von Nasca

240 Seiten, Broschur, 130 x 200 mm, mit Farb- und s/w-Abb.
ISBN 978-3-95462-120-0

DIE ERFOLGREICHE BIOGRAPHIE DER WELTBEKANNTEN FORSCHERIN

In einer der trockensten Regionen der Erde, inmitten Perus, sind dem Wüstenboden geheimnisvolle Zeichen eingraviert. Nur aus der Luft erkennbar, liegen auf mehr als 250 Quadratkilometern riesenhafte Pflanzen- und Tierfiguren in einem Netzwerk von Trapezen, Dreiecken und Spiralen über die Pampa ausgebreitet.

Dass der Name Nasca weltberühmt und 1994 in die Liste des UNESCO-Welterbes aufgenommen wurde, ist Maria Reiche zu verdanken, die ihr Leben der Erforschung und Erhaltung der Geoglyphen von Nasca gewidmet hat. Das literarische Porträt schildert das Leben und Wirken von Maria Reiche, die mit ungeheurer Willenskraft, beeindruckendem Forschergeist, Mut und Kühnheit meist ganz auf sich allein gestellt ihren Lebenstraum verfolgte. Unter Verwendung von Briefen, Zeichnungen, Fotos und Dokumenten aus dem Archiv der Schwester entsteht ein bewegendes Bild von der unkonventionellen Persönlichkeit der weltberühmten Frau und Forscherin.

> »Nachdem ich das Manuskript gelesen hatte, hämmerte ich meine Begeisterung spontan in die Tasten des PC. Nicht sitzend, sondern stehend, den Kopf geneigt, mit gezogenem Hut, voller Bewunderung, Respekt und Demut vor dieser großen Frau! Standing Ovation. Welch eine Persönlichkeit! Das Buch las sich wie ein Krimi.«
>
> Rüdiger Nehberg

www.mitteldeutscherverlag.de

Gesamtherstellung: Mitteldeutscher Verlag, Halle (Saale)
Lektorat: Dr. Kai U. Jürgens
Layout und Satz: Stefanie Bader, Leipzig
Umschlagabbildung: © iStock – Rost-9D

ISBN 978-3-96311-225-6

Printed in the EU